DRUKGANG

Bert Snyman

OPGEDRA

AAN

MY SKEPPER

En Aan Jou

Dalene,
Vir jou vasbyt totdat ek besef het wat ek wil doen
Vir die feit dat jy my bygestaan het deur dik en
dun.

Omdat jy my liefhet
en
ek jou liefhet

INHOUD

Erkennings

ERKENNINGS

Aan elkeen wat my ondersteun het met die ver-
wesenliking van my droom, hetsy d.m.v. idees,
identifisering van spel- en grammatika foute, sto-
rielyn aanpassings, en natuurlik op 'n morele ba-
sis. Ek dink spesifiek aan my geliefde vrou Dalene,
sowel as Casper Badenhorst, Adele Pretorius,
asook my goeie vriende JP Pretorius, Johan Stem-
met, Richard Stone en Pieter De Jager. Sonder julle
sou hierdie projek sóveel moeiliker gewees het om
te voltooi.

'n Groot dankie ook aan die hoogs intelligente
"Mev. Google."

1 INLEIDING

Dit is stil, baie stil. Die selfoon se plaastelefoon luitoon skreeu deur die stilte van die nag! Harald val omtrent van die stoel in die leefvertrek, waar hy 'n rukkie terug aan die slaap geraak het, af. Tog is hy wawyd wakker wanneer hy die oproep beantwoord.

"Markotter, Harald Markotter" antwoord hy met sy omroeperstem. Hy sê verder niks, want hy wil eers hoor wie hom op hierdie ongoddelike tyd bel! .....nogal in Mauritius.

"Harry, Grieta is weg, nou al vir twee dae!" Hy herken onmiddelik die stem aan die anderkant van die lyn as die van Hans, sy swaer. "Nou wat het jy gedoen dat sy weggeloop het, Hans? Jy moes haar hoogs de moer in gemaak het.....dis nou nie eintlik haar styl nie. Ander vrou?"

Dit klink of die ou aan die anderkant van die lyn in trane gaan uitbars. Hans se stem is skielik skril en angsvol. "Grieta het nie weggeloop nie Harry! Sy was weg met besigheid! Sy het net nie hier opge- daag toe sy moes terugkom nie! Sy is weg! Nie- mand weet waar sy is nie, selfs die polisie kan haar nie kry nie!

Sy is weg Swaer!"

Ek is oor 'n week terug in Suid-Afrika, maar ek sal intussen my kontak by IPIPS skakel en hom vra om jou te bel. Sy kan nie net weg wees nie my ma- ter, sy moet êrens wees!"

Die iPhone X raak stil teen sy oor. "Ai Sus" is al woorde wat hy kan uitkry. Sy oë blink, want hy het 'n voorgevoel dat hy haar dalk nooit weer gaan sien nie. Hy wonder hoe hy dit gaan hanteer.....gelukkig het hy dinge met sy ousus reggemaak!

2 DROMER

"Ek is Harald Markotter. 46 Jaar gelede het ek my eerste lewenslig in my ma se slaapkamer aanskou.

Tannie Anna Die Vroedvrou, redelik geset, en toe al sestig jaar plus oud, so verstaan ek, het my "kop-eerste" die lig laat sien, en om alles te bekroon klap sy my toe met 'n poffertjie hand op my sitvlak so-dat ek tog net aan die skreeu kan gaan.

Ek beskou dit nog altyd as kindermishandeling wanneer 'n pasgebore baba op sy jack gevoeter word sodat hy kan huil.....daar moet 'n ander, meer humanistiese manier wees om dit te vermag! Maar nou ja, ek is nie 'n dokter nie, en nog minder 'n vroedvrou.

Hierdie voorval het om half-drie die middag van 1 Januarie 1973 in 'n spoorweghuisie op Leeu Gamka afgespeel. Ek het al baie gewonder hoekom my pa nie sy deel van die proses 'n maand of wat uitgestel het nie, sodat 1973 eers net 'n bietjie aan die gang kon kom voordat die vroedvrou my my eerste pakslae gegee het nie.

.....en hierdie is die huisie waar ek 'n groot deel van my kinderjare deurgebring het.

Ons het daar gewoon, want my pa was 'n kondukteer by die spoorweg, of te wel, 'n kaartjie-ondersoeker, soos die welbelese mense dit noem, met die belofte, en dus vooruitsig, dat hy die stasiemeester op Leeu Gamka gaan word. Om hierdie rede was Oom Markotter (niemand het eintlik geweet wat sy naam was nie) redelik gereëld van die huis af weg. Hy het geen keuse gehad nie want dit is die hand wat vir hom gedeel is, en hy moes vir sy vrou, en nou twee kinders, sorg. Hy het dit goed gedoen want ons het nooit enige tekort ervaar nie.

*****

My ma, Susara Magrieta Magdalena, gebore Van Rensburg, was een van die mooiste vrouens waarop my oë ooit gefokus het. Dammit, sy was "beautiful", en ek dink nie dat ek die enigste een van die manlike geslag is wat so gedink het nie. Dit was moontlik 'n probleem met die dat "Oom Markotter" redelik baie van die huis af weg was.

Sy was my ma, en ek het myself keer op keer betrap dat ek vir 'n tweede maal na haar kyk.....sy was nie net mooi nie, maar alles omtrent haar was proporsioneel perfek. Dit het my soms laat wonder of my van regtig Markotter moes wees, maar ek is tog trots op hierdie van, want ons Markotters is maar redelik dun gesaai op hierdie aarde. 'n Voëltjie het gefluit dat daar omtrent net 155 000 van ons op hierdie aarde oor is.

Dit maak ons relatief waardevol, of hoe? Hoe skaarser 'n ding is, hoe meer waarde kry dit, dis tog een van die wette van ons samelewing, is dit nie so nie? Met die dat ek gewonder het of my van waarlik Markotter moes wees, het my kop nogal 'n paar wilde draaie met my gestap.

*****

Tydens een van hierdie kopreise het ek in Engeland by die towenaarskind, Harry Potter, opgeëindig. Ek het besef dat ek en hy eintlik naaste familie kan wees. Indien 'n mens ons name so 'n bietjie manipuleer, is dit nogal 'n groot moontlikheid.

Ek is Harald Markotter, of te wel Harry, soos my pelle my noem. Sou ek 'n tweede voornaam gehad het sou dit seker Mark gewees het, en moontlik het my pa in sy haas my naam foutiewelik deel van my van gemaak toe hy my by die Binnelandse Sake se mobiele eenheid op Leeu Gamka gaan registreer het. Dit beteken dat ek baie moontlik Harry M. (Mark) Otter kon gewees het.

Die towenaarskind in Engeland se naam is Harry Potter, gemanipuleer as Harry P. Otter. Sy tweede naam moontlik Peter, Paul, hoe sal ons weet? Die feit is egter dat ek soms hierdie vreemde dinge wat in my kop aangaan begin glo, maar niemand weet hiervan nie, want ek praat nie uit die huis uit nie.

Vir my werk dit nogal, want ek kan te eniger tyd wees net wie ek wil, waar ek wil wees en vir solank as wat ek daar wil wees. Dit is waarom my pelle my

"Die Dromer" noem.

*****

"En dan is daar Magrieta Lodewika Johanna, oftewel Grieta, my ousus. Grieta is 'n tweede Susara Magrieta Magdalena, net jonger as die ouer weergawe, en baie meer verfynd.

Ek het al baie gewonder hoe my ma en pa bymekaar uitgekom het, want hy het regtig niks spesiaals gehad om haar te bied nie, ek dink. Net so wonder ek soms hoe Hans Du Toit en Grieta bymekaar uitgekom het. Hy is maar 'n onaantreklike donner, maar ten minste het hy darem 'n bietjie geld. Grieta is nou nie eintlik een van daardie aasvrouens wat 'n man vir sy geld sou trou nie, en daarom bly my vraag ook in hierdie geval onbeantwoord.

Sy was vir my nog altyd, selfs toe ek 'n tiener was, die ideale vrou, want sy was nie net 'n mooi gesiggie nie. Sy het aan die einde van haar matriekjaar met ses onderskeidings gespog, bo en behalwe die feit dat sy ook in daardie jaar, 1988, Wynberg Girls High School se Victrix Ludorum was.

My tiener-hormoon stadium het nooit verby gegaan nie.

Ek is malverlief op Grieta.....my ousus.....en skaam my soms vir myself! Dit is dan sekerlik die oorwegende rede waarom ek op 46 jarige ouderdom 'n alleenlopende man is, en glo my, daar is niks fout met my nie!

Hierdie stryd stry ek al vir die beste gedeelte van 36 jaar, en op 'n kol het dit vir my net te veel geraak. Dit is toe dat ek besluit het om sielkundige hulp in te roep. Die keuse van wie ek met my lewensgeheim gaan toevertrou was nie so maklik om te maak nie!

Ek kon nie die keuse op 'n ander persoon se aanbeveling maak nie, want dan moes ek uit die huis uit praat. Gaan ek 'n man of 'n vrou kies? Hoe deel ek nogal so iets met 'n vrou, sy sal dink eks 'n gogga, en dit kan nie!

Dit sal 'n man moet wees, het ek toe besluit. So het die siftingsproses toe begin, op die internet natuurlik. Die proses was lank en noukeurig, want ek moes die ouens se Facebook profiele nagaan, ek moes kyk na hulle sogenaamde "ratings" en natuurlik dan ook na hulle populariteit.

Uiteindelik het ek toe by Dr. Antonie Pretorius uitgekom, en ek was nog nie vir een oomblik spyt daaroor nie.

Hierdie ou is "as straight as an arrow". Ja, hy draai geensins doekies om nie!

*****

Harald Markotter se blink 3-Reeks kruip teen 'n slakkepas in Roelandstraat af, op soek na die sielkundige se praktyk. Dan sien hy die plek! Dit is in Roeland Square, oorkant die straat vanaf die Wes Kaapse Argiewe, op die hoek van 'n baie smal straatjie by name Drurylaan. Die ingang na die Square is dan ook in hierdie smal straatjie geleë.

Die BMW sweef die Square se parkeerarea binne en kom aan die westekant van die reghoekige parkeerarea tot stilstand. Stadig, en met soveel styl as moontlik, klim Harald uit sy tweede-grootste liefde uit. Sag, dog ferm, maak hy die deur agter hom toe. Toe hy na die suidekant, waar die spreekkamer is, draai, beweeg sy lippe weg van mekaar af en iets wat soos "goeie genade" klink kom uit sy mond uit. Dit is 'n perfekte dag in die Kaap, en Tafelberg, met Leeukop aan sy regterkant, is skerp afgeëts teen die wolkelose blou hemelruim. Dit is hierdie prentjiemooi gesig wat Harry so laat reageer. "Dammit," dink hy by homself. "Mooi bly maar mooi, en Die Berg lyk elke dag anders."

Dr. Antonie Pretorius se suite is keurig toegerus met swart pofstoele en 'n tweesitplek rusbank wat uitstekend vertoon teen die liggrys mure. Die prentjie word afgerond deur 'n moderne, dog stylvolle ontvangs toonbank, en alles word saamgevat deur 'n duursame Nouwens wat as vloerbedekking dien.

Teen die mure is verskeie kunswerke, onder andere een van Tretchikoff se werke. 'n Kuns connoisseur sal onmiddelik besef dat dit die Russies gebore kunstenaar se "Chinese Girl" is. Die Rus het in 1946 in Suid-Afrika kom woon en het die "Chinese Girl" in 1950 geskep.

Selfs 'n kunskenner sou dit moeilik vind om hierdie as die oorspronklike, of as 'n afdruk daarvan, te klassifiseer. Sou dit die oorspronklike werk wees, beteken dit dat hierdie sielkundige baie welaf is, want Tretchikoff se "Chinese Girl" het op 22 Maart 2013 vir die rekord bedrag van £982 050, oftewel R13.8 miljoen, by 'n Bonhams kunsveiling in Londen verkoop.

Teen een van die ander mure pryk nog 'n Suid-Afrikaanse skilder se werk. Dit lyk amper soos kleurvolle kinderkuns en is skril kontrasterend met die Tretchikoff teen die oorkantste muur. Indien jy so bietjie van kuns af weet, sal jy hierdie werk omtrent dadelik as een van Porchie se werke identifiseer.

In beide gevalle is daar mense wat daarvan sal hou.....en mense wat minder daarvan sal hou. Dis 'n geval van persoonlike smaak, en sekerlik 'n groot dosis van snobwaarde wanneer dit by die Tretchikoff skepping kom.....die vrou het dan 'n blou gesig, so al asof sy in 'n gevorderde stadium van versmoring is!

Dit is die toneel waarin Harald Markotter hom vasloop wanneer hy die suite binnestap.

"Goeiemôre. Markotter, Harald Markotter" sê hy vir die ontvangsdame. Dit voel vir hom of sy dwars-deur hom kyk, so asof sy in sy oë kan sien hoekom hy hier is. Sy ongemaklikheid verdwyn egter vining toe sy met hom begin praat.

"Môre Mnr. Markotter, welkom hier by ons. Sit gerus, Dr. Antonie sal binnekort by jou wees. Bie-tjie koffie....of dalk tee?" vra sy met 'n gerusstellende stem.

"Ek hou van haar" dink hy by homself. "Die vrou het klas, en sy weet hoe om met mense te werk."

Harry weet nie hoe hierdie vroutjie heet nie, maar hy weet dat sy intelligent, aangenaam en "classy" is. Hy besef dat sy hom hanteer asof hy geen sielkundige afwyking het nie, en dít veroorsaak dat hy eintlik nie kan wag om telkens die volgende besoek by Dr. Antonie Pretorius af te lê nie.

'n Gryskop, bebaarde man, met 'n welige snor en 'n rondeglas bril wat laag op sy neus sit, verskyn asof van nêrens by die ingang van die gangetjie wat uit die ontvangslokaal lei.

"Harald, ek mag jou seker maar op jou naam noem, of hoe?" sê hy met 'n rasper stem terwyl hy Harry stip in die oë kyk.

"Dis seker hoe Bryan Adams klink wanneer hy nie sing nie" dink Harry so in sy enigheid.

Ten spyte van die deurdringende kyk voel Harald glad nie ongemaklik nie. Hierdie man het 'n inherente rustigheid omtrent hom wat hom ongetwyfeld help om vertroue by sy pasiënte in te boesem. Met Harry is dit dan ook nie anders nie. Hy voel onmiddellik rustig in Antonie Pretorius se teenwoordigheid. Harald weet verseker dat hy die regte keuse gemaak het.

"Môre Dokter" kom dit van Harry se kant af. Dankie dat u ingewillig het om my sou gou te sien.

Hierdie ding is besig om my klaar te maak."

"Kom gerus deur sodat ons kan gesels, Harald."
Hulle stap stilswyend na sy "praatgat", soos hy dit
noem.

Die dekor in hierdie vertrek is simplisties, minima-
listies, eenvoudig, en die meubels bestaan uit twee
tweesitplekbanke, 'n gemaklike "wingback" stoel,
en 'n stoel wat soos een van daardie "Lazyboy"
uitskopstoele lyk. Dieselfde Nouwens wat Harry in
die ontvangs vertrek gesien het bedek ook hierdie
vloer. Daar is 'n koffiemasjien, 'n tafeltjie met be-
kers, melk, suiker en versoeter op. Neffens die tafel
is daar 'n waterverkoeler.....en dis al!

Hier is absoluut niks wat enige persoon se gedag-
tes kan laat dwaal nie. "Hierdie "shrink" weet pre-
sies wat hy doen" is die eerste gedagte wat deur
Harry se kop gaan toe hy binne die "praatgat"
staan.

"Wat gaan jy drink Harald? Help jouself gerus."

Harry tap vir hom 'n lang, dun glas vol koue water
en gaan sit op die wingback. Dit sit nog gemakliker
as wat hy gedink het.

Antonie Pretorius het reeds op die uitskopstoel
gaan sit. "Hier is ek die een wat lê" sê hy. "Dit werk
vir my beter so."

"Harald, enige spel het sy reëls, en met hierdie spel
werk dit presies dieselfde. Ek gaan jou die beste
moontlike hulp gee, maar ek kan jou net so goed

help as wat jy my toelaat om jou te help. Dit be-
teken dat jy ten alle tye met my oopkaarte moet
speel, dat jy niks van my weerhou nie en dat jy
meer as een keer hier by my gaan uitkom. Dit wat
ons hier vir mekaar te sê het, bly net hier, en ek
gee jou die versekering dat ek jou inligting saam
met my graf toe sal neem. Indien hierdie eenvoudi-
ge reëls nie vir jou werk nie, moet ons paaie nou
skei. Wat sê jy?"

"Dankie Dok, dit werk vir my" antwoord Harry
sonder enige aarseling. Hy wil nou net aan die
gang kom.....hy was ernstig toe hy vir Antonie Pre-
torius gesê dat die ding hom klaarmaak! Harry sien
uit na die groot gesels, want hy is moeg daarvan
om alleen met sy krisis te worstel.

3 DIE BEGIN

"Vertel my van jou "kopseer" Harald", is presies dit waarvoor Harry gesit en wag het.

Hy sluit sy oë wanneer hy begin praat, deels omdat hy die praat daar diep binne homself moet gaan haal, en deels omdat hy nie eintlik kans sien om hierdie man in die uitskopstoel in die oë te kyk nie. Dit begin stadig.....stotterend en naderhand spuit dit uit soos wanneer 'n ou sy maag na 'n ernstige drinksessie deur sy mond ledig. Dis die vergelyking wat Harry na hierdie eerste sessie vir homself ge-maak het, want net soos dit wat 'n mens gastries ontstel, is hierdie ook 'n lot gemors wat hy uit sy sisteem moet uitkry.

"Dok, e..ek vind dit baie m..oeilik om hieroor te praat. Soms is ek skaam.....soms voel e..ek soos 'n gogga. E..ek is mal versot op my suster, Dokter. Dank Die Here dis uit!!" skreeu snik Harry nadat hy dit kwytgeraak het. "Ek weet nie hoe dit gebeur het nie, dit was net so toe ek weer sien. Toe ek twaalf was het hierdie ding my in die nagte begin wakker maak, en wakker hou. Ek kon met niemand hieroor praat nie.....niemand sou in elk geval verstaan nie! Grieta, my Sus was die mooiste ding wat ek nog gesien het. Ek wou haar toe reeds vir altyd saam met my hê. Daarom het ek skamerig vir Die Here gebid om my met my probleem te help, maar Hy het my nooit gehelp nie....in my gebede het ek Hom dan gevra om dit moontlik te maak dat ek eendag vir Grieta as my vrou sou kon vat. Dammit Dok, kinders kan darem maar soms "stupid" wees! Help my asseblief Dok, want Grieta kan nooit my vrou wees nie.....dit dryf my teen die mure uit!"

Dit is toe dat Harry sy oë vir die eerste keer sedert hy begin praat het, oopmaak.

Die baardman kyk hom stilswyend aan, een oog omtrent toegeknyp, so al asof hy met 'n geweer korrel vat om iets tog net nie mis te skiet nie. Dan rasper sy stem: "Jou uitdaging is nie heeltemal uniek nie, Harald. Dit kom nogal heelwat voor, maar gewoonlik by jong seuns, en ek veronderstel dogters ook, maar dit is gewoonlik redelik kortstondig. In die breë gesien kan ons dit as "limerence" kenmerk."

"Die term "limerence" is deur Dorothy Tennov in haar publikasie genaamd "Love and Limerence: The Experience Of Being In Love" in, ek dink, om-en-by 1997 of 1998, êrens daarrond, "gecoin." Dit vervat egter nie die volheid van jou uitdaging nie, want sien, in jou geval het hierdie ding nooit verbygegaan nie, dit het net meer intens geraak."

Geen ander sielkundige het regtig ooit 'n studie hieromtrent gemaak nie, en juis om daardie rede is daar nie eintlik inligting omtrent jou uitdaging, of enige verwante gevalle, beskikbaar nie. Sigmund Freud het natuurlik 'n paar teorië rondom die seksuele aspek van alle siekundige uitdagings, en ons sal maar sien hoe relevant sy teorië in jou geval is."

"Sê vir my, leef jou ouers nog?"

"Nee Dok, hulle het lankal die tydelike met die ewige verwissel. My pa in 1998 en my moedertjie in die winter van 2005, toe ek sooo.....twee-en-dertig was. Dit voel of sy al vir 'n ewigheid weg is."

Dr. Antonie Pretorius mis nie die blink-klammigheid in Harry se oë toe hy van sy "moedertjie" praat nie. "Ek mis haar Dok" is al wat Harry met 'n skor stem kan uitkry, en hy neem 'n vinnige sluk water, so asof hy 'n droë mond het.

Antonie Pretorius wonder nou nogal omtrent Harry se verhouding met sy ouers, veral die met sy ma. 'n Ding in sy maag sê vir hom dat die oorsprong van Harald se uitdaging juis hier by sy ouers, en meer spesifiek by sy ma, lê. Hy weet dat dit hier is waar hy moet delf, en hy wonder hoe diep "die myn" uiteindelik gaan wees.

"Harald, vertel my van jou pa. Gee my so bietjie agtergrond omtrent hom. Wat was sy naam, wat het hy vir 'n lewe gedoen, hoe was sy verhouding met

jou ma, en met julle kinders. Wat was jou ge-
voelens jeens hom?"

"My pa was ook Harald Markotter, dit het so in sy
begrafnisbrief gestaan.....niemand het hom ooit op
sy naam genoem nie. Hy het maar by almal as
"Oom Markotter" bekend gestaan. Ek dink nie ie-
mand behalwe hy en my ma het voor sy dood
geweet wat sy naam was nie."

"Hy was 'n kondukteer op die treine, en ek dink hy
het gehoop om die stasiemeester op Leeu Gamka,
waar ons gewoon het, te word. Uit die aard van sy
werk was hy nogal heelwat van die huis af weg,
heeltemal te veel as jy my sou vra....ek kon net so-
wel nie 'n pa gehad het nie."

"Is jy kwaad vir hom.....daaroor?"

"As kind was ek Dok, want ek wou ook 'n pa hê
.....soos my pelle. Later jare het ek besef dat hy
maar net gedoen het wat hy moes om ons almal
aan die lewe te hou. Hy was die beste pa wat hy
kon wees.....onder omstandighede.

Ongelukkig het ek dan ook nie eintlik 'n verhou-
ding met hom gehad nie."

"Hy en my ma was man en vrou, hulle het saam
gebly, saam ge-alles, wanneer hy by die huis was.
Sy het nooit oor die situasie gekla nie.....ek het
hulle nooit sien baklei nie. Wat agter hulle toe ka-
merdeur aangegaan het sal niemand behalwe hul-
le, en Antie Bessie, weet nie."

"Antie Bessie was my ma se beste vriendin, en hulle het alles van mekaar geweet. Die twee was boesem vriendinne.....ek dink hulle is op dieselfde dag in dieselfde hospitaal gebore. Antie Bessie is die een wat die begrafnisbrief by my moedertjie se gedenkdiens gelees het, en die een wat al die bedankings behartig het."

"Het Grieta jou pa ook soos jy ervaar?"

"Ek dink nie so nie Dok, ek dink sy was baie lief vir hom, en hy vir haar. Wanneer hy van 'n "trip" af by die huis gekom het, het hy haar altyd eerste gaan groet, selfs voordat hy by my ma uitgekom het. "Klein Harald" het maar altyd agter in die ry gestaan, en as ek geslaap het wanneer hy by die huis kom, het hy my nooit wakker gemaak nie, en dan het hy soms die volgende oggend vergeet dat hy my vir 'n week lank nie gesien het nie. Al wat ek op daardie oggende van hom af gekry het was net 'n "Môre Harald. Gaan jy nie vandag skool toe nie? Jy moet roer dat jy nie laat by die skool aankom nie." Dammit Dok, hy kon darem seker 'n bietjie "nicer" met my gewees het, of het hy dalk 'n rede daarvoor gehad?"

"Watse rede kon hy gehad het Harald, het jy enige idee?"

"Wel Dok, my pa was baie van die huis af weg, soms vir 'n week of langer, en dit was maar seker bitter alleen vir my ma. Boonop was sy regtig 'n baie mooi vrou.....alles omtrent haar was baie mooi, Dok. Ek moet tot my skaamte erken dat ek haar een aand in die badkamer afgeloer het. Sy het nie 'n draad klere aan haar lyf gehad nie. Wat ek gesien het was ongelooflik mooi, vir my, en my tiener hormone het allerhande saltos binne in my gemaak."

"Ek is seker dat ek by 'n paar geleenthede, in die donkerte van die nag, vreemde voetstappe op die spoorweghuisie se houtvloere gehoor het. Die voetstappe was heeltemal te swaar om Grieta sin, my ma sin, of dalk Antie Bessie sin te gewees het."

"Was dit dalk iemand van die teenoorgestelde geslag wat kom besoek aflê het, en het die voetstappe elke keer aan dieselfde persoon behoort? Is daai ou eintlik my pa?"

"Mense praat maklik, en hulle praat baie! As dit so is, het dit sekerlik by my pa uitgekom, of hy het twee en twee bymekaar gesit en die regte antwoord gekry. Een ding is seker Dok, my pa was nie "stupid" nie! Ek vermoed dat dit die rede is waarom hy my soos iemand, wat nie eintlik sy eie bloed is nie, behandel het."

"Ek onthou dat 'n droom omtrent Grieta my een nag, toe ek omtrent veertien jaar oud was, soos so baie kere vantevore, wakker gemaak het. Iemand het twee uur in die oggend in die huis rondgeloop.....ek het die voetstappe op die houtvloer gehoor, swaar en doelgerig, anders as die ander kere. Ek het gewonder wie dit kon wees, want Pa is dan by die huis. Toe weet ek.....dit is Pa se voetstappe.....dit het altyd so geklink, in die dag ook. 'n Deur het saggies oopgegaan, ek dink dis oop gemaak, inteendeel, ek weet nou dat dit met 'n baie spesifieke doel oopgemaak is. Dit was nie my pa-hulle se slaapkamerdeur nie, dit kon ek hoor. Vir 'n ruk het ek gelê en luister, maar ek kon nie kop of stert van dit wat ek gehoor het uitmaak nie."

"En toe het my nuuskierigheid, of was dit dalk vrees, ek weet tot vandag toe nie, die oorhand ge-kry. Saggies het ek uit my bed uit gegly. My mond was droog! Dok, ek moes uitvind wat aangaan! Sonder om 'n geluid te maak het ek in die gang af beweeg en tot my verbasing was Grieta se deur effe oop. Dit was vir my snaaks, want sy het altyd snags haar deur toegemaak.....ek weet, omdat ek 'n paar keer snags by haar kamer verby gesluip het met die hoop dat ek haar dalk so stilletjies te siene sal kry. Iets snaaks was daarbinne aan die gang."

"Jis Dok, ek wens dat ek nooit daardie deur oop-gestoot het nie. Pa was by Grieta in die bed, en hulle was so besig dat hulle my nie eers gesien of gehoor het nie. Ek haat hom.....ek haat hom Dok .....die blikskottel! Hy het my moedertjie te-na-gekom en in die proses het hy my groot liefde onteer. Hy was 'n vark Dok."

Harry het soos 'n klein seuntjie gesit en huil. Hy het nie gedink dat hy hierdie dinge ooit met ie-mand sou kon, of wou deel nie.

Dr. Antonie Pretorius het die hele petalje stil-swyend gade geslaan. Hoeveel kere vantevore moes hy nie al mense deur-, oor- en om uitdagings help nie. Hier gaan dit nie anders wees nie, want een ding is seker, Harald Markotter gaan hierdie ding nie alleen kan doen nie.

Na 'n paar minute se stilte staan Antonie Pretorius van sy uitskopstoel af op. "Harald" sê hy met 'n kalm stem. "Hierdie goed is moeilik, ek weet, want die lewe is soms vrot. Die ongeluk is dat daar altyd mense as slagoffers agter bly.....gekrenk, gebroke en stukkend. Ek wil hierdie pad saam met jou stap sodat ons jou weer heel kan kry. Een ding is egter 'n feit soos 'n koei.....Grieta is, en sy sal altyd jou suster bly. Ons fokus gaan daarop gemik wees om jou gevoelens jeens jou suster te normaliseer."

"Jy kan nie vir die res van jou lewe deur die hel gaan waarin jy jou nou bevind nie.....ek sal dit nie toelaat nie."

Die deernis in die sielkundige se stem kalmeer vir Harry. "Dok, kan ons asseblief op 'n volgende keer hiermee aangaan", smeekvra Harry. "Ek is uitgeput en seer Dok. Die goed het my weer aan die "bloei."

"Gaan ons dit kan regmaak Dokter?"

"Ek glo so Harald. Ja, "let's call it a day". Jy het my selnommer, moenie huiwer om my te bel nie. Ek besef dat hierdie vir jou 'n krisistyd gaan wees. Moet niks doen sonder om my te kontak nie. Dankie dat jy met my oopkaarte gespeel het. Ek besef dat dit vir jou ongelooflik moeilik was, maar glo my, jy gaan die vrugte hiervan pluk."

"Net twee dinge wat jy asseblief so gou as moontlik

moet gaan doen.....gaan skryf eerstens vir Grieta 'n brief, en vertel vir haar presies hoe jy oor haar voel. Vertel vir haar hoe lank jy al so voel en hoe hierdie hele situasie jou laat voel. Vertel vir haar dat jy besig is met remediërende aksie sodat jy hierdie ding kan wen. Moet die brief tog net nie vir haar gee nie. Lees dit elke dag, ten minste een keer, en bring dit saam wanneer jy my weer kom sien."

"Dan is daar sogenaamde snellers wat jou gevoel jeens jou suster keer-op-keer terug na vore bring. "n Voorbeeld hiervan is miskien 'n spesifieke liedjie of stukkie musiek wat jou terugneem na 'n spesifieke oomblik of geleentheid wat jou gevoel vir Grieta stimuleer. Hierdie ding spook al lankal by jou en daarom gaan daar moontlik 'n klomp van hierdie snellers wees. Gaan identifiseer hierdie goed en maak 'n lys daarvan, en bring dit ook met jou volgende besoek saam."

Hulle stap saam na die ontvangslokaal, Antonie Pretorius vooraan, met Harry agterna. By die toonbank steek die sielkundige vas. "Ek wil asseblief vir Harald oor twee weke sien, dieselfde tyd as vandag, as daar 'n opening is."

Sy knik bevestigend. "Goed Harald, sien jou dan."

Die twee mans skud hande met 'n wedersydse "bye."

*****

Harry strompel, amper soos 'n dronkie, na sy blinkskoon BMW toe. Hy is sielsmoeg. Eers draai hy links in die amper-steegstraatjie in, en dan

21

weer links in Roelandstraat, en dan koers hy huis toe, Melkbos toe. Hy kan amper nie eers dink nie, al wat hy weet is dat die wonde weer stukkend is, en dat die bloed vrylik vloei. "Hel dis seer" sê hy vir homself. "Gaan ek ooit heelhuids hierdeur kom?"

Onbewustelik skakel hy af, hy wil net by sy plekkie uitkom. Dit is so 'n halfuur en 'n bietjie se ry, dan gaan hy vir hom 'n skotige Jameson gooi en vir die res van hierdie dag net die see sit en dophou, miskien bietjie op die strand stap.....hy sal maar sien hoe die dinge uitwerk.

Harry sleepvoet in die huis in, sielsmoeg, fisies gedaan. Voordat hy op sy geliefkoosde stoel neerplof stop hy eers by die drankkabinet en haal 'n liter van sy geliefkoosde Ierse whisky daaruit. Hy het hierdie as 'n geskenk vir homself gegee omdat hy braaf genoeg was om hulp te gaan soek. Bottel in die hand stap hy kombuis toe. 'n Lang glas word half-vol engeltjie piepie, soos hy dit noem, geskink .....en nou vind die plof in sy geliefde stoel plaas. Die eerste sluk is lank, en.....baie lank!

"Miskien moet ek myself vandag in 'n ander bloedgroep insuip," dink hy terwyl hy homself bitter jammer kry. "Dalk wil ek nie hê dat hierdie ding heeltemal verby moet gaan nie" sê hy hardop vir homself. "Daar is soms lekker ook by al die seerkry betrokke." Hy kan nie eintlik glo wat hy sopas kwytgeraak het nie, en gaan skink kopskuddend vir hom nog 'n stywe een.

"Jou koppie raas rêrig Harald Markotter" hoor hy homself sê. Hy is doodernstig toe hy dit kwytraak

.....sy eerste werklike erkentenis dat dinge in sy boonste verdieping nie altyd is soos dit behoort te wees nie.

Dis asof die "engeltjie vog" so 'n bietjie lewe in hom laat invloei, genoeg vir hom om homself bymekaar te maak en af te stap strand toe. Hy stap reguit na die plek toe waar hy altyd gaan wanneer hy nodig het om sy tyd met die see te deel. Die see se ge-woel laat hom dink aan die woelinge in sy binneste. Vandag, anders as ander kere, wonder hy hoe dit sal voel om in die see in te stap, dieper en dieper, en nog dieper.....totdat sy kop vir altyd onder die branders verdwyn. Dan skreeu hy vir homself: "jou sot.....wat gaan met jou aan!" Hy kyk rond of ie-mand hom nie dalk gehoor het nie, maar daar is niemand te siene nie.

Die ritmiese gedruis van die see maak hom rustig. Dit is tog waarom hy hierheen gekom het, nie om totaal en al sïmpel te raak nie. Hy sal vanaand nog die brief aan Grieta skryf. Hy en Dok gaan hierdie ding wen!

*****

"Hallo Grieta my Liefse Engel," dit is hoe die brief aan Grieta afskop. "Ek skryf hierdie brief aan jou om vir jou te vertel dat jy die mees ongelooflike, wonderlike vrou op hierdie aarde is!"

"Grieta, ek kan en wil nooit sonder jou wees nie. Ek wil jou elke dag in my arms vashou, asof ek nooit weer nodig het om jou te los nie. Jy sien, my Lief, jy is al waaraan ek dink, meeste van die tyd.

Een nag het ek vir Pa by jou in jou bed gesien en ek het al telkemale gewonder of jy my ook in jou bed sal verwelkom. Ek het net nooit die moed gehad om jou persoonlik te vra nie, want ek kry soms maar lekker skaam oor dit wat hier binne in my aangaan, en dit gaan gewoonlik gepaard met 'n baie intense gevolg elders aan my lyf. Ek het jou nodig Grieta, en ek wil jou hê met alles binne in my."

"Een ding is verseker Grieta, hierdie ding sal nooit 'n werklikheid word nie! Jy sal sekerlik bly wees om te hoor dat ek sielkundige hulp by ene Dr. Antonie Pretorius gaan soek het. Met sy hulp gaan ons hierdie ding wen, Grieta. Uiteindelik gaan jy net my ousus wees. Ek kan nie daarvoor wag nie!"

*****

Absoluut uitgeput val Harry op sy bed neer. Hy het begin tel en kan nie onthou of hy tot by een, twee of drie getel het nie. Een ding is seker.....hy het soos 'n klip geslaap, en vir 'n verandering het Grieta hom nie êrens in die nag wakker gemaak nie.

Met 'n glimlag op sy gesig en 'n "dankie Grieta! .....dammit, dis 'n beautiful dag!" het hy die nuwe dag begroet.

Hy het sy goed gegryp en langs die see in die rigting van Yzerfontein gaan stap. Hoe vêr en hoe lank weet hy nie eintlik nie, want hy het 'n ongewone rustigheid ervaar, iets wat hy nie ken nie.

Al wat hy kon sê was "dankie Dok.....dankie my liewe Here."

4 DIE NEPHILIM

Dit is die jaar 1885, en Kimberley in die Noord kaap is 'n kleuter-dorp.....so om-en-by drie jaar oud. Die diamant-fonds van sowat veertien jaar vantevore het gelei tot 'n toevloei van mense na die omgewing.....natuurlik delwers, vakmanne, bankiers, entrepeneurs, dokters.....en heelwat ongure karakters.

Crisp, of liewer Tiny Figgins, soos wat hy bekend, of berug was in Aberaeron, aan die weskus van Wallis, het sopas in Kimberley opgedaag, opsoek na sy fortuin. Hierdie "reus" van bykans 9 vt. was nie 'n delwer nie, van die bankwese het hy absoluut niks geweet nie, hy was geen medikus nie, maar, hy was 'n entrepreneur.....geheel-en-al onkonvensioneel. Dit het hom dus eintlik as een van die ongures geëtiketeer. Hy was hier om te versamel, en om geen ander rede nie! In die proses het hy gevloek, gedrink, gehoereer, geroof, verkrag en gemoor, maar hy het darem nooit gerook nie. Die feit dat hierdie plek 'n bron van baie geld en baie moontlikhede was, het hy wel deeglik besef.....en so het hy dan ook sy huiswerk baie deeglik gedoen.

*****

Die vroutjie met die Cockney aksent skrik toe sy die "reus" in die ontvangsvertrek van die losieshuis sien staan, en sy moet haarself letterlik forseer om met die vreemdeling te praat: "How can I help you?"

"Rwy'n edrych am le i aros," kom die antwoord in Wallies.

"Speak to me in English, you Welsh rogue, I do not understand that mess that just came out of your mouth!," antwoord die Cockney "Queen".

Die volgende oomblik hang haar voete in die lug, alles te danke aan hierdie man wat haar agter haar nek opgetel het. "I am looking for a place to stay," kom dit dan in redelik gebroke Engels.

Sonder enige verdere woordewisseling word 'n groot ronde sleutelhouer met 'n nommer 6 daarop geverf, en 'n swaaiende sleutel daaraan geheg, in Tiny se hand gestop. Die vroutjie het besluit om niks verder, met haar welstand in aggenome, kwyt te raak nie.

*****

Crisp Figgins het vinnig bewus geword van die

Britte, Barney Barnato en Cecil John Rhodes.....en die feit dat beide van hulle baie welaf was, en so ook baie van hulle werknemers, asook meeste van hulle vriende en kennisse. Dit was dan, volgens hom, die bron van sy toekomstige skatte.....sy sogenaamde teikenverskaffers, in entrepeneursterme gestel.

Tydens een van sy rooftogte, en toevallig dan ook sy laaste, by die woning van Desmond Clark, die mynkaptein van die Kimberley myn, het hy sy eerste kennismaking met Die Bybel gehad, meer spesifiek die King James weergawe daarvan. Sy vaardigheid van die Engelse taal was maar beroerd, om die minste te sê, en gevolglik het hy dit wat hy in hierdie boek gelees het, nie heeltemal reg verstaan nie.

Terwyl hy besig was om Desmond Clark se kluis van 'n versameling diamante en Britse Ponde te ledig, het hy maar sommer hierdie, vir hom onbekende boek, saam in die sak gegooi. Op sy pad na die venster waardeur hy toegang tot die Clark woning verkry het, het die huishoudster hom betrap, en gekonfronteer. Gelukkig vir hom het hy 'n swart doek oor sy gesig gehad, en daarom, met die minimum risiko om herken te word, het hy haar trompop geloop, haar vasgedruk, die nodigste kledingstukke van haar lyf verwyder, en haar verkrag. Herdie swart doekie kon egter nie die "reus" se bogemiddelde postuur verberg nie, sou hy dan later tot sy teleurstelling besef.

Terug by sy blyplek het hy voorraadopname gedoen, en met 'n glimlag op sy gesig het hy die vreemde boek begin ondersoek. Op die eerste bladsy, redelik vreemd geskryf, lees hy die volgende woorde: "The original 1611 King James Bible".....en hy besef instinktief dat hierdie nie sommer net nog 'n boek is nie.....en dan gly dit uit sy hande en val op die vloer voor sy voete. Stadig, en nou met 'n mate van versigtigheid, wetende dat hierdie 'n uitsonderlike boek is, tel hy dit van die vloer af op, en lees dit wat daar geskryf staan:

"Genesis - Chapter 6

1 And it came to passe, when men began to multiply on the face of the earth, and daughters were borne vnto them:

2 That the sonnes of God saw the daughters of men, that they were faire, and they took them wiues, of all which they chose.

3 And the LORD said, My Spirit shall not alwayes striue with man; for that hee also is flesh: yet his dayes shalbe an hundred and twenty yeeres.

4 There were Giants in the earth in those daies: and also after that, when the sonnes of God came in vnto the daughters of men, & they bare children to them; the same became mightie men, which were of old, men of renowme.

5 And God saw, that the wickednes of man was great in the earth, and that euery imagination of the thoughts of his heart was onely euill continually.

6 And it repented the LORD that he had made man on the earth, and it grieued him at his heart.

7 And the LORD said, I will destroy man, whom I haue created, from the face of the earth: both man and beast, and the creeping thing, and the foules of the aire: for it repenteth me that I haue made them."

Tiny Figgins het homself nog altyd as ietwat van 'n reus beskou, en nou lees hy van die reuse in Noag se tyd, wie se vaders blykbaar "the sonnes of God" was. "The sonnes Of God" het blykbaar reuse seuns gehad. Hierdie reuse is beter bekend as Nephilims by die skrifgeleerdes, en hulle was bykans alles wat onaanvaarbaar in Die Skrif is. Op hierdie punt het Tiny se koppie hom wysgemaak dat hy een van hierdie reuse se nasate was, want hy het voldoen aan die beskrywing in die boek wat hy vashou.

Met die dat hy besef het dat hy nogal "spesiaal" is, het hy nie verder gelees nie, en hy het dus nie besef dat geeneen van hierdie Nephilims 'n plekkie op Noag se ark tydens die Sondvloed gekry het nie .....die reuse het dus saam met die res van die mense op die aarde versuip tydens die veertig dae en veertig nagte se "reënbui."

Tiny Figgins het homself nou as "onsterflik" beskou .....kyk dan net wie sy voorvaders was!

.....en dan bars die deur oop, en vier manne storm die vertrek binne......hy vee die eerste een plat, maar die tweede, derde en vierdie vuur gelyktydig, en die "nephilim" suig op die vloer neer, sy borskas vir ewig bewegingloos.

*****

Nege maande later skenk Clara Van Zyl geboorte aan 'n fris jong knaap van net duskant 8kg, dit is 17.5lb. in die "ou" taal. Die Clarks, veral Mev. Clark, het haar deur dik en dun bygestaan en gehelp om al die skindertonge stil te maak, met die gevolg dat meeste van die vroue wat in Mev. Clark se kringe, en daarbuite, beweeg het, uitgesien het na die nuwe baba se koms. Almal was verbaas oor die baba se grootte, behalwe Clara natuurlik.....sy het eerstehands met die baba se pa kennis gemaak .....en hy was 'n reus van n man gewees. Clara het besluit om die baba Stefanus, Adrianus, Ignatius, na haar geliefde vader te vernoem.

"Many congratulations, Clara," is die eerste woorde wat Clara na die baba se geboorte kan onthou. Komende van Allison Clark het dit vir haar ongelooflik baie beteken. Ten spyte van die feit dat die twee vrouens 'n wergewer/werknemer verhouding gehad het, het hulle na Clara se 9 maande swangerskap bykans "susters" geword, en hulle was dus op eerstenaam terme met mekaar.

"Oh Allison, thank you so much. Despite the way in which this baby was conceived, I could not have asked for any better.....he is healthy and strong. The Dear Lord has really blessed me."

"Clara, you should realise that this child is also a part of you, not of his father only. I am convinced that you will raise him to be a model man, successful, good mannered and a true gentleman. We will ensure that he receives the best possible education and that both you and him will never experience a shortage of any kind whatsoever. It will be our pleasure to assist you with this extremely important task that is awaiting you."

"Thank you once again, Allison, I do not know what I would have done without you."

Stephen, soos wat die jongeling genoem is, was skrander en redelik intelligent. Sy moeder het gesorg dat hy 'n goeie opvoeding kry, en hy het sy skoolloopbaan by Perseverance Schools in Kimberley voltooi. As 'n model leerling het hy dan ook in al die fasette van die skool aktiwiteite, akademies sowel as buitemiers, uitgeblink. Stephen het by die voltooiing van sy skoolloopbaan 'n studiebeurs, waarmee hy homself as 'n rekenmeester aan "The Transvaal University College" gaan kwalifiseer het, van Desmond Clark se werkgewer ontvang.

*****

"Stephen my seun, ek is ongelooflik trots op jou .....jy is 'n voorbeeld vir almal met wie jy te doen kry, insluitend vir my. Jy het ongelooflik baie vermag sonder om een enkele keer te kla.....ek is so dankbaar dat jy my seun is. Jou harde werk was heeltemal die moeite werd, was dit nie? Oupa Fanie sou so trots op jou gewees het!"

"Dankie Mamma, maar ek sou dit nie sonder Mamma se aansporing en ondersteuning kon regkry nie. Ek wens so dat ek vir Oupa Fanie geken het.....en my pa ook.....wie was hy? Mamma het nog nooit met my oor hom gepraat nie.....hoekom?"

"Stephen, jy moet asseblief probeer verstaan, maar jou pa was 'n deel van my lewe wat ek liewers sou wou vergeet, en sou jy die omstandighede ken, sou jy heel moontlik ook soos ek gevoel het."

"Wil Mamma dit nie maar in elk geval met my deel nie. Dit was vir my nogal erg om sonder 'n pa groot te word.....ek het altyd die ander seuns by die skool, en die ouens op universiteit, beny wanneer hulle pa's tydens sportbyeenkomste langs die veld gestaan het, wanneer daar prysuitdelings was, tydens die redenaars kompetisies, en natuurlik met my gradeplegtigheid. Moet my asseblief nie verkeerd verstaan nie, Mamma, die feit dat Mamma daar was, was vir my wonderlik, maar tog was daar 'n bietjie van 'n leemte."

"Ek verstaan maar al te goed, Stephen, ek kan net dink hoe erg dit vir my sou wees om sonder Oupa Fanie groot te moes word. Dit is goed so, ek sal jou alles omtrent jou pa vertel, maar wees gewaarsku, dit mag moontlik vir jou ontstellend wees."

"Dankie Mamma."

"Jou pa was 'n Wallieser, en sy naam was Crisp Figgins. Tiny, soos hy bekend gestaan het, was 'n reus van 'n man, seker omtrent 9vt. lank, en soos jyself sal besef, is jou 7vt. 6dm. reeds heelwat lang-

er as meeste ander mense. Hy het vanaf Aberae-
ron in Wallis, na Kimberley gekom om soos so baie
andere, sy fortuin te kom soek."

"Ja....." sê-vra Stephen.

"Jou pa was egter nie 'n delwer nie, en ook nie 'n
besigheidsman nie. Hy was hier om andere te be-
roof en te besteel.....en dit was tydens een van
hierdie rooftogte dat ek hom ontmoet het, oftewel,
dat ek en sy paaie gekruis het. Ek was altyd van
mening dat dit beter sou wees indien ek en hy me-
kaar nooit raakgeloop het nie, maar toe is ek met
jou geseën.....dank die Here daarvoor. Jy het alles
die moeite werd gemaak, Stephen."

"Wat is dan nou so erg daaraan, Mamma?"

"Ek is nog nie klaar nie, Stephen. Tydens 'n roof-
tog, hier in die Clarks se huis, op sy pad uit, het ek
in hom vasgeloop.....sonder om 'n enkele woord te
sê, het hy van my klere van my lyf afgepluk, en my
verkrag.....en dit is waar jy vandaan kom.....ek is
regtig jammer Stephen, maar ek moes jou seker
maar een-of-ander tyd daarvan vertel".....en toe
vloei die trane weer soos wat dit op die dag van
Stephen se konsepsie gevloei het.....onbeheersd en
onophoudelik!

Dit was dan ook die laaste gesprek rakende Tiny
Figgins tussen ma en seun.

Stephen Van Zyl was, om die minste te sê, hewig
ontsteld omtrent dit wat sy ma met hom gedeel
het, maar hy het sy ontsteltenis besonder goed ver-

berg.....hy wou haar nie verder seermaak nie. Sy was egter bekommerd oor hoe hierdie episode haar lieflingseun se lewe vorentoe gaan impakteer.

*****

"Mother, dear," of "Dadda" is die manier waarop Scarlett Clark gewoonlik haar ouers, Allison- en Desmond Clark, om haar klein-fyn pinkie gedraai kry. Dit gaan nie oor wat sy sê nie, maar wel oor haar stemtoon, haar getuite lippe en haar flik-kerende ooglede.

Scarlett Clark is 'n ware Engelse roos, met 'n eg Engelse, amper-te-wit vel, 'n paar amper onsigbare sproeitjies op haar rooi wange, helder blou oë, twee vol, goedgevormde lippe, en 'n welige goedversorgde bos "scarlet" hare. Sy is haar pa en ma se enigste .....en sy besef die voordele daarvan terdeë.

Stephen Van Zyl het nou maar eenmaal 'n oog vir 'n mooi nooi, en so kan hy dan nou maar ook nie sy oë van hierdie "Engelsmeisie" afhou nie. Wat hom aanbetref is sy die mooiste ding wat hy in sy hele lewe aanskou het. Net so het hy ook nie onop-gemerk by Scarlett Clark verbygegaan nie, en dit was dan ook geen verrassing dat die tweetjies kort voor lank meer as net "ma-vriendinne" se kinders was.

Dit was een van daardie mooi, onskuldige verhou-dings, gedryf deur liefde en wederdsydse respek. Terselfdertyd was dit besonder moeilik vir die twee jongetjies om hulle hande, en lippe, van mekaar af te hou, en daarom het Stephen een aand, een knieg op die vloer en die ander kort duskant sy ken, 'n klein houertjie met 'n eenvoudige .3 karaat "Round Brillliant" diamant geset in 'n goue ringetjie, in 'n uitgestrekte hand aan Scarlett voorgehou met 'n "will you please become my wife, my love?"

Sonder enige huiwering het die rooikop Engelsenooi bevestigend met "Of course I will, my darling" gereageer. Nadat hy die ringetjie aan haar vinger gesit het, het sy vir Stephen passievol gesoen, en toe die ring vir Stephen terug gegee omdat hulle nog eers hulle ouers se toestemming om te trou moes bekom.

*****

Hierdie voorval is dan die rede waarom Scarlet Clarke vir Allison Clarke met 'n "Mother dear" aangespreek het.

"Yes my dear," antwoord "Mammá", met 'n glimlag om haar mondhoeke, wetend dat hierdie kind haar weer, sonder veel moeite, om haar meisie-pinkie gaan draai.

"Mother, Stephen and I would like to come and speak to you and Dadda, haar troetelnaampie vir haar vader, about a very important matter.".....die kind praat waarlik baie suiwer Engels.....almal sê so.

"What seems to be the matter, my dear?"

"Nothing at all Mother," kom die antwoord van die

rooikop met die vonkeloë. "Will you and Dadda be available tonight?"

"O yes my dear, and invite Stephen to come and have dinner with us tonight. I will arrange with Clara to prepare for him as well. It will be like times gone by when he was still living with us. Will you please play the piano for us, at some point during the evening?"

"Of course Mother, it is always a pleasure to look at Dadda's face when I play his favourite melodies."

*****

Tydens sy verblyf in die Clark huishouding, het Stephen baie gou geleer om hom soos 'n ware Engelse "gentleman" te gedra, soveel te meer nadat hy van Scarlett bewus geraak het. Hy wou seker maak dat sy hom nie miskyk nie.....en dit het dan ook daartoe bygedra dat die verfynde Engelse nooi kort-voor-lank haar hart op die jong Stephen verloor het. Die Clarks se "dinner time" was altyd om 18h30.....altyd, en Stephen het seker gemaak dat hy dit nooit vergeet het nie, want hy kon nie wag om aan dieselfde tafel as Scarlett Clark te sit nie .....hy sal dan ook nooit, vir solank as wat hy lewe, vergeet dat die Clarks om 18h30 hulle aandete nuttig nie.

Allison Clark se groot liefde, naas haar man en die kleine Scarlett, was haar tuin. Gelukkig vir haar, was die Victoriaanse sesslaapkamer Clark-woning op 'n bykans 2.5 akker erf gebou, so om-en-by 'n hektaar in moderne terme. Die tuin moes dan ook noodgewonge by die Victoriaanse boustyl pas, volgens haar, en Desmond het maar telkens wanneer sy gaande omtrent haar tuin raak, net geglimlag, en sy kop baie effens van kant-tot-kant beweeg.

Hulp in die jong Suid-Afrika was baie bekostigbaar, en baie volop, wat beteken dat die Clarks twee handlangers in diens geneem het om vir Allison Clark met die ontwikkeling en instandhouding van haar pragtuin te help. Allison se trots was 'n ware lus vir die oog, met geplaveide paadjies wat die groen gras- en struikbedekte tuin deurkruis het. Daar was dan ook 'n swetterjoel van bome, elkeen met liefde deur Allison en haar handlangers geplant. Die hele tuin is basies in simmetriese blokke van om-en-by 10vt. by 10vt. verdeel, en die paadjies het dan as die skeiding tussen hierdie blokke gedien. Elke blok is met digte diepgroen gras, wat eweredig op 'n hoogte van 'n half duim gesny is, bedek, en die randjies om elke blok het uit 'n verskeidenheid van kleurvolle plante en struike bestaan. In die linker-voor hoek van die tuin, het sy 'n doolhof geskep deur 'n geplaveide paadjie in 'n voorafbepaalde patroon tussen Kanferfoelie, of dan "Honeysuckle" struike soos dit by die Engelse bekend staan, te "deurslang." Die uitgang van die doolhof het na 'n houtbruggie booor 'n Allison-geskepde stroompie gelei, wat die voedingsbron van die reghoekige tuinbad wat tussen die tuin-ingang en die groot stoep wat die huis bykans omring het, geleë was.

Dit is dan hierdie gesig waarin Stephen Van Zyl hom vasloop wanneer hy om 18h00 by die ingang na die tuin van die Clark-woning opdaag, en soos altyd verwonder hy hom aan die produk van Allison Clark se absolute toewyding wanneer dit by haar tuin kom.

Die groet-seremonie is nogal 'n stywe-formele affêre, en Stephen sukkel om homself in toom te hou wanneer hy die meisie van sy drome groet, en ek glo dat hierdie 'n wedersydse stryd is. "Een van die dae is ons vir altyd saam" dink hy met 'n glimlag-bedekte gesig.....almal in die vertrek merk sy gesigsuitdrukking op, maar niemand lewer enige kommentaar nie. Om18h25 verskoon hy homself uit die geselskap om sy hande te gaan was.

*****

Die lang breë gang wat vanaf die sitkamer in 'n oostelike rigting na die gaste-badkamer lei, bring geweldig baie herinneringe by Stephen na vore.

Hy onthou hoe hy en Scarlett as klein kindertjies op 'n redelik gereelde basis in die gang op-en-af gehardloop het, sy vooraan en hy agterna, en hoe sy dan in een van die aangrensende vertrekke ingespring en gaan wegkruip het, en die groot soektog wat daarna gevolg het.....die wedersydse vreugde wat gevolg het wanneer hy haar onder 'n bed, of agter 'n kas, of selfs binne-in 'n kas, indien dit groot genoeg was, gevind het. Nou besef hy skielik hoe vêr in die verlede hierdie ding tussen hulle twee sy oorsprong gehad het. Hy onthou presies hoe elkeen van die ses slaapkamers, almal aangrensend aan die lang gang, gelyk het, hoe elke kamer 'n tema en kleurskakeuring van sy eie gehad het, en 'n bynaam ook, beginnende by die hoofslaapkamer, of dan "The Queen's Parlour" aan die punt van die gang. Scarlett se slaapkamer was "The Doll House," dan was daar "The White Rose," 'n gastekamer, en nog drie ander slaapkamers.

*****

Lulama, Clara se Xhosa assistant in die kombuis, is vanaand verantwoordelik vir die bediening van die maaltyd, want Clara is vanaand een van die gaste aan die Clark etenstafel. Die Xhosa vrou se naam beteken saggeaard, kalm en bedaard, "softly spoken," maar die Skepper het waarlik 'n sin vir humor.....Hy het ander planne vir Lulama gehad, want sy is luid en geesdriftig, emosioneel, passievol en "very well spoken", soos Allison Clark dit gestel het toe sy haar die dag in diens geneem het. Die "well spoken" gedeelte was vir Allison 'n absolute vereiste by die nuwe bekleër van die pos, aangesien sy die Suid-Afrikaanse inboorlinge slegs met moeite kon verstaan.

Heel formeel nooi Desmond Clark sy gesin en die Clarks se gaste om saam met hom by die etenstafel aan te sluit. Hy gaan sit aan die hoof van die smaakvol voorbereide tafel, bedek met 'n spierwit Damask tafeldoek, goudbedekte eetgerei en Royal Doulton breekware. Die tafel is versier met 'n verskeidenheid van kerse, mikro blomrangskikkings, kristalle, en 'n baie stylvolle en fyn sterling silwer bak gevul met die beste sjokolade versnaperings wat Moeder-Engeland kan bied.

Allison Clark gaan sit aan haar man se regterkant

met Scarlett neffens haar, en Clara Van Zyl gaan sit aan sy linkerkant met Stephen neffens haar..... en die twee jongetjies kan nie help om diep in mekaar se oë te kyk nie.

"Thank you Dear Lord for the food that we are about to receive. Please bless this to our bodies and also bless the hands that have prepared this wonderful meal. Further please extend your favour to those who will have to go hungry tonight, unless you bless them with something to eat. Amen" bid die man aan die hoof van die tafel.....en dan bedien Lulama die voorgereg.

Die eg-engelse voorgereg bestaan uit room van preie en aartappelsop, opgedis in spierwit Royal Doulton kommetjies met 9 karaat goue reliëfrante. Die sop word bedien saam met vars geklopte room en 'n pasgebakte broodrolletjie. Clara het haarself weereens oortref!

Tussen die etery deur word daar lekker gesels.....en geskerts, en die andersins ernstige Desmond Clark ontdooi en verander in 'n gemoedelike gasheer en 'n liefdevolle vader. Stephen is maar net te dankbaar daarvoor, want hy moet êrens deur die loop van hierdie aand hierdie Engelsman om die hand van sy liefling dogter vra, en Desmond se gemoedelikheid sal die vrawerk verseker vergemaklik.

*****

Dan word die leë kommetjies verwyder en terwyl hulle wag vir Lulama om die hoofgereg te bedien, praat Scarlett: "Dadda.....Mother-dear.....Mrs Van

Zyl.....Stephen and I would like to discuss a very serious matter with you. Met vraagtekens in haar blou oë kyk sy afwagtend na haar ouers, en aanstaande skoonmoeder. Daar heers 'n doodse stilte .....en dan breek Desmond Clark die stilte met 'n "Yes my dear, what is it that you would like to discuss?"

"Mr, Mrs Clark, Mother, as you no doubt are aware, Scarlett and I have fallen in love, and we truly love one another. We have decided that we would like to spend the rest of our lives together, and I would like to ask you for Scarlett's hand in marriage. I promise you that she will always be my first priority in life, and that I shall do my best never to cause her any distress. I will be able to give her a good life, and that will no doubt improve as time goes by. May I please marry your daughter Sir, Mam.....please mother, give us your blessings."

Dan praat die drie ouers tegelykertyd, en kom dan stotterend tot stilte wanneer hulle besef dat hulle soos die babbelaars by "Die Toring Van Babel" klink.....en dan het Lulama ook nog saamgepraat.....ongenooid, maar dit maak nie eintlik saak nie.

"Stephen," kom dit van Desmond Clark. "You are asking me to give you my only daughter, the only person that I love as much as Allison. Knowing you, I cannot find any reason whatsoever not to give you my daughter's hand in marriage. Should Allison agree, the two of you could surely continue with your future plans.....what do you say, my dear?"

"I am absolutely elated, and I have no doubt that Stephen and Scarlett really love one another. They actually do belong together.....Scarlett, Stephen, the two of you really have my blessing!"

"Mother," sê-vra Stephen.

"By all means, Stephen. Scarlett, it will be wonderful to have you as my daughter, and to have you as Stephen's wife. I could not have asked for a sweeter, more considerate wife for Stephen, and a daughter for myself. Congratulations to both of you."

Dan gaan kniel Stephen by Scarlett en sonder veel seremonie plaas hy die .3 karaat ringetjie aan haar linker ringvinger met 'n "Thank you Scarlett, I will love you forever."

*****

Met 'n breë glimlag op haar gesig daag Lulama met die hoofgereg op. Die gereg bestaan uit bees filet, bedien met Engelse Aspersies en 'n saffraan witwyn roomsous.....Desmond Clark se heel geliefkoosde dis.....en nou glimlag hy van oor tot oor.

Die komplimente en die dankies reën op Clara en Lulama neer. Hierdie is 'n besonderse dis....."Fit for a king," volgens Desmond Clark.

Wanneer Lulama die leë borde verwyder, versoek Scarlett dat sy so 'n bietjie met die nagereg draai. Dan veskoon sy haarself van die tafel en gaan sit voor die Bentley vleuelklavier, al die pad uit Engeland. "This is specially for you, Dadda," en met die begin die klanke van Handel se "The Arrival Of The Queen Of Sheba" die vertrek te vul. Desmond Clark is in vervoering, en hy moet onwillekeurig 'n traan afvee.

"Thank you Scarlett" is al wat hy na afloop van die klavierspel kan uitkry, maar die wyse waarop hy na sy dogter kyk, spreek boekdele.....sy is onge- twyfeld haar pa se oogappel!

*****

Die nagereg is Sjokolade Torte, een van Clara se spesialiteite.....altyd 'n gusteling van die Clark ge- sin. Dit is basies 'n sjokolade koek bestaande uit verskeie dun lae koek, gevul met geklopte room, swart kersies en 'n bessie mousse. Die Torte is ver- koel en dan geglasuur kort voordat dit opgedien is.....'n voortreflike einde aan 'n voortreflike maal.

Die aand se verrigtinge word met 'n koppie volronde Arabica afgesluit. Die koffiebone is deur een van Desmond Clark se kollegas tydens 'n werksbesoek aan Ethiopië by 'n padstal digby die Ethiopiese Hooglande op aanbeveling van 'n kof- fiekenner aangeskaf.....dit was 'n uitstekende keu- se.

*****

Stephen en Scarlett is in Februarie 1925 tydens 'n luisterryke funksie in Kimberley se gemeenskap- sentrum getroud. Die Clark ouerpaar het alles in hulle vermoë gedoen om dit so 'n spesiale geleentheid as moontlik te maak. Eerstens het dit oor hulle dogter gegaan.....dit moes 'n dag wees wat sy nooit in haar lewe sou vergeet nie. Tweedens het die Clarks se sosiale stand 'n massiewe rol gespeel tydens die beplanning van hierdie spoggeleentheid .....Desmond Clark was darem die mynkaptein op Kimberley, "Die Baas Van Die Plaas" soos baie van sy werknemers na hom verwys het. "The Independent", die lokale nuusblad, het dan ook hulle voorblad met die prag en praal van die Van Zyl-Clark troue versier en het dit as "The wedding of the century" bestempel.....tot die Clark ouerpaar se absolute genot.

*****

In die koue winter van 1930 is Stephen en Scarlett se eerste, en enigste kind, Theodore Patrick, in 'n privaatsaal in die Kimberley Mynhospitaal gebore. Die knaap is na Desmond Clark se gryse vader in Engeland vernoem. Op 95 jarige ouderdom het die oubaas aan dimentia gelei, en die Van Zyl-Clarks het besluit om Scarlett se grootvader op hierdie wyse te vereer.

Theo, soos hy genoem is, het in sy pa se voetspore gevolg, en homself na die voltooiing van sy skoolloopbaan, as rekenmeester aan "Universitas Pretoriensis", oftewel, Die Universiteit Van Pretoria, bekwaam. Na sy studies is hy terug na Kimberley en het as vennoot by sy pa se praktyk aangesluit.

Die praktyk het gefloreer, en Stephen en Theo het dit soos 'n goedgeoliede masjien bedryf.....en toe het Theo besluit om "sy eie ding" te gaan doen.....in

Pretoria. Hy is in 1955 daar weg met 'n "cheers Pa,
Cheers Mom," en het soos 'n groot speld verwyn.
Sy mense het nooit weer van hom gehoor nie, en
dit het sy ouers gekrenk, want hy was hulle "alles."

*****

In Januarie van 1966 het 'n vrou sonder 'n man,
geboorte aan 'n bogemiddelde fris jong knaap in die
kraamafdeling van die HF Verwoerd Hospitaal in
Pretoria geskenk. Sy was 'n prostituut en kon nie
met sekerheid sê wie hierdie klong se pa was nie.
Gevolglik het sy bloot die eerste naam waaraan sy
kon dink gebruik om hierdie kind 'n naam te gee.
Sy het hom Johan Van Zyl benoem, want die pa
van haar vorige kind was 'n Van Zyl.....Theo Van
Zyl.

5 DIE ENIGSTE UITWEG

"Mnr. M" sê die stem aan die anderkant van die foon.

Harald het nie 'n idee aan wie die stem behoort nie. Vinnig sif hy deur die hardeskyf in sy kop, "is die inligting aangaande hierdie stem dalk al in die argiewe?" wonder hy. "Waar het u my kontakbesonderhede gekry?"

"'n Feetjie het dit vir my gegee" sê die stem aan die anderkant.

Nou is Harald rustig.....dit is presies die antwoord wat hy wou hê. "Die feetjie" waarvan hierdie ou praat is 'n vriendin van lank se tyd af, maar sy is ook sy kollega, en besigheids vennoot. Liz De Koker sou nooit sy kontakbesonderhede vir hierdie ou gegee het as sy nie eers haar huiswerk met betrekking tot hom gedoen het nie.

"Ja, dit is Mnr. M hier, met wie praat ek?"

"Ek wil nie nou al my naam bekend maak nie" sê "Die Stem." "My situasie is redelik sensitief. Kan

ons moontlik die antwoord op jou vraag laat verby-
gaan?"

"Jammer, maar ek werk nie met spoke nie.....jy sal
my maar moet vertrou indien jy van my dienste ge-
bruik wil maak......jy moet besef dat daar niemand
anders in my bedryf is wat heeltemal so ef-
fektief.....en professioneel soos ek is nie. Wanneer
ek vir jou sê dat die son skyn, kan jy maar seker
wees dat die son skyn.....jy het nie nodig om eers
deur die venster te gaan kyk om seker te maak dat
ek my feite agtermekaar het nie. Wil jy hê dat ek
jou help," sê Harald half ongeduldig.

"Ja asseblief, die ding gaan my sink," Mnr. M.
"Hier is ongelooflik baie op die spel! Hoe werk jou
tariewe?"

"Ek dink nie dat ons saam gaan werk nie, Meneer-
Sonder-Naam. Ek werk nie met spoke nie!"

Dit is doodstil aan die ander kant, en net toe Harry
begin dink dat die ou afgelui het, klink dit in sy
oor: "Johan Van Zyl." Die spanning in Van Zyl se
stem is bykans tasbaar, en Harry besef dat hy hom
kalm sal moet kry alvorens hulle met hierdie ding
kan voortgaan.

"Mnr. Van Zyl, dankie vir jou vertroue in my. Wees
verseker dat "Die Feetjie" nie vir jou my inligting
sou gee indien sy nie seker was dat ek en jy me-
kaar wedersyds kon.....en sou vertrou nie. Dit is
uiters belangrik dat ons twee mekaar beter leer
ken. Ons sal by mekaar moet uitkom.....hoe gouer
hoe beter. Hoe lyk jou dag môre?"

*****

Brackenfell Sentrum...Saterdagoggend...10h00.

Harry sit by tafel nommer 7 in Cuban Coffee, waar hy altyd sit, wanneer hy kliënte, of voornemende kliënte, moet ontmoet. Hulle ken hom al hier.

Vanaf sy gereëlde tafel kan hy die deur maklik dophou terwyl hy oor sy koerant loer. Sy eerste Engeltjie Piepie en Die Saterdag uitgawe van Die Burger het reeds vir hom gewag toe hy daar aankom. Die mense van Cuban Coffee verstaan hom goed.

Om 10h05 verskyn 'n man met 'n wit Panamahoed in die deur. Hy is langer as die gemiddelde ou, hy is skoongeskeer, sy nek is so dik soos die stam van 'n honderd jaar oue bloekom, en sy boarms lyk soos meeste outjies se bobene, hare-en-al. Sy kyk fokus bykans onmiddellik op tafel nommer 7, want dit is die enigste tafel waar daar 'n man alleen sit.

Hierdie tyd op Saterdagoggende is die restaurant redelik stil.....Harry is somtyds die enigste kliënt hier. Hy het vir Johan van Zyl sien inkom, en stadig vou hy die koerant op en plaas dit op die stoel langs hom. Dit is hoe Van Zyl hom eien, en hy stap dan ook reguit na tafel nommer 7 toe.

"Mnr. M?"

Harry staan van sy stoel af op, steek sy hand uit met 'n "Hallo Mnr. Van Zyl, kom sit gerus. Wat gaan jy drink?"

"Koffie asseblief, Americano met warm melk."

Donovan, die kelner, staan reeds langs die Panama-man, glimlag, en knik bevestigend. Hy treë presies op soos Harry dit met Danny, die bestuurder, gereël het.

"Oulike plek die, Mnr. M, maar hoekom ontmoet ons nou eintlik hier?" gee Johan van Zyl sy nuuskierigheid te kenne. Daar is tog sekerlik heelparty ander plekke in die Kaap waar ons die ontmoeting kon hou. Woon jy hier naby?"

"Onnodige vraag," dink Harry. "Ek het hierdie spesifieke restaurant gekies omdat dit neutraal geleë is, op Saterdagoggende is dit gewoonlik redelik stil hier, hoe minder ore binne hoorafstand, hoe beter, en die mense hier verstaan my behoeftes. Boonop is hulle diens uitstekend en hulle koffie is fenominaal."

Johan van Zyl se Americano, met warm melk, daag op. Hy gebruik geen suiker nie want dit is hoeka ongesond, so sê hulle. Eers proe-proe hy aan die koffie en dit word opgevolg deur 'n groot testostaroon gedrewe sluk.....'Dis nou soos koffie moet proe.....perfek!"

"Hierdie is verseker 'n volbloed Kapenaar. Kyk stip na sy voorkop.....en jy sal die Disa Uniflora, oftewel die rooi Disa lelie, die embleem van WP Rugby, daar sien" grap Harry so in sy enigheid.

"Johan, my naam is Harald, of sommer Harry, nes jy gemaklik voel. Hoe het jy by "Die Feetjie" uitgekom? Het iemand jou na haar toe verwys?"

"Man, ja, ek het my eie besigheid, Maxigenics. Ons skryf doelgerigte sagteware vir spesifieke kliënte wat soms onder die "radar" funksioneer. Vanselfsprekend is die sagteware, meestal geklassifiseerd. Daar sal gewoonlik nie meer as twee programmeerders by een projek betrokke wees nie. Al Maxigenics se programmeerders werk in spanne van twee, want op hierdie manier leer hulle mekaar ken.....en vertrou. Dit is noodsaaklik sodat hierdie spannetjies optimaal kan funksioneer."

"My P-A het my na "Die Feetjie" toe verwys.....hulle ken mekaar.....so verstaan ek."

"Ons is tans met 'n uiters geklassifiseerde projek besig. As gevolg van die omvang daarvan was ons genoodsaak om drie spanne aan die projek te allokeer. Dit het uiteraard heelwat nuwe uitdagings na die tafel gebring."

"Nog een van daai lekker sterkes vir jou?" vra Harry.

"Ja asseblief " kom die antwoord.

Harry het nog skaars sy vinger gelig toe staan Donovan neffens hom. Die halfsirkelbeweging van sy vinger is genoeg om Donovan te laat verstaan dat hulle nog 'n identiese rondte drinkgoed wil hê.....en dan gaan die gesprek voort.

"Die kliënt betrokke by die projek wat ter sprake is, staan bekend as Militarisation Development Enterprises. Dit is 'n Britse maatskappy met hulle hoofkantoor in Hampstead Heath in London. Hampstead is 'n welvarende voorstad, en 'n ou verwag nie eintlik om 'n besigheid daar aan te tref nie, want die area is boomryk, met groot oop areas, en dit is nogal gesogd onder "expats" wat hulle in London wil vestig.....dis eintlik die ideale plek vir familie georiënteerde ouers."

"MDE se operasionele arm, wat maar eintlik die spil is waarom alles draai, is egter in Puerto Rico gebasseer. Hulle fasiliteit is in San Juan wat natuurlik aan die see geleë is."

"Hier kan hulle redelik ongesteurd met hulle aktiwiteite, wat dit ookal mag behels, aangaan. MDE is finansiëel besonders sterk, wat beteken dat hulle deur kontak met die regte persone te maak, hulle weg oop kan "koop", wat daardie weg ookal mag behels. Hulle hele opset is deeglik deurdink en beplan, soveel so dat niemand buite hulle organisasie regtig weet wat presies hulle doen nie. Die naam "Militarisation Development Enterprises" gee wel vir 'n ou 'n aanduiding in watter sektor hulle aktief is, maar wat presies doen hulle?.....ek weet nie of ons dit ooit sal uitvind nie."

"Maxigenics se huidige groot uitdaging is dat sekere inligting met betrekking tot die projek by van ons opposisie uitgekom het, en dit kompromiseer nie net vir Maxigenics nie, maar ook vir MDE. Ons kan nie bekostig dat dit gebeur nie, Harry, en ek is seker dat MDE glad nie gelukkig gaan wees as hulle dit sou uitvind nie. Hulle betaal uitstekend, en hulle verwag dat hulle projek met die grootste moontlike sensitiwiteit hanteer word. Ek wil nie aan hierdie mense se verkeerde kant kom nie Harry."

"Johan.....hierdie klink vir my na 'n baie ernstige situasie. Ons vorige saak is laas week afgehandel en gevolglik kan ek en "Die Feetjie" al ons tyd, en aandag, aan jou opdrag wei. Wat presies verwag jy van ons kant af?"

"Ek wil weet wie die lekkasie is, waarom hy of sy die inligting verskaf, en aan wie hulle dit verskaf.

Kry vir my voorlopig hierdie inligting, en dan sal ons die pad vorentoe beplan."

"Dan is daar natuurlik die kwessie van julle vergoeding. Ek besef dat julle die beste outjies is om hierdie opdrag vir my te hanteer, en dit, gepaardgaande met die ernstigheid van die situasie, dwing my noodwendig om vir julle 'n pakket aan te bied wat julle nie van die hand kan wys nie."

"'n Syfer van R3.5 mil. het by my opgekom. Dit sal die eerste fase, soos wat nou bespreek is, dek.

Wanneer ons die tweede fase beplan, sal ons na die volgende vergoedingspakket kyk. Bo-en-behalwe die R3.5 mil. asook dit wat daarop gaan volg, sal Maxigenics al julle reis en verblyf kostes met betrekking tot hierdie opdrag dra. Hoe klink dit vir jou Harry?"

"Ek dink dat dit vir ons gaan werk, Johan. Jy moet egter verstaan dat ek dit eers met "Die Feetjie" moet bespreek voordat ons 'n finale besluit kan neem. Ek en sy sal môre bymekaar kom om die ding te finaliseer. Gevolglik sal ek jou Maandagoggend kontak."

"Dankie Harry" is al wat die semi-reus kwytraak. Praat dan Maandag." Met 'n glimlag en 'n "cheers" verdwyn hy by die deur uit.

Harry wink vir Donovan nader en vereffen die rekening per kontant. Donovan se oë rek toe daar R300 as 'n fooitjie in sy hand gestop word.

"I like this man," dink hy by homself. "It is really worth it to give him the best possible service."

"Dankie Meneer, kom besoek ons asseblief weer" sê hy met 'n Kaaps-Engelse aksent.

Harry glimlag vir hom, gee hom 'n "pat" op die skouer en stap uit met 'n "dankie" wat in die lug bly hang.

*****

"Hi Liz. Hoe gaan dit met jou?" vra Harry, maar voordat sy kan antwoord gaan hy voort, so al asof hy nie 'n vraag gevra het nie....."Ek het vanoggend saam met Johan van Zyl gekuier.....interressante ou! Dit wat hy gedoen wil hê klink soos ons kos.

Kan ek môre by jou uitkom, of voel jy lus om hier-
natoe te kom.....dan gooi ons 'n stukkie vleis op die
kole en ons trek die kurk op 'n ou rooietjie. Die
weerverslag belowe dat môre die perfekte dag vir 'n
lekker braai gaan wees. Dit is jou keuse.....waar
sien ons mekaar.....jou plek of myne?" vra Harry al
skertsend. "Ek wou dit nog altyd vir 'n vrou vra"
lag hy nou hardop.

Hy hoor die giggel in haar stem toe sy hom ant-
woord: "Ek het lanklaas die see gesien, en 'n glasie
of twee rooies gaan my dag maak. Hoe laat moet ek
daar wees, so 11h00 se kant?"

"11h00 klink goed" kom die bevestiging van Harry
af. "Sien jou dan" en hy druk die rooi knoppie op
sy iPhone.

*****

Liz is reeds vroegoggend wakker en aan die gang.

Vandag is vir haar baie spesiaal want sy gaan by
"Mnr. M" kuier, inteendeel, elke dag wat sy met
hom te doen het is vir haar spesiaal. "Wanneer
gaan hy haar eendag raaksien" wonder sy. Hy is
alles wat sy in 'n man wil hê: "Wat is fout met my?"
vra sy hardop.

Toe sy reg is om na hom toe te ry, kyk sy vir oulaas
na haarself in die spiel....."As hy my vandag nie
raaksien nie moet daar "fout" met hom wees" dink
sy hardop. "Ek verstaan nie mooi nie.....hy is heel-
temal te veel man "om vir die ander span te speel!"
dink sy.

Liz se Jimny stop net na 11h00 in Harry se oprit. Sy druk die knoppie langs die voordeur, 'n 2005 Beyerskloof Synergy in die sakkie in haar hand .....sy weet dis Harry se geliefkoosde voggies, naas sy Jameson.

*****

Glimlaggend maak hy die deur oop met 'n "Hallo Liz," maar hy kan nie die effek wat dit wat hy voor hom sien op sy gesigsuitdrukking het, heeltemal verberg nie. Die smaraggroen nommertjie, wat elkeen van haar goedgevormde kurwes beklemtoon, die stralende gesig, omvou deur die bos rooi hare, die groen oë en die vol rooi lippe.....dis asof hy hierdie vrou nog nooit raakgesien het nie.....hy weet ook hoekom hy altyd by haar verby gekyk het. Skielik besef hy dat iets in sy lewe wel verander het!

Alhoewel hulle rustig deurstap na die patio toe, voel Liz eintlik om te huppel en te skreeu.....haar oë het nie die verhaal wat Harry se gesig vertel het mis gekyk nie. "Uiteindelik!" juig sy in haar hart.

Vir 'n wyle kom dit voor asof Harry sy tong ingesluk het. Die realiteit van dit wat hy by die voordeur ervaar het, het die mat onder sy voete uitgetrek, of liewer, uitgeruk! Hierdie emosies wat hy ervaar is vir hom onwerklik, dog voel hy die volle effek daarvan.....en hy hou daarvan! "Dankie Dok" lê sy hele gemoed vol. "Die man het my lewe gered.....die man het my lewe gered!"

"Wat het van my maniere geword?" dink hy hardop. "Kan ek maar die Synergy se kurk trek.....gaan jy hom saam met my geniet, of is daar iets anders wat jy eerder wil drink, Liz?"

Die vonkel in haar oë vertel sy eie storie. "Ek sal graag die rooietjie saam met jou drink" sê sy met 'n droë mond. Sy staan op om vir haar 'n glas water te skink, maar Harry spring haar voor met 'n "Laat ek dit asseblief vir jou doen," so al asof hy haar gedagtes kan lees.

"Hier kom 'n ding!" dink sy. "Ons sal goed vir mekaar wees!"

"Die kole is omtrent reg om te braai. My slagter het hierdie twee "Rumps" spesiaal vir my uitgekies, een-en–twintig dae verouderd.....soos dit hoord. Die slaai en die broodrolletjies het ek sommer by die SPAR gaan kry. Hulle slaaie is nogal lekker, ons het dit laas keer ook geëet. Sal jy asseblief vir ons botter op die rolletjies smeer terwyl ek die vleis op die kole gooi?"

Toe hulle by die tafel aansit om te eet neem hy haar hand onwillekeurig in sy hand. Stilswyend sit hulle na mekaar en kyk.....nie heeltemal seker hoe om hierdie situasie te hanteer nie. Hulle verkies egter om nou op die opdrag te konsentreer. Die hande vashou is vir eers genoeg.

*****

Harry sit sy selfoon op die tafel neer, druk 'n knoppie of twee, en hy en hy en Johan van Zyl se gesprek word woord-vir-woord aan Liz herhaal.

"Sy storie stem basies ooreen met dit wat Maryna, sy P-A, aan my vertel het. Ek en sy is al van ons laerskooldae af vriendinne, en daarom is ek seker dat hierdie nie net 'n storie is nie. Jy was reg ..... hierdie is ons kos.....kom ons doen dit. Dit sal moontlik beter wees as ons hom by Maxigenics se kantoor gaan sien. Hoe voel jy daaroor?"

Harald knik bevestigend. "Ek sal bel en 'n vergadering belê. Hoe lyk jou skedule môre?"

"Enige tyd sal vir my werk."

Dit is verbasend hoe gou hierdie dag verby gegaan het.

*****

"Harry en Liz" hou saam-saam voor Maxigenics se kantore in Uys Krige Rylaan, in Plattekloof, stil. Die gebou, asook die omgewing waar die gebou geleë is, is indrukwekkend. Wanneer jy jou rug op hierdie gebou keer en in 'n suidelike rigting kyk, moet jy jou lippe styf toeknyp om nie dalk 'n kragwoord in die oortreffende trap kwyt te raak nie. Die uitsig is asemrowend. Aan die anderkant van die N1 lê De Tijger, Parow, en 'n swetterjoel ander woongebiede .....verder weg is daar een of twee industriële gebiede, 'n gholfbaan of twee en in die suid-weste lê Tafelberg in al sy glorie.

"Verdomp Liz, die Kaap is darem maar mooi! Kom laat ons ingaan."

Harry druk die interkom, by die reuse glasdeure, se knoppie.

"Goeiemôre, kan ek help," klink die stemmetjie aan die anderkant van die interkom.

"Hallo, ek is Harald Markotter. Ek het 'n afspraak met Mnr. Van Zyl."

Die groot glasdeure skuif geluidloos oop en ontbloot die rojaal versierde ontvangslokaal van Maxigenics. Met moeite keer die twee besoekers dat hulle monde oophang.....wel amper. Harry het so-iets nog net een maal vantevore, tydens sy besoek aan daardie sewester seilbootagtige hotel in Dubai gesien. Dit was asemrowend, en Maxigenics se ontvangslokaal staan nie een enkele treë daarvoor terug nie.

Die blondekop "engeltjie" agter die imposante ontvangs toonbank verwelkom vir Harry en Liz gemoedelik: "Môre julle, welkom hier by ons. Mnr. Van Zyl wag vir julle."

"Ek is Gretha" sê 'n gesaghebbende stem wat beide die besoekers tot aandag "roep". "Johan wag vir julle.....stap asseblief saam met my."

Hulle stap deur 'n tweede stel deure, ook toegangs beheerd, wat Gretha met 'n kyk in 'n kornea geaktiveerde leser, ontsluit. Dan draai hulle links in 'n lang gang af. Aan die einde van die gang is daar 'n stel dubbel-deure. Gretha stoot dit oop asof dit nie eintlik daar is nie.

Die naambordjie op die rant van die lessenaar waarvoor hulle staan, dui vir Harry aan dat die dame agter die lessenaar Maryna, Johan van Zyl se P-A is. Liz weet natuurlik reeds presies wie sy is en groet haar met 'n kopknik en 'n glimlag.....hulle is mos maatjies.

"Goeiemôre mense," groet Maryna hulle heel gemoedelik.

Die uitdrukking op Gretha se gesags-gesig dui baie duidelik aan dat Maryna se groet heeltemal te informeel na haar sin is. Maryna kan die uitdrukking geensins miskyk nie, maar sy steur haar nie eintlik daaraan nie.

"Baie welkom hier by ons", gaan sy op haar gemoedelike trant voort. "Dankie Gretha, ek sal ons gaste deurvat na Johan toe." Haar stemtoon is amper soos die van 'n ma wat haar kind kamer toe stuur wanneer die "grootmense" aan die gesels raak.

Met saamgeperste lippe, en 'n bykans hoorbare tandekners, draai die "vrou uit die Amasone" om en verlaat die vertrek, sonder om 'n woord te sê.

"Sy hou nie baie van dit wat hier aan die gebeur is nie", sê Maryna. "Die feit dat sy nie by hierdie vergadering betrokke gaan wees nie, is vir haar heeltemal onaanvaarbaar. Sy weet nie wat aan die gang is nie, en dit maak haar mal. Gretha weet gewoonlik alles van alles, en almal, af.....sy maak 'n punt daarvan.....en eweskielik is sy totaal en al in die duister. Johan het seker gemaak dat dit so is."

Met 'n kort-vinnige wink van haar linkerhand nooi sy hulle saam na Johan van Zyl se kantoor toe. Sy stap voor en lei hulle in sy kantoor in.

Die wynrooi Chesterfield banke met die klassieke, bypassende lessenaar, en massiewe boekrak vol boeke, is absoluut smaakvol. Johan van Zyl se imposante gestalte staan beleefd op om die mense, wat hy glo, eintlik die enigste uitweg vir Maxigenics se krisis is, te groet.

Sy vriendelike "Hallo julle" is aangenaam anders as dit wat hulle van die "Vrou uit die Amasone" ervaar het.

"Ek neem aan dat jy "Die Feetjie" is na wie Maryna my verwys het", sê-vra Johan van Zyl."

Liz glimlag net. "My naam is Liz De Koker, en ek is Harry se assistant."

"Sy is tog so beskeie", skerts Harry. "Liz is my vennoot.....en my regterhand. Ek sal nooit hierdie besigheid sonder haar kan behartig nie."

"Goed julle, soos ek reeds vir Harry gesê het, daar is drie dinge wat julle vir my moet uitvind. Eerstens wil ek weet wie die lekkasie is. Doen asseblief alles in julle vermoëns om hierdie persoon te identifiseer sonder dat hy of sy daarvan bewus word."

"Daarna moet julle vir my uitvind presies waarom hierdie persoon, of dalk persone, doen wat hulle besig is om te doen. Ek moet dit weet sodat ek seker kan maak dat iets soortgelyks nie weer in die toekoms sal gebeur nie. Dit is gewoonlik moontlik om teenvoeters vir hierdie tipe van goed in plek te sit, maar ek kan dit nie doen indien ek nie weet waarvoor ek teenvoeters in plek moet sit nie."

"Laastens moet ek weet wie die begunstigde, of begunstigdes is, wat hierdie inligting ontvang. Hierdie situasies word gewoonlik uiters kovert deur die begunstigdes gehanteer, en glo my maar as ek vir julle sê dat hierdie moontlik die moeilikste been van die drie fases van hierdie opdrag gaan wees. Ek gaan nie vir julle voorskryf hoe julle julle werk moet doen nie, maar ek wil verkieslik op 'n weeklikse basis terugvoering van julle af hê."

"Dit is goed so Johan, maar onthou asseblief dat daar hoegenaamd geen kommunikasie, het sy telefonies of deur die internet, tussen ons en jou mag plaasvind nie. Hierdie mense is gewoonlik "pro's", en ek glo dat hulle reeds al Maxigenics se kommunikasie kanale monitor. Hier is vir jou 'n selfoon wat jy asseblief moet gebruik indien jy nodig het om dringend met my kontak te maak, maar slegs as dit regtig nodig is. Ek of Liz is die enigste persone wat jou ooit op hierdie foon sal kontak, niemand anders nie! Indien daar 'n vreemde oproep, of boodskap, hierop deurkom, moet dit asseblief nie antwoord nie, moenie die boodskap oopmaak nie, en raak onmiddellik van die foon ontslae. Kontak dan asseblief vir Maryna en vra vir haar om so gou as moontlik Mnr. Otter se verslag te voltooi. Dit moet haar dan "trigger" om vir Liz vanaf haar persoonlike selfoon te kontak vir 'n doodgewone ou geselsie. Al wat sy êrens tydens die gesprek vir Liz moet sê is dat sy 'n "Facebook friend request" van 'n ou uit Engeland gekry het. Sy moet asseblief niks verder daaromtrent sê nie en Liz sal ook niks daaromterent vra nie."

"Ons sal dan met jou kontak maak, eerstens om 'n ander foon by jou uit te kry, en tweedens om die situasie te analiseer."

"Hoe goed is die vertrouensverhouding tussen jou en Maryna? Ek neem aan dat sy kennis dra van dit wat aan die gang is.....hoe ingeligd is sy?"

"Sy weet dat daar 'n lekkasie is, en dat ek julle daaromtrent gekontak het.....dis al."

"Moet asseblief geen verdere inligting met haar deel nie, dit is tot haar eie voordeel. Mense soos die "begunstigdes" sal alles in hulle vermoë doen om inligting te bekom, en ons wil haar nie kompromiseer nie, wil ons? Stel dit asseblief baie duidelik aan haar dat sy onder geen omstandighede met enige persoon hieroor mag praat nie, nie eers met Liz nie. Beklemtoon dit vir haar dat dit alles omtrent haar persoonlike veiligheid gaan."

"Dan moet ons so gou doenlik by jou blyplek uitkom sodat ons dit kan "skoonmaak." Ons moet seker maak dat daar geen "bugs" in jou huis is nie. Kan ons môre daar uitkom om dit te doen? Ek het twee professionele outjies van wie se dienste ek gereeld gebruik maak om dit vir my te doen. Reël asseblief om daar te wees wanneer ons hierdie skoonmaak proses onderneem.....dit maak dinge net makliker. Kan ons 11h00 môreoggend met hierdie oefening begin?"

"Dit sal goed wees.....ek reël dit so. Hier is my persoonlike besoekerskaartjie......jy sal my woonadres daarop vind."

"Ek sal dadelik reël vir R1 miljoen om na julle rekening oorgeplaas te word. Die fondse sal uit 'n Switserse bankrekening oorgeplaas word. "n Verdere R1 mijoen sal oorgeplaas word sodra ons weet wie die lekkasie is, en die balans sal oorgeplaas word wanneer ons al die inligting beskikbaar het.....is dit goed so?"

"Uitstekend!", sê Harry, en hy druk 'n kaartjie met sy bankbesonderhede daarop in Johan van Zyl se hand. "Jy sal nie nodig hê om die bewys van betaling na my toe deur te stuur nie want die bank sal my in kennis stel sodra die fondse oorgeplaas is."

"Skryf asseblief 'n brief van Maxigenics aan my wat my as julle veiligheids konsultant aanstel.....jy kan maar self besluit wat die inhoud moet behels. Maak seker dat almal in jou organisasie daarvan kennis dra, en raak dan van die brief ontslae. Dit is nodig sodat ons ook Maxigenics se fasiliteit kan kom "skoonmaak" sonder dat daar 'n lot onnodige vrae gevra word. Sal jy dit asseblief in plek kan kry?"

Eers Harry, en toe Liz, skud Johan van Zyl se hand en stap deur toe. By die deur steek Harry vas met 'n "kan jy asseblief more vir my Gretha se persoonlike profiel beskikbaar stel?"

Johan knik sy kop sonder om 'n woord kwyt te raak.

Dan groet hulle die gemoedelike Maryna wat hulle na die ontvangssaal vergesel. Buite is die uitsig nog net so mooi.

"Ek sal 10h00 môreoggend by jou wees Liz.....dit maak nie sin dat ons in twee aparte voertuie by Van Zyl se huis aankom nie. Kom ons gaan eet iets.....ek is nou honger."

*****

Dit is 11h00. Die bestuurder van die 3-Reeks druk die interkom by Hargravelaan 25, in Llandudno, se knoppie.

"Kan ek help" klink die stem oor die interkom.

"Harald Markotter hier" kom die antwoord vanuit die BMW. "Ek het 'n elfuur afspraak met Mnr. Van Zyl."

Die interkom raak stil, en dan gaan die kollosale swaaiheke oop, glad en geluidloos, so al asof hulle in die lug sweef. Die hele proses word in trurat geskakel sodat die hekke agter die twee voertuie kan toemaak. 'n Goedgeklede man in 'n swart snyerspak, kompleet met 'n rooi sakdoek wat uit die baadjie se bosak loer, verwelkom die gaste.

"Kom gerus binne.....Mnr. Van Zyl verwag julle."

Johan van Zyl lê langs die swembad in die son en bak. Wanneer hy praat klink hy rustig en kalm, soos iemand wat nie 'n probleem van 'n dagoud het nie. Harry en Liz kyk maar net na mekaar.....hulle kan dit nie eintlik glo nie, want hierdie ou het regtig 'n groot krisis op hande.

"Welkom hier by die klein huisie op die hoek," skerts Johan van Zyl.

Hierdie "Klein huisie op die hoek" bestaan uit bykans 500 vk.met. se prag en praal. Elke persoon wat by die beplanning sowel as die konstruksie van hierdie "plekkie" betrokke was, is deur Johan van Zyl persoonlik gekeur, meestal per verwysing vanaf sy vriende en kennisse. Dit is baie duidelik dat daar geen tekort aan kapitaal was toe hierdie paleis gebou is nie.

En so begin die "skoonmaak" proses.

Dit is 'n sistematiese proses.....vertrek vir vertrek word getakel. Elke hoekie, elke gleufie, word deursoek vir moontlike afluister apparaat of kamera-tjies van een-of-ander aard. Lampskerms word ondersoek, skilderye en portrette word van die mure verwyder en ondersoek, laaie word oopgetrek en deursoek, kaste word deursoek. Die vertrekke wat die meeste aandag geniet is Johan van Zyl se slaapkamer, sy studeerkamer, sy kroegarea, en ook sy TV vertrek.....volgens hom is dit die vertrekke waar hy die meeste van sy tyd by die huis deurbring.

Dit is 'n tydsame proses, want die die twee manne

is werklik deeglik met dit wat hulle doen. Uiteinde-
lik is die "skoonmaak" proses afgehandel.....die
twee manne verskoon hulself en verlaat Johan van
Zyl se "klein" huisie. Harry en Liz stap saam met
Johan na sy studeerkamer.

"Jou huis is "skoon," Johan," stel Harry hom ge-
rus. "Hou dit asseblief so.....moet niemand onbe-
kend in jou huis toelaat nie. Indien daar iemand is
wat herstelwerk of onderhoud hier moet kom doen,
moet jy my asseblief in kennis stel sodat ons hulle
kan kom monitor. Ek wil geen kanse waag nie.
Hierdie is 'n goeie begin.....nou gaan ons ons fokus
na Maxigenics se perseel verskuif......die lekkasie
se oorsprong is definitief daar. Het jy vir my Gre-
tha se profiel saamgebring.....dit is waar ek gaan
begin delf!"

"Hoeveel insae het jou huismense in die doen en
late van Maxigenics? Dink mooi voordat jy my ant-
woord, want hierdie is uiters belangrike inligting
.....dit gaan bepaal hoeveel meer tyd ons hier gaan
deurbring, ja, dit kan ons op 'n dwaalspoor lei."

"Harry, hierdie mense weet niks van Maxigenics af
nie. Ek bring nie werk huistoe nie, ek sal nou-en-
dan 'n telefoon oproep van my selfoon af maak, of
dalk onvang, maar ek is uiters oordeelkundig wan-
neer dit by selfoon aktiwiteit kom. Al hierdie akti-
witeite vind hier in my studeerkamer plaas, en die
vertrek is klankdig. Glo my, hierdie mensies weet
van niks nie."

*****

Harry en Liz ry rustig na haar woonstelletjie in Blouberg toe. Hierdie was 'n lang en vermoeiende dag, maar hulle is baie tevrede met die resultate van die dag se werk.

"Gaan jy inkom vir 'n koppie koffie, Harry?"

"Dit sal baie lekker wees Lizzie."

Sy antwoord betrap haar heeltemal onkant.....hy het haar nog nooit Lizzie genoem nie. Die glimlag om sy mond verklap dat hy besig is om die water te toets, want hy het nie eintlik geweet hoe sy op "Lizzie" sou reageer nie. Haar sagte aanraking op sy bobeen bevestig vir hom presies hoe sy voel.

Skielik verander die sagte aanraking in iets baie meer ferm. Al wat sy uitkry is "Harry....." Sy wens hy wil haar nou soen, want sy is lief vir hom.....al lankal.

*****

27 Januarie....09h00.

Harry, Liz en "Starsky & Hutch" het sopas in Uys Krigerylaan voor Maxigenics se kantore stilgehou.

Vandag begin operasie "skoonmaak" hier. Die groepie van 4 meld by die ontvangsdametjie aan, en Maxigenics se nuutaangestelde veiligheids-konsultant is aan die woord: "Hallo, ons het 'n afspraak met Mnr. Van Zyl, kan ons maar deurstap na Maryna toe?"

Dit is egter Gretha se "sammajoorstem" wat sy vraag beantwoord, en al wat die ontvangsdametjie kan doen is om maar net verleë te glimlag, want sy besef dat Gretha se optrede uiters onprofessioneel en ongeskik is, maar dat daar niks is wat sy daaraan kan doen nie.

"Stap asseblief saam met my.....want daar bestaan maar altyd die moontlikheid dat besoekers hier by ons kan verdwaal, en ons wil dit maar liefs vermy, wil ons nie?"

Harry vind dit moeilik om homself te beteuel, maar hy is darem nou ook nie meer vandag se kind nie. Die beste respons waarmee hy op hierdie oomblik vorendag kan kom, is slegs 'n kopskud.....niks meer as dit nie.

Hy het hom eintlik vir die vroumens vervies!

Die vyf stap in totale stilte tot by die groot dubbedeure aan die einde van die gang. Totaal en al onverwags stoot Harry die deure oop met 'n "dankie, ons ken die pad tot by Maryna se lessenaar."

Gretha "voel" die sarkasme in Harry se stem, en dit, gepaardgaande met sy arrogansie, volgens haar, veroorsaak dat sy haar redelik ernstig vir hom wip. Sy sê egter niks nie, want dit is nou die verkeerde tyd om hierdie "man" op sy plek te sit, maar die aantekening is reeds in die "notaboek" in haar kop gemaak. "Die regte geleentheid sal hom wel voordoen," dink sy so in haar enigheid. Sonder 'n verdere woord draai sy om en stap weg.

Maryna is haar gemoedelike self toe hulle instap.

"Hallo julle, welkom hier. Johan wag reeds vir julle."

*****

"Wat is julle plan van aksie vir vandag?" is Johan se eerste woorde nadat hy hulle gegroet het. "Ek het nodig om die sondebok te ontmasker. Doen wat julle moet doen.....krap waar julle moet krap..... ondervra wie julle moet. Laat weet my onmiddellik indien enige van die mense nie hulle samewerking wil gee nie. Genoeg is nou genoeg.....daar is gister nog inligting gelek."

"Ons gaan eerstens die plek "skoonmaak" Johan. Daar is net twee maniere hoe hierdie persoon sy of haar inligting kan bekom.....eerstens deur middel van afluister apparaat, of alternatiewelik uit die mond van een van jou vertrouelinge. Die sondebok gaan moontlik een van jou vertrouelinge wees..... maar kom ons begin by die begin."

"Die aangewese plek om te begin is net hier in jou kantoor. Bly asseblief hier terwyl ons besig is met die proses, want ons mag moontlik inligting van jou af nodig hê."

"Weet Maryna waarom ons hier is, en weet Gretha dat ons haar kantoor gaan deursoek? Indien nie, wil ek jou vra om hulle nou hierheen te ontbied en hulle daarvan in kennis te stel. Ek het nodig om hulle gesigsuitdrukkings te sien wanneer jy hulle vertel, asseblief."

"Nee, hulle weet nie eintlik nie. Wie moet ek eerste hier kry.....of wil jy hulle gelyktydig hier hê?"

"Kom ons begin by Maryna, Johan."

Niemand het die "grootoog-kyk" wat Liz vir Harry gegee het raakgesien nie. Sy dink duidelik dat hierdie ding met Maryna onnodig is. Maryna en sy is dan al van kleintyd af vriendinne, maar Harry is die baas, en sy oordeel het hulle nog nooit in die steek gelaat nie.

Maryna se foon biep....."Ja Johan" kom haar respons.

"Kom gou na my kantoor toe asseblief. Ons wil 'n ernstige sakie met jou bespreek."

Die kantoordeur word bykans geluidloos oopgestoot. "Kom sit asseblief."

"Jy weet reeds dat Harry as Maxigenics se veiligheids konsultant aangestel is. Verder dra jy ook kennis van die feit dat daar sekere inligting vanuit hierdie kantore gelek het."

"Harry-hulle is vandag hier om ons plek te kom "skoonmaak," bedoelende dat hulle ernstig en diep gaan krap. Ek verwag asseblief jou volle samewerking. Stel alle inligting wat hulle benodig tot hulle beskikking, en ek bedoel, alles! Gee hulle asseblief volle toegang tot alle hoekies en draaitjies, en waar nodig, sluit asseblief alle kabinette, kaste en laaie vir hulle oop. Sorg asseblief dat hulle genoeg drinkgoed kry en bestel sommer ook middagete vir so13h00 se kant.....jy ken die prosedure. Dankie, dit sal vir eers al wees."

Sonder om 'n woord te sê knik sy haar kop en staan op om uit te stap.

"Dankie vir jou bereidwilligheid om ons te help, Maryna. Jou rol is van kritiese belang tydens hierdie oefening," ontlont Harry 'n spanningsvolle situasie. "Ronald en Renier gaan sommer saam met jou stap sodat hulle met jou kantoor kan begin. Laat weet asseblief vir Gretha dat Johan haar wil sien."

"Jy soek na my, Johan" klink die sammajoorstem.

"Ja, ek doen, Gretha. Het jy die e-pos met betrekking tot Mnr. Markotter se aanstelling as Maxigenics se veiligheids konsultant ontvang.....ek het nie erkenning van ontvangs daarvan vanaf jou ontvang nie?"

"Nee Johan, ek het nie. Ek sal net gaan seker maak, maar ek kan nie onthou dat ek dit gesien het nie."

"Dit sal nie nodig wees nie Gretha. Ek sal jou sommer vertel waaroor dit gaan." Die irritasie lê vlak in Johan Van Zyl se stem.

"As gevolg van Maxigenics se toenemende blootstelling, het ek besluit om die sekerheid hier by ons op te knap. Dit is krities belangrik, want ons kan nie enige sekerheidsrisikos bekostig nie. Ek verwag asseblief jou volle samewerking om hierdie nuwe sisteme en maatreëls in plek te kry. Dit beteken noodgedwonge dat jy ten alle tye tot Mnr. Markotter se beskikking sal wees, sodat jy hom met enige hulp of inligting wat hy mag benodig, behulpsaam kan wees. Ek neem aan dat julle twee reeds kennis gemaak het. Dankie, dit sal voorlopig al wees."

"Jammer dat ek jou oordeel bevraagteken, Johan, maar is dit werklik nodig? Ek wil nie persoonlik raak nie, Mnr. Markotter, maar is jy die aangewese persoon om hierdie projek aan te voer? Ek sou graag by die keuringsproses betrokke wou gewees het, Johan!"

"Gretha, hierdie is nie die plek of die tyd vir hierdie bespreking nie, maar siende dat jy dit nou wil bespreek, sal ek jou vrae sommer gou beantwoord."

"Geeneen van my werknemers, ongeag die persoon se posisie in hierdie maatskappy, het die reg om my oordeel te bevraagteken nie! Moet asseblief nooit vergeet waar jy jou in die rangorde van die hierargie van Maxigenics bevind nie.....is dit duidelik! Indien jy dit onaanvaarbaar vind, is jy welkom om jou loopbaan elders te gaan voortsit! Indien ons enige teenstand van jou af ervaar, sal jy my met geen ander keuse laat as om die besluit namens jou te neem nie.....en nou het ek klaar gepraat. Verskoon ons asseblief!"

Harry het vir Gretha fyn dopgehou tydens die bespreking, en daar het 'n paar rooi ligte aangegaan.

Vir die eerste keer lig Liz haar opinie: "Daar is 'n

slang in die gras, Menere. Ek weet hoe ons vrouens optreë wanneer ons bedreigd voel. Ons kan maar regtig daarop fokus. Kan ek asseblief in haar kantoor gaan rondkrap? Ek sal sommer vir Maryna vra om my soontoe te neem, as dit reg is met jou, Johan."

"Natuurlik Liz" kom die antwoord van Johan af. "Wees maar versigtig vir haar, 'n mens weet nie waartoe sy in staat is nie."

Dit is toe dat Harry in Johan se kantoor begin rondkrap. Binne 'n paar minute plaas hy die eerste afluisterapparaat op Johan se lessenaar, natuurlik met sy vinger op sy lippe om sodoende vir Johan te wys dat hy niks omtrent die "bug" moet kwytraak nie.

Binne die bestek van dertig minute krap hy nog twee van die outjies uit, maar die grootste fonds is die piepklein kameratjie, wat in die raam van die "Boonzaaier" wat teen die muur reg voor Johan se lessenaar hang, weggesteek is. Was dit nie vir Harry se geoefende oog nie, sou hulle nooit daarvan bewus gewees het nie. Hierdie enetjie plaas hy op die vloer en "vermorsel die slang se kop" daar-en-dan.

Dan stap die twee mans na Maryna se kantoor met 'n "hoe gaan dit hier?" Ronald wys na die twee "goggas" wat op Maryna se lessenaar lê. Op sy beurt wys Renier na die platgetrapde outjie op die vloer voor Maryna se lessenaar.

"Waar is Maryna?" vra Harry.

"Sy is saam met Liz hier uit.....seker so twintig minute gelede."

Al wat Harry kan uitkry is: "Kom julle!" en met die storm die vier mans daaruit, met Harry en Johan kop-aan-kop aan die voorpunt.

"Is alles reg hier" blaf Harry toe hulle Gretha se kantoor binnestorm. "Waar is Gretha?!"

"Wat is fout Harry? Sy het haarself so 10 minute gelede verskoon. Ons kry absoluut niks hier wat van enige waarde vir ons saak is nie," antwoord Liz.

"Goed julle, kom laat ons maar gaan. Mooi bly Johan.....Maryna."

6 DIE OPVOLG

Dit is 10h30, en Harry se 3 Reeks hou in die parkeerarea van Roeland Square stil. Sy eerste liefde is nie meer eintlik "Ousus Griet" nie, so voel dit vanoggend vir hom.

Vandag voel hy lus om al huppelend in Dr. Pretorius se suite in te gaan. Hy dink regtig dat hulle besig is om in die regte rigting te beweeg.

"Môre Mnr. Markotter," kom dit van agter die ontvangs toonbank. "Gaan dit goed.....dit lyk so."

"Ja dankie.....ek is bly dat dit so opsigtelik is. Gaan dit goed met U.....dit lyk toevallig ook so," skerts Harry met 'n vonkel in sy oë."

"Daardie skildery was nie met my vorige besoek hier nie, was dit?" en Harry wys na die skildery teen die muur agter die ontvangsdame.

"Jy is reg, dit was nie hier nie. Dr. Pretorius het dit laas week op die internet gekoop.....die skildery se naam is "A drop of sadness." Die oggend nadat hy

dit gekoop het het hy hier ingekom en vir my 'n fo-
to daarvan op sy selfoon gewys. Hy was in absolute
ekstase, want die skildery krap glo aan sy mens-
wees.....so sê hy."

"Blykbaar het hy 'n foto van die kunstenaar op
haar webwerf raakgeloop, en dit spreek toe blyk-
baar die man in hom aan.....die vrou is 'n rooikop,
een van sy groot swakpunte. Ek moet erken ek
dink ook dat dit 'n besonderse kunswerk is. Die
vrou het 'n absolute aanvoeling vir portretstudies,
veral wanneer dit by die gesigsuitdrukkings en die
interpretasie van die emosies en gevoelens kom
.....jy moet die ander werke op haar webwerf sien!"

"Ja, daai traan en die res van die emosie op die
outjie se gesiggie is besonder goed vasgevat. Wie is
sy.....ek sal graag na haar ander werke ook wil
kyk," sê Harry met die bewondering in sy stem baie
goed hoorbaar.

"Haar naam is Dalene Victor, en net soos haar
skilderye is sy nogal iets vir die oog.....geen wonder
dat Dr. Pretorius die skildery nie kon weerstaan
nie."

"Goeiemôre Harald" groet die rasperstem. Dit klink
vir my of jy ook van die outjie teen die muur hou
.....is dit nie 'n besonderse kunswerk nie?"

"Ek stem saam Dok.....dit is regtig baie goed ge-
doen."

"Kom ons stap deur.....ek wil graag weet hoe dit
met Harald Markotter gaan."

"Eerste dinge eerste.....het jy die brief wat jy aan Grieta geskryf het saamgebring? Wonderlik, kom ek wys jou wat ons met jou uitdaging gaan doen." Dr. Pretorius steek sy hand in sy broeksak, en kom met 'n Zippo te voorskyn. Dan trek hy sy afval drommetjie nader en druk die aansteker in Harry se hand.

"Dit is jou voorreg om die uitdaging finaal tot niet te maak, Harald. Verbrand die verdomde ding!"

Harry laat nie op hom wag nie, en terwyl die vlamme sy uitdaging verteer, loop die trane vryelik. Die twee mans wissel nie 'n enkele word tydens hierdie seremonie nie, en Harry se optrede is presies dit wat Dr. Antonie Pretorius wou sien.

Toe die laaste van die vlamme 'n stille dood gesterf het, kom Harry weer tot verhaal. "Dankie Dok, jy is besig om my lewe vir my terug te gee.....hoe kan ek jou ooit genoeg bedank!"

"Harald, dit is wonderlike nuus! Vertel my meer. Wat was jou ervaring nadat jy die brief aan haar geskryf het?"

"Dit het my vrygemaak Dok. Daar het egter iets baie belangriker met my gebeur.....ek het 'n vrou in my lewe gekry. Ons ken mekaar al jare.....dit is asof ek haar 'n week gelede vir die eerste keer raakgesien het. Liz is 'n wonderlike vrou, Dok."

"Dis nog "early days" Harald, maar gee die ding kans om sy gang te gaan. Wat moet gebeur, sal gebeur.....dit is hoe die ou lewe werk, maar ja, dit klink wonderlik."

"Daar is egter nog heelwat werk wat vir ons voorlê. Ek het intussen so 'n bietjie navorsing omtrent hierdie kondisie gaan doen, en ek dink regtig dat ons jou lewe vir jou gaan verander."

"Ag dankie Dok, ek kan regtig nie wag om 'n normale lewe te lei nie."

"Ek glo nie dat ons die "limerence" gaan elimineer nie, maar ons gaan dit verseker kan beheer.....tot so 'n mate dat jou lewe basies normaal sal wees. Dit beteken dat jou verhouding met die nuwe vrou in jou lewe 'n baie goeie kans op sukses het."

"Dit werk vir my Dok. Dankie vir dit wat jy al sover in my lewe uitgerig het.....dammit, dit gaan wonderlik wees om my lewe weer terug te hê! Hier is die lys met snellers waarvoor u gevra het."

Antonie Pretorius neem die lysie en bestudeer dit vir 'n minuut of wat.....dan praat hy: "Baie interressant Harald. Kom ons begin bo-aan die lys..... voel jy dat die eerste punt die belangrikste is?"

"Nee Dok, ek het dit in geen spesifieke volgorde neergeskryf nie, dit is maar net soos dit by my opgekom het."

"Die eerste punt is nogal relevant, en 'n werklikheid by die meeste gevalle van "limerence." Dit maak heeltemal sin dat jy aan haar gaan dink wanneer jy naby haar bly- of werksplek kom, en dit gaan seker nie verander nie. My voorstel aan jou sal wees om hierdie plekke sovêr moontlik te vermei. In jou geval word die problem vererger deur die feit dat sy jou suster is. Probeer om dit vir ten minste ses maande te vermy, ja, probeer om alle kontak met haar te verbreek."

"Deur kontak met haar te verbreek gaan jy sommer ook punt nommer twee, die feit dat sy te veel aandag aan jou skenk, aanspreek. Jy moet onthou dat julle familie net uit jy en sy bestaan, en dit gaan vanselfsprekend daartoe lei dat sy spesiale aandag aan jou gaan skenk.....jy is immers haar enigste boetie, en die enigste bloedfamilie wat sy op hierdie aarde oor het. Doen hierdie ding vir ses maande en dan kan ons besluit op 'n alternatiewe benadering, indien nodig."

"Wat die alleen wees en die eensaamheid aanbetref.....noudat jy vir Liz in jou lewe het, gaan dit verseker beter gaan. Sê vir my Harald, kyk jy na pornografie?"

"Jis Dok, dis 'n skielike een.....ja ek doen van tyd tot tyd.....daar is eintlik net een girl na wie se fotos en videos ek kyk."

"Mag ek 'n raaiskoot waag.....sy trek na Grieta....?"

"Ja Dok, eintlik meer na my ma, maar dan moet ek sê dat Grieta ook baie na my ma lyk, en andersom."

"Besef jy die belangrikheid van dit wat jy sopas kwytgeraak het, Harald? Jy praat hier van familiefotos wat jou "trigger".....dink mooi, is dit fotos van Grieta, of fotos van jou ma?"

"Dit is fotos van albei van hulle Dok, maar as ek mooi daaroor nadink, dan moet ek sê dat dit die fotos van my ma is wat my werklik aan die gang sit."

"Reg Harald, hierdie is nog 'n geval van "limerence" in jou lewe. Die eerste geval was jou ma, en Grieta was eintlik die tweede geval. Siende dat sy reeds dood is, is daar nie eintlik iets fisies wat jy aan die probleem kan doen nie, behalwe om 'n brief soortgelyk aan die een wat jy aan Grieta geskryf het, aan jou ma te skryf. Al die dinge op jou lys, uitsluitend die fotos, is irrelevant wat jou ma aanbetref, as gevolg van die feit dat dit die enigste "realiteit" met betrekking tot jou ma is. Die brief, tesame met jou distansiëring vanaf die fotos behoort die situasie met betrekking tot jou ma in toom te hou."

"Wat Grieta aanbetref, sal ons moet monitor hoe hierdie maatreëls jou gevoel jeens haar gaan beïnvloed.....ek glo dat dit positief gaan wees. Indien die vordering na twee maande nie positief genoeg sou wees nie, sal ons dit moet oorweeg om jou by 'n ondersteuningsgroep betrokke te kry."

"Ek dink dat dit genoeg vir vandag is, Harald. Doen wat ons hier bespreek het, en kom sien my weer oor twee weke.....gaan vlieg soos 'n arend my mater.....die tyd is reg daarvoor. Onthou dat ek altyd daar sal wees indien jy op my knoppie wil, of moet, druk. Gaan in vrede Harald. Kom ek stap saam met jou tot by die deur."

*****

Harry is oppad Melkbos toe, maar hy gaan eers in Blouberg stop.....hy voel soos 'n nuwe mens.

"Hallo my Engel, ek het nodig om jou te sien" sê Harry met die intrapslag in Liz se plekkie. "Jy is besig om my alles te word!" Hy neem haar in sy arms en soen haar met 'n passie soos die tussen twee tieners met hulle eerste soen.

"Ek het so verskriklik lank hiervoor gewag, Harald. Dankie dat jy jou tyd met my wil deel. Kan ons nie asseblief meer tyd saam spandeer nie?" vra sy hom met die oë van 'n klein dogtertjie wat besig is om haar pa om haar pintjie te draai.

"Dit sal vir my 'n absolute voorreg wees om aan jou versoek te voldoen, Juffroutjie" kom dit skertsend van Harry af. "Wat dink jy daarvan dat ek en jy hierdie komende naweek bietjie êrens anders gaan afsaal? Ons werk hard, en ek dink dat ons môre middag in die kar spring, en Saterdag en Sondag êrens gaan rus.....dan kom ons Sondag deur die loop van die dag terug, of hoe?"

"Ek kan nie wag nie Harry, dit sal ons eerste "trippie" saam weg wees. Waarheen het jy gedink om te gaan?"

"Hierdie naweek is spesifiek om jou te bederf, Lizzie.....kies asseblief 'n plekkie waarvan jy hou, doen die bespreking, en laat weet my hoe laat ek jou môre moet optel. Die keuse is totaal-en-al joune, my Engel. Hier is my kaart.....betaal daarmee, en gaan kry asseblief vir ons wat nodig is om saam te neem. Is dit in die haak met jou? Hierdie naweek gaan vir my baie spesiaal wees Lizzie. Dankie dat jy ingewillig het om saam met my te gaan."

Die uitdrukking in haar oë sê vir Harry presies wat hy wil weet. Hy besef nou dat sy ook vir hom lief is.

Daardie aand sukkel Harry om aan die slaap te raak. Die gedagte dat hy 'n hele naweek saam met die eerste werklike vrou in sy lewe gaan deurbring is vir hom vreemd, maar tog ongelooflik opwindend. Die groot vraag wat in sy kop rondmael is: "Gaan ek die man wees wat Liz verwag ek gaan wees?" Hy voel soos 'n tiener wat op sy eerste "date" saam met die mooiste meisie in die skool gaan.

*****

Dit is 12h00, en die BMW, met Liz en Harry as insittendes, is oppad Ceres toe, of so dink Harry. Hulle gaan egter so 'n bietjie verder ry.....tot net anderkant die klein dorpie Op Die Berg. Liz het vir hulle die "Honeymoon Cave Suite" by die Kagga Kamma Natuurreservaat bespreek. Ten spyte van die feit dat hierdie eenheid in 'n grot in die Cederberge geleë is, is dit super luuks en super romanties, en boonop is dit soort van afgeleë ook.....dit is presies wat sy nou nodig het, en sy is seker dit geld vir Harry ook.

Sy is so opgewonde soos 'n jong meisie wat oppad is om haar eerste soen te kry. Die feit dat Liz nie vir hom gesê het waar presies hulle die naweek gaan deurbring nie, skep 'n gees van afwagting by Harry.....en hy sukkel om nie oorgretig voor te kom nie. Hy wil nie hê dat Liz moet dink hy is 'n gogga nie.

Met die inry by Kagga Kamma se imposante ingang is dit net Harry se ore wat keer dat sy glimlag sy kop in twee sny. "Lizzie my pop.....ek wou al so lankal hiernatoe kom! Nou maak jy dit vir my 'n ekstra spesiale geleentheid!"

Teen 15h00 is hulle in die rotsvesting ingeburger. Die eenheid is ruim en luuks, en selfs meer romanties as wat Liz verwag het. Hulle besluit om rustig te raak, 'n glasie wyn te drink en 'n bietjie beplanning rondom hulle naweek te doen.

Dit is 19h00 en hulle sit in die restaurant by 'n tafel so naby as moontlik aan "buite". Nog 'n wyntjie, 'n handvashou en 'n mooiwoordjie-sessie bepaal die atmosfeer vir die res van hierdie aand.

Dit is hier waar hulle hulle onvoorwaardelike liefde vir mekaar verklaar.

"Sal jy asseblief my "keis" wees, Liz?" Harry glimlag effe verleë toe hy die vraag vra want hy het dit laas in Graad 2 vir Saartjie gevra, en haar antwoord was "nee".

Met 'n groot glimlag op die rooikop se gesig kry hy toe die ja-woord, en nou is hy soos 'n seuntjie wat 'n nuwe speelding gekry het. Dan plaas hy 'n klein diamant ringetjie voor haar op die tafel. Hy vat haar hand en sit dit aan haar ringvinger. "Ek glo dat hierdie die begin van ons lewe saam aandui, Lizzie. Dankie dat jy ingestem het om die vrou in my lewe te wees."

Na ete beweeg hulle na hulle suite toe. Die opwinding van hierdie dag was nogal uitputtend, en boonop moet hulle die volgende oggend om 05h00 reg wees om op 'n wildbesigtigings "trippie" te gaan.

*****

Dit is 03h00, om-en-by, en Harry sit oombliklik regop in die bed. 'n Vreemde klank het hom wakker gemaak. Hy weet nie wat dit was nie, maar iets het hom sonder twyfel uit sy slaap uit wakker geruk. Liz lê rustig en slaap, en hy wil dit so hou.....daarom skakel hy nie die lig aan nie. Stadig sak hy terug in die lê-posisie in die bed, al luisterend vir 'n herhaling van dit wat hom wakker gemaak het. Vir 'n handvol minute lê hy so, en dan hoor hy dit weer.....hy weet dat dit die geluid is wat hom vroeër wakker gemaak het.

Daar knal 'n skoot, 'n entjie weg, en dit word gevolg deur die klank van voete wat redelik vinnig beweeg, iemand wat hardloop. Nog 'n skoot.....en nog een .....dan 'n voertuig wat, sonder enige inagneming van die slapende gaste, teen die "spoed van lig" wegjaag, of is dit agterna jaag? Harry herken dadelik die klank van die enjin.....dit is sy ryding sin. Nou is Liz ook wakker, bietjie deur die wind, maar nietemin wakker.

"Wat gaan aan Harry? Is dit 'n geskietery? Wat het gebeur?"

"Ek weet nie eintlik nie Lizzie. Ek dink hulle het my kar!"

Soos 'n vetgesmeerde blits is hy by die deur .....Ruger in die hand. In die proses hardloop hy amper die deur uit sy koesyn uit. Toe hy buite kom is hy net betyds om 'n lenige figuur om die hoek van die restaurant te sien verdwyn. Hy sit dit agterna, maar dit is als tevergeefs. Sy agterstand is net te groot. Iets omtrent daardie figuur steek in sy kop vas, en hy weet nie wat dit is nie.....maar hy sal uitvind. Dan stap hy na die parkeerplek waar hy sy 3-Reeks gelos het, en dit is so leeg soos sy bed, want Liz staan reg langs hom. My kar is weg Liz.....die blikskottels het my kar gesteel!

Dit is toe dat Kagga Kamma se bestuurder daar opdaag. Harry herken hom aangesien hy hulle die vorige aand in die restaurant verwelkom het. Sy naam is Herman Niewoudt.

"Hallo Mnr. Niewoudt. Hier was 'n skietery.....en nou is my kar weg! Weet jy moontlik wat aan die gang is?"

Herman Niewoudt weet dat dit die vraag is wat op al die gaste, wat nou daar opgedaag het, se lippe is.

"Ek wil asseblief verskoning maak vir dit wat hier gebeur het. Ons het 'n paar weggesteekte renosters in die reservaat, en ons wildbewaarders het 'n klompie wilddiewe betrap wat agter JFK en Jackie se horings aan was. Gelukkig was hulle betyds om 'n stokkie daarvoor te steek. Drie van hulle lê daarbo.....ek weet nie of hulle weer gaan opstaan nie. Twee van die gemors het ons egter ontglip en is met jou motor weg. Ek is regtig jammer Mnr. Markotter, maar ons sal alles in ons vermoë doen om hierdie situasie te beredder. Gaan eet asseblief vanoggend ontbyt en sê vir die kelner dat ek gesê het hy moet dit op Kagga Kamma se rekening plaas. Sal julle so 10h00 se kant 'n draai by kantoor kan kom maak?.....ons moet gesels. Mense, ek vra weereens omverskoning. Gaan nou asseblief terug na julle eenhede toe.....die taakmag se manne is hier om te kom kyk wat aangaan.....en wat hulle daaromtrent kan doen. Ek sal julle almal môreoggend in die ontbytlokaal sien. Lekker slaap." Met die draai hy om en verdwyn in die donker van die nag.

*****

Dit is Saterdag 06h00. Harry staan buite die suite met 'n koppie stomende koffie in die hand. Na die nag se gebeure kon hy nie weer 'n oog toemaak nie, en van die wildrit het daar ook niks gekom nie. Dan staan Lizzie styf teen hom met beide haar arms om hom, wel.....soort van, want sy is maar klein.

"Ek is soooo jammer Harry. Al wat ek kan doen is om vir jou te sê dat ek jou verskriklik liefhet."

"Dankie Lizzie, ek wens dat ons twee lankal byme-

87

kaar uitgekom het.....dink net wat ons alles gemis het. Ek vrek oor jou, my girl. Kom ons gaan maak klaar....eks regtig honger."

*****

Herman Niewoudt ontvang hulle persoonlik by die eetsaal se deur. Hy nooi hulle om by hom aan die "kaptein" se tafel te gaan sit, so a la Meditteranean Cruises. Dit is glo veronderstel om spesiaal te wees.

"Dankie dat julle by my aangesluit het. Laasnag se gebeure was regtig onaangenaam. Kom ons bestel ontbyt en dan praat ons verder."

Die kelner gaan sukkel om hierdie bestelling ver-keerd te kry, want hoe "bogger" jy drie identiese engelse ontbyte met wit roosterbrood en drie kof-fies met warm melk op? En dan kom die goeie nuus.....Herman Niewoudt antwoord sy selfoon en dan verskyn daar 'n glimlag op sy gesig.

"Is hy okay?" kom die vraag......"wonderlik!"

"Hulle het jou kar gekry, en hy is okay! Daar is geen opsigtelike skade aan hom nie. Hulle het die kar net hier anderkant tussen 'n lot bome gelos en is blykbaar te voet verder."

"Jy moet asseblief die outjie vir '"n volledige inspek-sie neem sodat ons seker kan wees dat daar geen skade is nie. Kagga Kamma sal die rekening daar-voor, sowel as die vir enige skade wat uit hierdie insident mag voortspruit, vereffen."

Harry is in ekstase. Liefie nommer twee is veilig! "Ag dankie tog!" is al wat hy kan uitkry.

Dan arriver hulle ontbyt, en die stemming is sommer baie meer gemoedelik. Al skertsend verorber die drie hulle ontbyt en teen 8h30 is alles verby.

"Ek sal julle laat weet sodra daai ou karretjie van jou hier aankom, Harry," kom dit met 'n glimlag wat om Herman se mondhoeke speel.

Teen 11h00 het Harry uiteindelik die boodskap gekry en hy hardloop omtrent na waar hy sy liefde sien staan. Liz kan beswaarlik byhou maar maak dit darem net-net.....en daar staan hy in al sy glorie.....blink en skoon, amper soos 'n nuwe een.

"Herman, hoe het julle my kar hier gekry?"

"Net soos die skelms hom hier weggekry het. Die taakmag se manne ken ook al die skelmstreke. Stop asseblief oppad huistoe by die Shell garage hier anderkant en maak die outjie vol. Ek het hulle reeds in kennis gestel dat jy daar sal aandoen..... Kagga Kamma het 'n rekening by hulle."

"Ek dink ons het eintlik nou alles bespreek wat ons moes bespreek. Julle moet asseblief weer vir ons kom kuier. Bly asseblief môre tot so laat as julle wil en kom eet gerus ook middagete by ons restaurant as julle nog teen daardie tyd hier is. Julle rekening is reeds vereffen.....o ja, hierdie is vir julle net om weereens jammer te sê. "Harry neem die koevert, en al glimlaggend groet die groepie mekaar.

"Dankie Herman, ons sal definitief weer kom kuier. Hierdie plek is absoluut fenominaal! Ons het ons harte hier verloor, en hierdie rooikop het toe ook sommer hierdie naweek ingewillig om my vrou te word. Die naweek was absoluut wonderlik!"

*****

Terug by hulle grot maak hulle die koevert oop om te kyk wat daarin is. Dit is maar net 'n brief van Kagga Kamma wat weereens verskoning vir die gebeure van die vorige nag maak. Die laaste paragraaf van die brief laat hulle harte egter bokspring. Dit gee vir hulle ere lidmaatskap van die Kagga Kamma wildbewarings inisiatief. Nou het hulle deel aan al die besluite rakende die inisiatief, indien hulle dit sou verkies, hulle kan by alle aksies rakende die inisiatief betrokke raak, en dan kan hulle te eniger tyd gratis van Kagga Kamma se akkomodasie gebruik maak.

Dit is 03h00 Sondagoggend. Harry se kop wil hom nie toelaat om te slaap nie. Natuurlik is sy kop met die naweek se gebeure doenig, net soos dit 'n PI van formaat betaam. Hy wonder wie agter die hele gedoente sit, en onwillikeurig gaan sy gedagtes terug na die lenige figuur wat die vorige nag om die hoek van die restaurant verdwyn het. Alhoewel hy die persoon net vir 'n oomblik gesien het is daar tog iets wat hom aanhoudend daarnatoe terugneem. Dit is verbasend hoeveel inligting Harry tydens die sekond of wat waartydens hy hierdie persoon gesien het, ingesamel het. Hy onthou dat die persoon lank en lenig was en in swart gekleë was. Sy postuur was nogal baie regop, amper soos 'n ding wat Viagra ingekry het, dink Harry glim-laggend in die donker van die nag, en sy skouers was nogal breed. Dit is egter die manier waarop hierdie persoon beweeg het wat vir hom besonders opvallend was.

Dit is amper of die persoon gesweef het. Harry besef dat hy voorheen iets soortgelyks gesien het .....hy kan net nie onthou presies waar nie.

"Jaaaa! Daardie sweefbeweging loop saam met daardie stem, die sammajoor stem." Hy is omtrent 100% seker daarvan.

Dit is met absolute selfbeheersing dat hy homself daarvan weerhou om vir Liz wakker te maak. Wat het Gretha hier gesoek, as dit sy was? Hoekom het sy in die donker van die nag weggeraak en nie maar net na vore gekom nie? Is sy deel van die taakmag, of is sy dalk een van die wat agter hierdie hele gedoente sit? Hy moet seker maak of dit werk-lik sy was wat daar om die hoek verdwyn het, en as dit sy was, moet hy uitvind wat haar betrok-kenheid by die hele spul is.

Herman Niewoudt sal hom sekerlik met die taakmag se lede in kontak kan bring. Sodoende sal hy uitvind of Gretha een van die "goodies" is, of nie. Daar is baie werk wat vir hulle voorlê. Is hierdie die deurbraak waarna hulle gesoek het?

*****

Dis 10h00 Sondagoggend.

Herman Niewoudt is persoonlik teenwoordig om hulle sleutel in ontvangs te neem.

Harry en Herman groet mekaar asof hulle vriend-skap al van vêr af kom. Die twee "hug" mekaar glads met die groetslag.....en dit is toe dat Harry van die geleentheid gebruik maak om vir Herman die groot vraag te vra: "Herman, is dit moontlik dat ek die lede van die taakmag kan ontmoet? Ek wil darem net vir hulle dankie sê dat hulle my ou kar-retjie teruggekry het.....en dan wil ek hulle graag vir 'n bietjie inligting pols."

"Natuurlik Harry, wanneer wil jy hulle sien? Kan ek dit vir nou-nou probeer reël? Dit sal jou die moeite spaar om weer terug hiernatoe te moet ry, of is dit nie so dringend nie?"

"Dit sal wonderlik wees as ek hulle vandag nog kan sien."

"Verskoon my net gou sodat ek kan kyk of ek dit kan reël."

Liz het die hele spulletjie stilswyend staan en be-kyk. Op hierdie stadium het sy nie 'n idee waaroor dit gaan nie, want Harry het dit nie met haar ge-deel nie. "Wat nou Harry," is al wat sy kan uitkry toe Herman weg is.

"Ek dink Gretha was nou die nag hier.....ek is om-trent seker dat ek haar vir 'n sekonde-of-wat gesien het."

"Gretha?" kom dit met 'n groot vraagteken van Liz

af.

"Ja Liz, Gretha van Maxigenics.....die breedgeskou-
erde "Amasone" met die sammajoor stem.....die een
wat so baie van my hou!"

"Is jy seker Harry, wat is die kans dat dit sy kon
wees?"

"Kom ons vind eers uit of sy deel van die taakmag
is, of nie, en dan neem ons dit verder."

Met die verskyn Herman Niewoudt se glimlaggende
gesig om die hoek van die deur met 'n "kom gou
saam met my, julle. James, pas asseblief ons gaste
se bagasie op."

James is die ou agter die ontvangs toonbank.

Harry en Liz stap saam met Herman na die restau-
rant toe, die kroeggedeelte daarvan, om meer spe-
sifiek te wees.

*****

"Hallo julle.....ek is Jaco, die kroegman. Wat kan
ek vir julle kry?"

"'n Glas rooiwyn vir my liefie, asseblief, en ek wil
graag 'n Jameson hê, dubbel met net ys asseblief."

"Stuur dit asseblief vir ons na tafel 2 toe Jaco. Ek
wil net 'n Coke hê, en stuur sommer vir ons 'n
Black Label saam.....Wouter is oppad."

"Wouter is die leier van die taakmag, ek is seker dat hy jou dank aan die ander lede van die taakmag sal oordra, en ek is oortuig dat hy jou met die inligting wat jy soek sal kan help."

Herman se woorde is skaars koud toe hulle drankies opdaag, saam met Wouter van die taakmag.

"Hallo Wouter. Hierdie is Harry en Liz, ons gaste oor wie ek met jou oor die foon gepraat het. Dankie dat jy ingewillig het om 'n draai hier te kom maak. Ek het solank die normale vir jou bestel.....is dit goed so?"

"Natuurlik Herman.....so enetjie is altyd welkom. Hallo julle, ek is Wouter.....van die taakmag."

Harry het Wouter heeltemal anders, as die man wat hier voor hom staan, voorgestel. Wouter is redelik skraal, omtrent 1,75 met lank, pure spiere en sonder 'n enkele haar op sy kop.

"Hallo Wouter," kom dit saam-saam vanaf die twee gaste.

"Dankie vir alles wat julle mense vir ons gedoen het. Die feit dat julle my ou karretjie teruggevind het beteken vir my oneindig baie. Ek het net vir Liz liewer as wat ek my BMW het," skerts Harry.

"Die feit dat jy boonop ingewillig het om ons tydens jou vrye tyd te kom sien, maak alles nog meer spesiaal."

"Ons manne van die taakmag het nie eintlik vrye

tyd nie. Ons is maar gedurig besig met ondersoeke en beplanning. Ek sal vir die manne sê hoe julle voel.....ek kon hulle net nie almal saambring nie," glimlag Wouter.

"Blykbaar dink jy dat ek moontlik inligting van een of ander aard vir jou het. Skiet maar".....

"Wouter, jy praat van "die manne" wanneer jy van die ouens van die taakmag praat.....beteken dit dat daar net mans in jou span is? Ek is tans besig om 'n saak te ondersoek, en jou antwoord gaan beteken dat daar moontlik 'n band tussen daardie saak en die gebeure van laasnag is."

"Ja Harry, ons het nie tans enige vroulike lede in ons span nie. Ons het tot so ses maande gelede wel 'n vroulike lid in ons span gehad, maar sy was geneig om elke nou-en-dan haar eie koppie te volg, en dit het op 'n kol amper noodlottige gevolge gehad. Sy het sonder enige ondersteuning in een van die statte, anderkant die berg, ingegaan op soek na gesteelde beeste. Gelukkig het een van die ander lede snuf in die neus gekry en na haar gaan soek. Hy het net betyds opgedaag om die klomp tsotsies uitmekaar uit te jaag toe hulle haar vasgedruk het. As dit nie vir hom was nie sou sy sekerlik verkrag geword het, en ek kan jou verseker dat sy nie lewend daaruit sou kom nie. Ons kan nie bekostig om enige "loose cannons" in ons span te hê nie, en ek moes haar noodgedwonge uit die span uit laat gaan."

"Hoe het sy daarop gereageer, Wouter?"

"Ek is bevrees, nie baie goed nie. Sy hou my persoonlik verantwoordelik vir haar ontslag.....ek het geen ander keuse gehad nie. Soms dink ek dat sy 'n bietjie onstabiel is, so effens."

"Is daar 'n moontlikheid dat jy haar naam met ons kan deel.....dit is krities belangrik dat ek weet wat haar naam is!"

"Ek kan daardie inligting ongelukkig nie met julle deel nie, Harry, maar indien jy vir my sê wat die naam van die vrou is wat jy in gedagte het, sal ek bevestig of jy reg of verkeerd is. Wat sê jy?"

"Dit werk vir my, Wouter. Ek dink dat daardie vrou se naam moontlik Gretha kan wees.....reg of verkeerd?"

Wouter is nou nie juis 'n emosionele persoon nie.....hy kan nie eintlik bekostig om emosioneel te wees nie.....maar hierdie een het hom totaal-en-al onkant betrap. Dit lyk asof al die bloed uit sy gesig uit gedreineer het, want hy is skielik so bleek soos die helder-wit muur agter hom. Sonder om 'n enkele woord te uiter skud hy net sy kop bevestigend.

"Ek het nodig om ernstig met jou te gesels, Harry. Ek moet weet waarby sy betrokke is! Is daar 'n moontlikheid dat julle vannag ook hier kan oorbly? Ek dink ons het meer tyd nodig."

"Julle is welkom om vannag oor te bly, Harry. Die eenheid waar julle gebly het is nog beskikbaar," kom dit van Herman af.

"Hoe laat en waar sien ons mekaar môre, Wouter? Herman, het jy moontlik 'n vertrek waar ons en Wouter kan gesels?"

"Harry, ek sal môre vanaf 10h00 tot ongeveer 14h00 buite besig wees. Julle is welkom om my kantoor te gebruik. Sal 10h00 vir julle werk?"

"Dit sal perfek vir ons wees.....en vir jou Wouter?"

"Perfek!"

Met die verskoon Wouter homself. "Dankie Herman.....sien julle môreoggend Harry."

"Stap asseblief saam met my, julle.....kom ons gaan sorteer gou julle verblyf uit. James, reël asseblief dat ons gaste se bagasie by hulle kamer uitkom.....dieselfde eenheid waar hulle vir die naweek gebly het. Julle verblyf is op die huis, en julle is welkom om van die restaurant en die ander geriewe gebruik te maak. Nou moet julle my asseblief verskoon.....sien julle môreoggend."

"Dankie vir alles, Herman," kom dit gelyktydig van Harry en Liz. "Sien jou môreoggend."

*****

Die twee stap stilswyend na hul blyplekkie toe.....elkeen van hulle besig met sy eie gedagtes. Die oggend se gebeure het uit die aard van die saak vir beide van hulle baie stof tot nadenke gegee. Liz besef dat die jare se ondervinding vir Harry so skerp soos 'n lemmetjie geslyp het, en die feit

dat hy vir Gretha onder nou die aand se omstan-
dighede geëien het is juis die rede waarom sy tot
hierdie gevolgtrekking kom. Dit is nie die eerste
keer dat so-iets gebeur het nie, en dit bevestig net
dat Harry 'n uitstekende PI, oftewel 'n ertjieoog,
soos sy groot pel Jaques sou sê, is. Daar is ab-
soluut niks wat hierdie man se uitstekende waar-
nemings vermoë ontwyk nie, en dit is onder andere
waarom Liz soveel respek vir Harry as 'n PI het.

Hierdie eienskap het dan ook deel van Harry se
privaatlewe geword, en hy weet onmiddellik wan-
neer iets omtrent Liz anders is.....sy is mal daar-
oor. Harry is al van lank se tyd af haar hero, en dit
is sekerlik die grootste rede waarom sy hom vir
altyd as 'n deel van haar lewe wil hê.

Binne in hulle grot is Harry die een wat die stil-
swye verbreek: "En wat sê jy omtrent al hierdie
dinge wat aan die gebeur is, Liz?"

"Jong Harry, ek dink dat ons op die drumpel van 'n
groot deurbraak is. Ek wonder net waarmee die
vroumens besig is.....daar is net so ongelooflik baie
opsies om van te kies.....maar dat sy haar met on-
gure dinge besig hou, is 'n feit soos 'n koei. Môre se
sessie met Wouter gaan sekerlik baie interessant
wees.....ek kan eintlik nie daarvoor wag nie. Wat
dink jy?"

"Lizzie my skattebol, ek vermoed dat jy die spyker
100% op sy koppie raakgeklits het. Ek is so op-
gewonde soos 'n kind wat weet dat hy 'n nuwe
speelding gaan kry."

"Kom ons gaan stap so bietjie Harry.....hier is so baie mooi om te sien, en dan sorg ons dat ons so teen 4 uur se kant terug is. Ek sal dan graag 'n lekker stort wil vang.....eks nogal lus om daai osstert wat ek Saterdagaand op die spyskaart raakgelees het, te gaan probeer.....as jy wil."

"Dit is 'n wonderlike idee Lizzie, ek is al klaar honger. Kom laat ons gaan."

*****

Dit is Maandagoggend 9h45.

Harry en Liz het vroeër ontbyt gaan eet en wag nou ongeduldig vir Wouter om op te daag. Hierdie ding moet nou gebeur!

"Hallo julle twee. Het julle lekker geslaap, of het julle ook soos ek rondgerol?".....praat Herman Niewoudt met 'n vriendelike stem agter hulle: "Ek hoop julle het lekker geslaap. Kom stap saam met my."

Binne in sy kantoor tel hy sy foon op en skakel 'n drie syfer nommer: "Susan, ek het drie gaste wat die oggend in my kantoor gaan deurbring. Reël asseblief vir drinkgoed vir hulle.....en vra vir die restaurant om so teen 12h00 bietjie eetgoed hiernatoe te stuur. Ek gaan buite besig wees.....jy kan my op my selfoon in die hande kry indien jy my nodig het."

*****

99

"Sê vir my Wouter, het jy nog enigsins kontak met Gretha?" kom die eerste vraag van Harry af.

"Ek het so twee weke gelede met haar gepraat.....en dit was nie 'n aangename gesprek nie. Soos ek gister genoem het, sy hou my persoonlik verantwoordelik vir die feit dat sy nie meer lid van die taakmag is nie. Dit klink ook nie of sy my ooit daarvoor gaan vergewe nie!"

"Dit is nogal hoe ek haar ook ervaar het. Ek is doodseker dat sy nie van ons manne hou nie. Of sy voel geintimideerd deur die manlike geslag.....of sy is "gay".....ek weet nie eintlik nie. Dit is dus miskien net 'n geval daarvan dat sy net nie van jou hou nie.....jy is mos 'n man."

"Luister julle twee, ek is oortuig daarvan dat Gretha met ongure dinge besig is," kry Liz uiteindelik ook 'n woordjie in. "Ek weet nie of daar noodwendig 'n verband tussen die ander storie en die naweek se gebeure is nie. Wat my wel byval is die feit dat sy die opset hier ken, dat sy weet hoe julle as die taakmag funksioneer, en waar daar moontlike tekortkominge in julle mondering is. Soos wat ek van Herman se pratery kon aflei, was die skurke Vrydagnag hier om 'n renosterhoring of twee te kom haal. Dit laat my wonder of sy nie dalk as een van die skurke hier was nie."

"Sy is die operasionele bestuurder van Maxigenics, waar sy nou werksaam is, en daar is geen twyfel by my dat sy goed kan beplan, en dan ook daardie planne suksesvol kan uitvoer nie. Haar hele houding sê vir my dat sy hierdie dinge met militêre presisie doen.....wat haar dan die ideale kandidaat maak om 'n span renoster stropers aan te voer..... wat dink julle?

"Goeie genade Liz, ek dink jy is heel moontlik reg."

"Wouter, jy het saam met haar gewerk.....wat dink jy van die Liz teorie?"

"Dammit Liz, ek dink jy is moontlik reg. Sy beskik oor al die kennis om onder die radar te beweeg, en dit is die een enkele eienskap wat renosterstropers regtig suksesvol maak. "n Mens weet nooit waar hulle die volgende keer gaan toeslaan nie, en hoe meer effektief hulle beplanning is, hoe moeiliker is dit om hulle vas te trek. As ons nie Saterdag 'n ""tip-off" gekry het nie, was daar nou ten minste een minder lewendige renoster hier by Kagga Kamma.....dit maak meer-en-meer sin!"

"Mag ek dalk weet waarmee julle tans besig is, of is dit geklassifiseerd."

"Wouter, die minste wat ons kan doen is om jou op hoogte daarvan te bring. Soos Liz genoem het is Gretha die operasionele bestuurder by Maxigenics. Maxigenics skryf doelgerigte sagteware vir spesifieke kliënte, wat soms onder die "radar" funksioneer. Hulle is tans besig met die ontwikkeling van spesifieke sagteware vir 'n oorsese kliënt..... hierdie kliënt is blykbaar een van daardie outjies aan wie se goeie kant jy liewer wil bly."

"Die eienaar van Maxigenics het agtergekom dat daar 'n inligtingslekkasie by sy maatskappy is. Hy het ons aangestel om eerstens uit te vind of hy in die kol is, tweedens wie die lekkasie is, en dan om uit te vind waarom die inligting uitgelek word, en natuurlik aan wie hierdie inligting uitgelek word."

"Weet julle manne wat het my nou net opgeval..... ek wonder of Gretha moontlik die enigste persoon by Maxigenics is wat by hierdie lekkasie betrokke is.....ons sal dit moet vasstel Harry."

"Jy is reg Liz.....ek dink sy is die meesterbrein, net so ook met die renosterstropery."

"Goed julle twee, dit maak alles sin. Ek wil voorstel dat ons die ding van hierdie kant af benader. In-dien ons haar aan die renosterstropery kan koppel, vermoed ek dat die res van die goed in plek gaan val. Wat dink julle?"

"Ek stem saam met jou Wouter. Liz, ons moet so gou as moontlik by Johan Van Zyl uitkom en hom van die nuwe verwikkelinge verwittig. Sal jy asse-blief vir ons 'n vergadering met hom belê. Wouter, ons sal jou op hoogte van sake hou. Sal jou span dalk moontlik 'n ogie oor Gretha se doen-en-late kan hou.....indien moontlik? Elke stukkie inligting, hoe klein ookal, sal welkom wees. Sy moet asse-blief geen idee kry dat ek en Liz enigsens by hierdie ondersoek betrokke is nie."

"Ons sal regtig doen wat ons kan, Harry. Wie weet, dalkies gaan sy êrens gly, en wanneer dit gebeur, moet ons daar wees om daarop te kapitaliseer. Jy is welkom om my enige tyd te kontak.....ons moet mekaar help."

"Ek dink dit is dan voorlopig al.....kom ons sorg dat ons op 'n gereelde basis met mekaar kommunikeer. Dankie vir jou tyd Wouter. Ek is baie bly dat ons bymekaar uitgekom het."

"Dankie vir julle. Ek glo dat ons 'n "killing" gaan maak. Mooi bly.....ons praat weer later hierdie week met mekaar. Cheers julle."

7 RENOSTER REDDERS

"Hallo Johan, Liz De Koker hier. Gaan dit goed met jou?"

"Hallo Liz, goed om van jou te hoor. Hoe gaan die saak aan?"

"Johan, daar was 'n klompie interressante verwikkelinge gewees. Ek en Harry wil graag met jou kom gesels.....ek vermoed dat jy, net soos ons, effens uit die veld geslaan gaan wees. Hier is 'n lekker kinkel in die kabel.....kan ons jou môre kom sien?"

"Jong Liz, môre gaan een van daardie dae wees, maar jy het my nou lekker nuuskierig gemaak..... ek kan my afspraak van 10h00 uitskuif na Woensdag toe. Sal julle môre om 10h00 hier kan wees?"

"Als reg Johan, sien jou môreoggend."

"Kom ons gaan eet by Die Damhuis, Lizzie, want hulle kos is fenominaal.....reg met jou?"

"Dit sal lekker wees Harry.....dit gaan baaie lekker wees."

*****

Om 9h40 draai die wit BMW in Uys Krige Rylaan in en vyf minute later stop dit in Maxigenics se parkeerarea. Harry en sy Lizzie stap hand-aan-hand tot by die ingang waar Harry, nie vir die eerste keer nie, en sekerlik ook nie vir die laaste keer nie, die interkom se knoppie druk.

Maryna staan hulle en inwag by die ontvangstoonbank met 'n "Hallo julle.....lanklaas gesien. Kom ons stap deur.....Johan wag vir julle. Gaan dit goed met julle?"

So saam-saam groet die twee besoekers haar. "Ja, ons was nogal lanklaas hier."

"Is Gretha nie vandag in nie," vra Harry, omdat sy hulle nie soos met die vorige besoek so ongelooflik "vriendelik" kom ontvang het nie.

"Johan sal met julle oor Gretha gesels, ek wil liewer niks sê nie, maar ja, sy is nie vandag in nie. Wat gaan julle drink, koffie of tee?"

Met die stoot sy Johan se kantoordeur oop en vergesel hulle tot by sy lessenaar.

"Ek is bly dat julle dit kon maak,want hierdie gaan

'n interressante ou gesprekkie wees. Grethatjie se ware kleure is besig om na vore te kom. Maar sê eers vir my, waarmee kan ek julle vandag help?"

Al glimlaggende kom dit van Harry: "Dit gaan oor Grethatjie.....maar vertel ons eers jou deel van die verhaal, asseblief."

"Kom sit nou eers. Maryna, kry asseblief vir die mense drinkgoed.....hierdie gaan 'n wyle neem."

"Ons vriendin Gretha is nou al vir 'n rukkie lank ongereeld op Maandae by die werk, en hierdie Maandag was weer een van daardie weg-Maandae. Dit was nou die derde Maandag in ses weke wat sy nie by die werk was nie.....bietjie onaanvaarbaar vir my. Ek het toe besluit om rond te krap. Dit was nogal nie te moeilik nie, want na die episode van laas keer het ek so stil-stil 'n opsporingsapparaat aan haar kar versteek."

"Jaaa.....en?"

"Met elke weg-Maandag het sy haar êrens in die platteland bevind, meestal in die Noord Kaap of die Karroo. Daar op die monitor is 'n kaart van hierdie areas, met die bestemmings waar sy was, daarop aangedui. Wat my na so 'n bietjie rondkrap opgeval het, is die feit dat daar of 'n reservaat, of 'n wilds- plaas of wildtuin van een of ander aard in die na- bye omgewing van elkeen van haar bestemmings was. Kom kyk hier....."

Op die kaart is alles aangedui presies soos Johan dit verduidelik het.....en gedurede die pasafgelope naweek was sy in die omgewing van Kagga Kamma gewees!

"Wat maak julle mense hiervan?"

"O" sê Harry, "dit lyk vir my of sy mal oor die buitelewe, en dit wat daarmee saamgaan, is." Die onnutsigheid speel so effens-effens om sy mondhoeke. "Dammit Johan, die dinge is besig om skielik in plek te val. Gaan asseblief voort met jou storie."

"Wel, daar was elke keer ongurighede, naby die plekke waar sy was, aan die gang.....wild- en veëdiefstalle."

Nou is dit Johan se beurt om die spot te dryf: "Sy het 'n ding vir diere.....jy sal moet ligloop Harry!"

.....en al die tyd glimlag Liz net.

"Wel Johan, ek dink jy is eenhonderd persent reg. Ons het die afgelope naweek amper in haar vasgeloop, of so sê Harry. Hy het in die middel van die nag buite gaan rondloop en haar glo toevallig daar gesien.....nou wonder ek....."

Die uitdrukking van geskokte-ongemaklikheid op Harry se gesig laat almal uitbars van die lag.....en dan kom die verleentheid en die skaapagtige laggie van hom af"....daar het julle my nou."

"Het julle haar regtig gesien?"

"Ja Johan, vir 'n vlietende oomblik. Ek en Liz was die naweek by Kagga Kamma gewees. Saterdagnag het ek van skote wakker geword.....ek vermoed 9mm skote.....en ek het toe by die deur van ons grot uitgestorm, want ek het gehoor hoe iemand met my kar wegry. In die skemer van die lig wat buite die restaurant gebrand het, het ek 'n skraal swewende figuur met breë skouers om die hoek van die restaurant sien verdwyn. Glo my, ek het lank daaroor gewonder.....iets omtrent die figuur het vir my bekend gelyk, maar ek kon nie my vinger daarop plaas nie.....en toe kom dit soos 'n donkie se skop, reg tussen my oë. Ek is omtrent seker dat dit Gretha was."

"Jaaa.....en toe?"

"Wel, ons het toe met die taakmag se leier gesels. Volgens hom was Gretha tot so om-en-by ses maande gelede 'n lid van die taakmag gewees, maar hulle moes haar laat gaan omdat haar koppie so 'n bietjie uitgehaak het.....sy het blykbaar op haar eie, sonder enige ondersteuning, agter gesteelde veë aan in een van die statte ingegaan. Dit het haar blykbaar amper haar "virginity," en ook haar lewe gekos."

"Harry my ou maat, dit maak perfekte sin. Sy was wel 'n lid van die veëdiefstal eenheid voordat sy die pos by Maxigenics aanvaar het. Volgens haar was sy blykbaar nie meer lus om omtrent altyd van die huis af weg te wees nie. Sy wou kwansuis meer tyd saam met Wouter, haar verloofde spandeer. Hy het blykbaar gatvol daarvan geraak, om veral naweke, op sy eie te moet deurbring. Ek het nogal vir die ou "gevoel", dit kon nie lekker gewees het nie."

"Wel Johan, of Gretha het vir jou gelieg, of vriend Wouter, die leier van die taakmag, het doelbewus inligting vanaf ek en Liz weerhou. Hy het niks daarvan genoem dat hulle verloof is, of was, nie. Volgens hom hou sy hom persoonlik verantwoordelik vir haar ontslag, en dit klink asof sy hom nooit gaan vergewe nie. Hierdie ding raak nou ongelooflik interressant!"

"Weet julle wat van haar geword het, Harry. Sy het nog nie teruggekom werk toe nie, en ek het ook nog niks van haar gehoor nie. Ek wonder of sy iets oorgekom het.....dis nie eintlik haar geaardheid om nie te laat weet waar sy is nie.....of so het ek gedink."

"Kon jy dalk vasstel waar haar motor is?

"Ja, die kar is nog steeds in Kagga Kamma se omgewing, presies op die plek waar dit sondagoggend was. Ek dink 'n mens moet dalk gaan ondersoek instel.....of hoe?

"Ek stem, is jy reg om te ry Liz? Wil jy saamkom Johan, of het jy ander verpligtinge?"

"Ek sal hierdie uitstappie vir geen geld in die wêreld misloop nie, Harry. Maryna, skuif al my afsprake vir vandag en môre met 'n dag uit."

"Harry, ek stel voor dat ons met die Land Cruiser ry.....'n mens weet nie hoe die omgewing waarheen ons gaan, lyk nie. Die ou BMW'tjie mag dit dalk net nie maak nie. Gee my tien minute, dan kan ons ry. Ek dink regtig hoe gouer ons daar kom, hoe beter."

*****

.....En toe is hulle opppad.....met Johan Van Zyl se Land Cruiser. Blykbaar is alles wat aan Johan Van Zyl behoort, groot, oormatig, imposant.....sy huis, sy kantore, sy doen en late, en ook sy Land Cruiser! Hierdie is 'n monster.....dit is groot, baie groot, toegerus met massiewe wiele met die beste en duurste bande, natuurlik reg vir die wildernis. Dit wil voorkom of hierdie outjie ten minste "twee ver-diepings" hoog is, so amper asof 'n ou onder-deur hom kan stap, sonder om jou kop te laat sak.

Die bakwerk glinster spierwit in die helder sonlig, en die magnesium vellings is pikswart, dofswart, in kontras met die glinsterende bakwerk. Om die prentjie finaal af te rond, is daar 'n massiewe V8 masjien onder die enjinkap, of so klink dit! Die ding brul soos leeukoor, 'n groot leeukoor.

Binne-in hierdie monster vind jy dan ook alles wat oop-en-toe kan maak. Hierdie is die toppunt van gerief, gekoppel aan 'n absolute monster wat deur bykans niks gestop sal word nie.....dis so..... Johannerig!

Die GPS neem hulle reguit na Ceres toe.

Dit is maar redelik stil in hierdie voertuig.....elkeen van hulle besig met sy eie gedagtes. Hulle is seker-

lik almal besig om te wonder wat hulle by hulle be-
stemming gaan vind.....gaan Gretha daar wees?

Buite Ceres draai hulle af op die R303 en vat
koers na Prins Alfred toe. Skaars is hulle by die
predikant wat sê "Prins Alfred – 20 km" verby, toe
die meisie op die GPS vir Johan vertel dat hy by die
volgende pad links moet draai.....en hy maak so.
Hierdie is 'n grondpad, 'n kar-breek grondpad. 'n
Mens sal sweer dat daar geen padmakers, of toe-
rusting, in die Wes-Kaap is nie. Harry het nog
nooit so-iets beleef nie. In sy binneste, so in sy
enigheid, stuur hy 'n intense gebed na bo....net om
dankie te sê dat hulle nie met die BMW'tjie gekom
het nie. Sy 3 Reeks sou nooit weer dieselfde gewees
het nie, en net daar besluit hy dat hy vir hom ook
'n voertuig vir die bosse.....en hierdie tipe van paaie
.....moet aanskaf.

Steeds is die drie insittendes van die Land Cruiser
so stil soos die nag. Hulle weet dat hulle nou baie
naby aan hulle bestemming is.....wat wag daar op
hulle?

Weer praat die meisie op die GPS.....sy vertel vir
Johan dat hy by die paadjie met die plaashek regs
moet draai.....en hy maak so, want hy kan, daar is
mos niks wat hierdie monster gaan stop nie, defini-
tief nie hierdie ou plaashekkie nie, inteendeel dit
gaan nie eers poog om die Land cruiser te stop nie,
want dit hang oop, so aan een skarnier.....en toe is
hulle by die ou hekkie verby, oppad na die rou
baksteen huisie met die groot stoor toe..... vyf-
honderd meter verder aan die regterkant.

Eers ry hulle verby, net om te probeer vasstel wat daar aangaan, want daar staan 'n hele paar voertuie, onder andere 'n SAPD voertuig. Nog steeds sê die drietjies niks nie, maar nou maak hulle darem oogkontak.....en al drie pare oë wonder wat aan die gang is.

Harry verbreek die stilte: "Kom ons gaan kyk wat daar aangaan, Johan. Liz, maak asseblief 'n "mental note" van alles wat jy sien wanneer ons daar kom, want ek het 'n spesmaas dat ons op een-of-ander stadium daardie geheue van jou vir inligting sal moet fynkam."

Die land Cruiser kom al brullende voor die huisie tot stilstand.....niemand kan dit nie hoor nie. Geen wonder dat daar bykans onmiddellik 'n man in "camos" sy verskyning by die huisie se voordeur maak nie.

*****

"Hallo mense, hoe kan ek julle help?" kom dit dan ook van sy kant af.

"Goeiemiddag, ek is Harald Markotter en die dame is Liz De Koker."

Voordat Harry verder kan praat: "Ek is Johan van Zyl. Ons is opsoek na Juf. Conradie.....Gretha Conradie."

"Wel, ek stel voor dat julle met my baas kom praat.....ek glo dat hy julle sal kan help." Met die draai hy om en stap na binne-toe.....en die drie stap agterna.

Binne in die sitkamertjie lê daar iets onder 'n blink termiese kombers, en al drie van hulle weet instiktief wat die "iets" is. Dan draai die skraal bleskop ou om om homself aan die besoekers voor te stel, en drie van die vier monde val onwillekeurig oop.

"Hallo Wouter," sê Harry, totaal en al uit die veld geslaan.....en Wouter, met bykans dieselfde stemtoon, kan maar net met "hallo Harry" antwoord.

"Wat maak julle hier?

"Ons is opsoek na Gretha. Gretha werk vir Johan Van Zyl.....jammer.....ek het julle nie aan mekaar voorgestel nie." Met 'n hand wat in Johan se algemene rigting wys, kom dit van Harry af: "Hierdie is Johan Van Zyl. Jammer julle.....dat ek my maniere by die huis gelaat het."

"Volgens ons inligting behoort Gretha moontlik hier te wees.....ons weet dat sy Sondagoggend hier was."

"Ja" sê Johan, haar Honda staan hierbuite. Weet jy dalk waar sy is? Ek is nogal bekommerd oor haar.....sy was weg vir die naweek en het net nie Maandag teruggekom werk toe nie.....sy het absoluut niks van haar laat hoor nie."

'n Lang, ongemaklike stilte volg.....en dan kraak Wouter se stem, amper ongemaklik.....en dit gaan

nie onopgemerk by Harald Markotter verby nie.....
dit laat hom wonder.

"Een van die taakmag se manne het haar
vanoggend hier gekry.....daar waar sy nou lê. Hy
het my daarvan in kennis gestel en ek het on-
middellik hierheen gekom. Gretha is geskiet, ek
weet nie wanneer nie, maar op die oog-af lyk dit of
daar net een skoot afgevuur is.....sy is reg tussen
haar oë geskiet. Damn mense, sy is 'n gewese taak-
maglid.....die base gaan hierdie ding uitmekaar uit
trek. Taakmaglede, en ook gewese taakmaglede, se
onnatuurlike dood word ontsettend deeglik onder-
soek. Ons sal wel uitvind wat gebeur het."

"Kan ons asseblief na die lyk kyk, Wouter?"

"Ja Harry, help jouself. Wees asseblief net versigtig
hier rondom die moordtoneel. Die speurders moet
nog hulle ding hier kom doen en ons wil regtig nie
enige moontlike bewysstukke versteur nie.....maar
jy is sekerlik heeltemal met die prosedures rondom
'n moord-toneel bekend."

Daar is iets snaaks, nie ha-ha snaaks nie, omtrent
die manier waarop Wouter hierdie laaste stelling
gemaak het.....ook dit het nie onopgemerk by Har-
ry verby gegaan nie.

"Dankie Wouter, ons sal versigtig wees."

Dan, sonder om 'n verdere woord kwyt te raak,
draai Wouter om en verlaat die vertrek.....iets
maak nie sin nie, en Harry kan nie sy vinger daar-
op plaas nie.....nog nie!

Hy stap na die hopie termiese kombers toe en lig
die een punt stadig op, die boonste punt, volgens
die vorm van die figuur onder die kombers. Dan
kyk hy reg in die "Amasone" se star oë vas.....hulle
het nie eers die moeite gedoen om haar ooglede toe
te maak nie. Een ding is seker, hierdie is Gretha
Conradie se lyk. Harry voel aan die lyk se vingers,
en beweeg haar arm. Dit gaan maar styf-styf, en
Harry besef dadelik dat hierdie voorval nie vandag
plaasgevind het nie, dit het heel moontlik gister, of
laas nag op die laatse gebeur. Die nadoodse onder-
soek sal wel die tyd van haar dood met redelike
akkuraatheid kan bevestig.

Volgens die koeëlronde gaatjie tussen haar oë is die
oorsaak van haar dood redelik seker. Hier gaan hy
'n paar toutjies moet trek om al die inligting te
bekom, want hy weet nie hoe gewillig hierdie ou-
tjies gaan wees om dit met hom te deel nie. Hopelik
sal die ondersoek vanuit die Kaap gedoen word.

"Harry, ek wil bietjie buite gaan rondkyk. Kom jy
saam of wil jy nog hier binne rondkrap?"

"Wel Johan, dit lyk nie asof hier verder iets
vreemds is om te sien nie.....ons sal maar moet
wag vir die speurders se verslag. Ons stap saam
met jou. Hopelik sal daar iets daarbuite te siene
wees."

Hulle stap by die huisie se voordeur uit en dan
stadig regs om na agter toe. Langs die huis steek
Harry skielik vas.

"Sien julle wat ek sien? Iemand het in hierdie mod-

115

derkol getrap."

"Ja," se Liz. "Dit kan enige van hierdie mense ge-
wees het. Hulle is binne, buite en om die huis be-
sig. Hierdie spoor is nie veel werd nie Harry."

"Inteendeel Liz, hierdie spoor is moontlik goud-
werd. Kom ons kyk net gou wat die weerverslag te
sê het." Die iPhone se skerm flits aan die lewe,
Harry se vinger druk op die "weather" simbool en
dan begin dit heen-en-weer te beweeg.

"Dit is nou interessant, julle.....dit het gister tot
omtrent 06h00 gereën, volgens hierdie verslag, vir
omtrent twee ure, en nie baie hard nie. Daarna het
die son van bykans 13h00 af geskyn, wat beteken
dat die huis die direkte sonlig half-en-half
geblokkeer het.....van 13h00 af het die son verder
en verder agter die huis in beweeg."

"Dit is die rede dat die modderkol nie heeltemal
droog is nie, wat vir my sê dat hierdie voetspoor
heel moontlik kort na 06h00 gister hier gelos is.
Gretha se lyk is redelik styf, wat my laat dink dat
sy êrens deur die loop van gisteroggend dood is,
veral as ons die kondisie van haar lyk aan die
moontlike "ouderdom" van die voetspoor meet.
Ons moet 'n foto van hierdie spoor neem. Ek dink
ek weet wat ek wil weet. Nou moet ons net uitvind
aan wie hierdie skoen, of heel moontlik stewel, be-
hoort. Hierdie gaan interessant wees, julle!"

Intussen het die speurders in die sitkamer op-
gedaag, twee van hulle. Harry besluit om met hulle
te gaan gesels, of om dit te probeer doen.

Binne-in die huis is die een speurder by Gretha se lyk besig, en die ander een is nou in die kombuis .....besig om koffie te maak. Harry kan omtrent nie sy oë glo nie.....wat het van hierdie ouens se dissipline geword.....koffiemaak tydens 'n moordondersoek.....dit werk net nie so nie. Hy wonder by homself of die ou se baas weet wat hy aanvang. Harry probeer egter sy beste om sy omgekrapte emosies onder beheer te kry voordat hy begin praat .....eintlik voel hy lus om 'n klap of twee uit te deel. "Goeiedag, my naam is Harry, Harry Markotter. Mag ek asseblief 'n paar woorde met jou wissel?"

"Waarom.....wie is jy?" kom die effens gesteurde antwoord.

Harry moet op sy lip byt om homself in toom te hou. Ek is 'n privaat speurder wat besig is om 'n ander saak, waarby die oorledene betrokke is, te ondersoek."

"Wat.....'n bleddie PI! Julle ouens druk altyd julle neuse in plekke in waar dit nie hoort nie. Dis al wat ek vandag nodig het!"

"Kan ons asseblief 'n bietjie gesels," antwoord Harry heeltemal kalm en rustig.....of so kom dit voor.

Liz kan haar oë nie glo nie. Sy ken Harry nie so nie. By 'n ander geleentheid sou hy die ou lankal in sy petjie ingestuur het. Hierdie selfbeheersing dwing weereens respek by Liz af.....Harry is een van die bestes, indien nie die beste, in sy bedryf.

Dit wil voorkom of Harry se rustige benadering vrugte afwerp, want die speurder is skielik heel meer gemoedelik.

"Jammer man, ek is Jan Bantjies. Verskoon asseblief indien ek kortaf voorgekom het, maar hierdie goed raak soms net te veel vir my. Mense word soos vlieë uitgeroei.....ons sukkel regtig om by te hou.....jammer man! Hoe kan ek help?"

"Ag dankie tog Jan. Hierdie is Liz.....sy werk saam met my, en dit is Johan van Zyl.....die oorledene het vir hom gewerk. Ek sal graag met jou in kontak wil bly sodat ek op hoogte van die vordering, wat julle met die ondersoek maak, kan bly. Ek belowe dat ek nie met julle ondersoek sal inmeng nie, en sou ek op iets afkom, sal ek jou daarvan verwittig .....sal dit vir jou werk?"

"Jong Harry, ek weet nie heeltemal so lekker nie. Hierdie samewerkings ooreenkomste eindig gewoonlik maar op 'n redelike suur noot. Ek wil nou nie eintlik veralgemeen nie, maar meeste van die PI's hou nie regtig by hierdie ooreenkomste nie..... dit is die bron van my onsekerheid.....so ja, ek weet nie eintlik nie."

"Jan, ek het vir Harry gehuur om my saak te ondersoek, om slegs een enkele rede.....hy is die beste wat daar is. Hy is absoluut professioneel en hou by die reëlings wat ons getref het. Ek sal vir hom instaan, help ons asseblief. Die saak waaraan hy werk is lewens belangrik.....vir my besigheid. Ons het elke bietjie hulp wat ons kan kry, nodig."

"Okay, kom ons gee dit 'n traai.....moet my asseblief nie my besluit laat berou nie, Harry. Hier is my kaartjie.....o, dankie. Ek gaan joune nie weggooi nie, ek belowe. Bel my maar gerus so een keer per week.....ek sal jou op hoogte van die vordering hou."

"Hel, dankie Jan. Kom stap gou saam met my.....ek wil jou iets gaan wys."

Hy neem vir Jan reguit na die modderkol met die voetspoor in.

"Ek het 'n teorie rondom hierdie spoor, Jan. Dit het gister tot omtrent 06h00 gereën, volgens die weerverslag, vir bykans twee ure, blykbaar nie baie hard nie. Daarna het die son van omtrent 13h00 af geskyn, met ander woorde, die huis het die direkte sonlig soort van geblokkeer, en van 13h00 af het die son verder en verder agter die huis in beweeg."

"Dit is waarom die modderkol nog half nat is, wat vir my sê dat hierdie voetspoor heel moontlik kort na 06h00 gister hier gelos is. Die oorledene se lyk is redelik styf, wat my laat dink dat sy êrens deur die loop van gisteroggend vermoor is, veral as ons haar lyk se staat van "rigor mortis" met die moontlike "ouderdom" van die voetspoor vergelyk. Dink jy dat daar 'n moontlikheid van 'n gipsafdruk van die voetspoor is? Ek dink dat hierdie regtig 'n goeie beginpunt vir julle ondersoek is.....ekskuus.....jou besluit."

"Dankie Harry, hierdie is regtig waardevolle inligting.....dit gaan ons moontlik baie tyd spaar. Ek dink egter dat ons net eers moet probeer om vas te stel hoe akkuraat jou teorie is.....ek vermoed dat jy naby aan reg is, Harry. Ons sal die gips-afdruk maak en tot jou beskikking stel om te gebruik soos wat jy goeddink."

"Dit sal egter ons eiendom bly.....soos jy sekerlik besef kan dit nogal 'n belangrike bewysstuk word. Hierdie is heel moontlik 'n groot deurbraak Harry. Nogmaals dankie."

"Sê vir my Jan, hoe werk julle saam met die manne van die taakmag?"

"Wel Harry, indien hierdie moord die gevolg van veediefstal of wildstropery was, sou die taakmag ons speurders nie betrek het nie. In so 'n geval sou hulle die saak self ondersoek het.....hulle het nogal die vaardighede daarvoor. Dit beteken dat ons nie eintlik saam met hulle, of liewer hulle saam met ons, op hierdie saak gaan werk nie. Waarom vra jy?"

"Sommer maar omdat ek hulle hier gesien het toe ons hier aangekkom het. Ons PI's is mos maar van nature nuuskierige outjies."

"Als reg julle. Laat weet maar as daar nog iets is waarmee ons kan help. Is julle klaar hier?"

Ja, dankie Jan. Is daar dalk nog iets wat julle twee hier wil doen.....Johan, Liz?"

"Neewat Harry, ek dink ons moet maar padvat te-
rug Kaap toe. Wat sê jy Liz?"

"Ja julle manne, ek dink ook so. Ons het genoeg
om te gaan uitsorteer."

"Dan moet julle drietjies mooiry, en mooibly. Ons
sal seker binnekort weer praat. Ry versigtig."

"Dankie Jan, ons sal so maak. Lekker bly!"

*****

Terug in die monster kan Harry sy opge-
wondenheid beswaarlik in toom hou. Hier is 'n hele
klomp nuwe, onverklaarde inligting wat na vore ge-
kom het. Sy kop begin oortyd te werk.....eintlik het
dit al begin oortyd werk net nadat Jan Bantjies sy
siening met betrekking tot die taakmag se betrok-
kenheid by hierdie saak met hulle gedeel het.

Alles rondom hierdie saak klop nie so lekker nie!

Eerstens was Wouter redelik ontnugter toe Harry-
hulle daar aangekom het.....en wat het 'n lid van
die taakmag daar gaan doen toe hy Gretha se lyk
daar gevind het?

Die taakmag was sekerlik besig om die gebeure van
die afgelope naweek te ondersoek, en sovêr Harry
kan onthou, is daar êrens tydens die naweek se ge-
pratery spesifiek melding van veëdiefstal en wild-
stropery in die omgewing gemaak.....spesifiek rond-
om die naweek se gebeure by Kagga Kamma.

Dit is baie duidelik dat die taakmag, volgens Jan Bantjies, nie normaalweg die speurdiens se hulp onder hierdie omstandighede sou inroep nie. Jan is duidelik nie daarvan bewus dat daar, volgens dit wat Wouter, en Herman Niewoudt van Kagga Kamma kwyt geraak het, 'n poging van renoster-stropery by hierdie saak betrokke is nie. Waarom het Wouter dit nie vir Jan vertel nie? Hier is 'n slang in die gras.....daarvan is Harry oortuig.

Dit is 18h20 toe die Land Cruiser langs Harry se BMW in Maxigenics se parkeerarea stilhou. Dit was nogal 'n lang dag.....vol van verrassings.....en ontnugterings.

Met 'n kort groet is die "Drie Musketiers" uitmekaar uit, lekker moeg, maar tog opgewonde om hierdie raaisel te gaan ontrafel.

*****

Harry kan nie slaap nie! So spandeer hy dan die meeste van die nag voor sy rekenaar, opsoek na meer inligting rondom die soolpatroon op die foto wat hy by die moordtoneel geneem het.

Tot sy verbasing is die inligting waarna hy opsoek is, wel, meeste daarvan, redelik vryelik op die internet beskikbaar.....Mev. Google is so te sê alwetend!

Sy vertel vir hom dat hierdie patroon aan 'n stewel, en nie 'n skoen behoort nie. Die spesifieke stewel is afkomstig uit Sjina, uit die Noordelike Guizhou

Provinsie, meer spesifiek uit 'n stad met die naam Zunyi.

Zunyi het 'n inwonertal van om-en-by twee miljoen. Dit is digby die Xiangjian Rivier geleë, kompleet met banke, hospitale, skole en ander fasiliteite wat oor die algemeen in-en-om stede in ontwikkelde lande gevind word. Verder is hier 'n botaniese tuin, en dan ook 'n industriële gebied neffens Zunyi.

Dit is juis hierdie industriële gebied waarin Harry belangstel, want dit is sekerlik hier waar die skoen-fabriek waarna Mev. Google verwys, geleë is.....en so is dit dan ook....." Suiyang County Junjianniao Leather Shoes Factory".....kolskoot!

Harry glimlag van oor-tot-oor, so tussen die vaak-heid deur, en dan besluit hy om vir 'n uur-of-wat 'n uiltjie te gaan knip.

"Wat 'n dag!" dink hy by homself.

Hy en Liz moet môre, of liewer nou-nou, by Johan Van Zyl uitkom.

*****

Kort na 8h30 lui Liz se foon.

"Hi Liz, hoe gaan dit met jou? Ons moet 'n bietjie bymekaar uitkom. Met al die dinge wat die afgelope tyd gebeur het, kom ons net nie meer bymekaar uit nie."

"Jis Maryna, dit is 'n lekker verrassing. Jy is reg, ons het nogal lanklaas tyd saam deurgebring. Kom ons kyk of ons hierdie komende naweek 'n tydjie daarvoor kan inruim."

"Wonderlik Liz! Ek bel eintlik om te hoor of jy en Harry vanaand saam met Johan wil gaan eet. Hy het van so seweuur se kant gepraat?"

"Dit sal baie lekker wees Maryna. Ek dink nie dat Harry vanaand iets anders aan het nie, maar ek moet miskien maar net seker maak. Hy sal sekerlik sy beste doen om daar te wees, want eet, en meer spesifiek uiteet, is een van sy gunsteling tydverdry-we. Gee my so tien minute dan laat weet ek jou .....bye!"

*****

Dit is 18h50. Liz en Harry stap by Noop, in die Paarl in. Die maître d wag hulle by die deur in: "Goeienaand mense, ek is Julia. Welkom hier by ons.....is dit julle eerste keer hier? Het julle 'n be-spreking gemaak?"

"Ja dit is ons eerste keer hier. Ons is hier saam met Mnr. Johan Van Zyl."

"O, wonderlik.....hy het vir my gesê dat hy gaste verwag. Hopelik sal julle na vanaand gereëlde kui-ermense hier by ons word. Kom ek neem julle na julle tafel toe."

Johan Van Zyl kom soos gewoonlik met uitste-kende maniere vorendag.

"Hallo julle. Welkom by die beste eetplek in die Kaap. Ek is regtig bly dat julle dit kon maak. Soos julle kan sien het ek vir Maryna ook saam genooi. Wie gaan ons vanaand bedien, Julia. Is dit moontlik dat Zelda weer vanaand agter ons kan kyk.....of is sy nie vanaand aan diens nie?

"Ek stuur haar vir julle, Johan. Geniet die aand saam met ons, soos wat jy altyd doen."

"Wel julle tweetjies, wat dink julle van die plekkie?"

"Dit lyk regtig na 'n wonderlike plek, Johan.....wat dink jy Harry?"

"O ja. Die ambiance van die plek is uitstekend. Ek kan nie glo dat ek nog nie voorheen hier uitgekom het nie. Hulle kos gaan sekerlik nie afbreek aan my eerste indrukke maak nie, of hoe?"

"Verseker nie Harry, glo my! Ek het die vrymoedigheid geneem om solank vir ons 'n ou wyntjie te bestel. As ek reg onthou het julle gesê dat julle rooiwyn verkies.....wel, hier is dit, 'n Rosendal Black Eagle. Dit is 'n beperkte uitgawe wat hierdie mense in 2008 gedoen het. Ek glo dat ons meer as net hierdie enetjie deur die loop van die aand gaan opgebruik."

Die twee gaste gaan deur die normale proeroetine en kom aan die anderkant met grootoog "genades" en "wows" en nog 'n paar ander toevoegings uit." Johan, hierdie wyn is iets besonders.....goeie genade!"

Johan Van Zyl glimlag net.....hy hou daarvan om mense te beïndruk!

"Sê vir my, Mnr. Van Zyl. Is hierdie maar sommer net 'n saamkuier, of is daar 'n spesifieke rede hoekom die vier van ons vanaand hier saam om die tafel sit. Ek vermoed dat jy moontlik 'n bietjie van 'n verskuilde agenda het," skerts Harry.

"Maryna, vertel tog vir hierdie tweetjies waarom ons almal vanaand hier by Noop is.....as jy dit nie gou doen nie, gaan ek hulle vertel."

"Wel, julle sien, ek en Johan se verhouding is nie meer net professioneel nie. Ons het besluit om heelwat meer tyd saam te spandeer, gedurende na-weke ook. Ek het gedink die man gaan my nooit raaksien nie, maar uiteindelik het sy oë oop ge-gaan."

Die twee van hulle gloei letterlik van opgewon-denheid, of so lyk dit.

"Dis wonderlike nuus, julle twee. Het dit skielik gebeur Johan, of het jy net nie die durf gehad om vroeër tot hierdie stap oor te gaan nie?.....dammit, ek is bly vir julle. Ek vertrou dat julle twee net ge-luk, en nog meer geluk, in mekaar se saamwees gaan ervaar. Geniet dit julle!"

"Ja, jis julle, Maryna.....Johan.....ek is so bly vir julle. Julle verdien die geluk wat hiermee saam-kom. Ek kan net dink hoe fantasties dit vir jou is, Maryna. Ek en Harry se situasie was baie dieselfde as dit wat julle nou ervaar."

"Aaag dankie Lizzie, ons is so gelukkig."

"Ja, dankie vir die goeie wense, julle twee. Hierdie is 'n nuwe hoofstuk in ons twee se lewens."

"Aaa.....naand Zelda. Spyskaarte asseblief."

"Sekerlik Mnr. Van Zyl. Mag ek dalk vir julle 'n voorgereg aanbeveel.....die sjef se spesialiteit?"

"Ja, asseblief," kom dit van die vier gaste af."

"Eet julle mense almal garnale?"

"Ja, dankie."

"Dan beveel ek die "Tempura Prawns" aan. Dit is 'n besondere kombinasie, en soos ek gesê het, "dit is die sjef se spesialiteit. "Vier van hulle vir julle?"

"Ja, asseblief, dit sal lekker wees."

"Plesier Mnr. Van Zyl, die voorgeregte is oppad."

"Johan, ek en Liz het ook 'n storietjie om met julle te deel, maar dit is heeltemal professioneel. Mag ek maar 'n bietjie werk praat?"

"As dit moet," glimlag Johan.

"Ek het so bietjie navorsing omtrent daardie spoor in die modderkol gedoen. Die patroon op die sool van daardie stewel is uniek aan 'n fabriek in Sjina, in 'n plek met die naam Zunyi. Ek dink regtig dat ek daar moet uitkom. Moontlik kan ons dan uitvind aan wie die stewels verskaf is.....daar is 'n nommer van een of ander aard op die sool."

"Ek het hulle vandag telefonies probeer kontak, maar die mense sukkel maar met die "Brits." Wat dink jy is die kanse dat ons 'n draai daar kan gaan maak?"

"Hier is julle voorgereg mense.....die sjef se spesialiteit!"

Die Tempura Garnale is eintlik 'n heel eenvoudige gereg.....dit bestaan basies uit garnale wat in 'n beslag gedompel is en dan in olie gebak word. In hierdie geval is die garnale op presies die regte oomblik uit die olie verwyder met die gevolg dat hulle sag en sappig is. Wat alles in die beslag vervat is, sal net die skepper van hierdie gereg weet, maar die smaak van fyn gerasperde suurlemoenskil is onmiskenbaar. Vier van hierdie garnale is heel netjies bo-op 'n klein bietjie Basmati rys geplaas, en met 'n baie smaaklike, geheime sous bedek, met 'n bietjie paprika daaroor gestrooi .....basies vir vesierings doeleindes.....Zelda was in die kol met haar aanbeveling.

So tussen die oohs en aahs gaan die gesprek egter voort.....soort van:"Briljante idee Harry! Kry al julle dinge in orde en kontak Maryna om die nodige reëlings te tref."

"Maryna, dink jy nie dat ons twee moet saamgaan nie?"

"Dit klink wonderlik Johan."

"Goed Maryna, reël dit dan so wanneer die mense gereed is. O ja, en reël met Susan Chang om saam te gaan.....ons gaan haar taalvaardigheid nodig hê."

Dan is die spyskaarte weer op die tafel.....en die bestelling wat geplaas word bevestig dat ons hier met vier "karnivore" te doen het. Twintig minute nadat Zelda die bestelling geneem het arriveer die vleisgeregte by die tafel.

Die vroulike "karnivore" het albei bees fillette bestel, albei half gaar, bedien met uie ringe. Liz het besluit op 'n groen peperkorrel en brandewynsous, en gemengde groente om die dis af te rond, en Maryna se vleisie is met 'n wilde sampioen en truffelsous voorgesit, tesame met gebakte soet patats.

Johan het vir hom 'n halfgaar kruisskyf met 'n groenpeper en brandewynsous bestel en Harry 'n halfgaar lendeskyf met 'n Gorgonzola roomsous. Albei die manne se disse word met uie ringe en 'n gebakte aartappel met suurroom bedien.

Daar bestaan geen twyfel dat Noop een van die beste restaurante in die Kaap, indien nie in Suid-Afrika, is nie. Die vier het besluit om die aand sonder enige nagereg af te sluit aangesien dit, wat hulle aanbetref, totaal en al oorbodig sou wees.

"Goeie genade mense, hierdie aand het so vinnig verby gegaan. Johan, hierdie plekkie is fenominaal, die kos, die diens, die ambiance.....ag sommer alles! Maryna, ek is so bly vir julle twee.....en vir die feit dat ons vriendinne is. Jy het nog altyd net my lewe verryk.....en jy, Mnr. Markotter, dankie dat jy jou lewe met my wil deurbring.....ek gaan alles in my vermoë doen om jou nooit teleur te stel nie. Dit voel vir my so al asof hierdie werks-verhouding vanaand tot 'n vriendskap ontwikkel het.....en dit is uit-en-uit julle twee se toedoen.....dankie Johan .....dankie Maryna. Die tydjie in Sjina gaan so lekker wees."

"Ja julle, ek stem saam met Liz. Dit is 'n voorreg om met julle pelle te wees.....dankie."

Oppad huistoe kan Liz en Harry nie uitgepraat raak oor Noop nie, en alles wat vanaand daarmee saamgegaan het. Wat 'n aand, en, wat 'n wonderlike eetplek.

*****

"Môre Maryna, hoe gaan dit vanoggend?"

"Hallo Liz, dit gaan wonderlik, veral na hierdie telefoon oproep. Eergisteraand was lekker ne."

"Baie.....Maryna! Ek kan nie glo dat ek en Harry nog nie voorheen daar was nie. Ons sal definitief weer daar gaan kuier. Die nuus van jou en Johan is wonderlik. Ek is regtig bly vir julle."

"Dankie Liz. Het julle al op datums vir die Sjinese trippie besluit?"

"Dit is waarom ek gebel het Maryna. Ons behoort al ons dinge teen volgende Vrydag uitgesorteer te

hê. Jy kan die reëlings vir enige tyd daarna maak
.....ons sal daarby inval. Harry het gevra of jy sy af-
spraak by die skoenfabriek met hulle verkoops-
bestuurder kan reël, of andersins met hulle ops
bestuurder. Ek sal al die besonderhede per e-pos vir
jou stuur. Dankie vir al jou moeite.....praat later
weer.....ek en Harry het om 10h30 'n vergadering
met die speurder wat ons nou die dag by Gretha se
moordtoneel ontmoet het. Nogmaals dankie vir alles.
Mooi bly!"

"Cheers Liz. Dankie vir die bel. Ek sal jou omtrent
die vordering op hoogte hou."

*****

Die naambordjie op sy lessenaar sê "Detective Ser-
geant Bantjies".

"Dit werk nie heeltemal nie," dink Harry by hom-
self.

"Speurder Sersant sou baie beter saam met Bant-
jies gegaan het, veral in aggenome dat hierdie ou
se naam Jan is," en dan glimlag hy so skeef-skeef
vir sy eie humor.

"Aloah julle twee. Dis goed om julle weer te sien."

Aloah is sekerlik een van die bekendste woorde in
die Hawaiise taal. Dit beteken hallo, maar ook tot-
siens.....en dit is 'n gewilde manier om vir iemand
te sê dat jy vir hom, of vir haar, lief is.

Liz en Harry se oë glimlag vir mekaar, albei van

hulle aan die wonder of Jan Bantjies vir hulle "hallo" gesê het, en of hy vir hulle gesê het dat hy vir hulle lief is.

"Hallo Jan, hoe gaan dit met jou? Dankie dat jy op sulke kort kennisgewing ingewillig het om ons te sien."

"Dit is 'n plesier mense. Ons het die gipsafdruk van die voetspoor gemaak.....hier is dit."

Met die plaas hy 'n houtkissie op die lessenaar voor Harry neer.

"Ons het die ding in hierdie kissie gesit om dit te beskerm. Wees asseblief versigtig hiermee, julle. Hoe vorder julle ondersoek.....het julle iets verder uitgevind?"

"Ja Jan, ons het nogal 'n belangrike stukkie inligting uit die onbekende uit gaan delf. Sê vir my Jan, het julle dalk al meer inligting met betrekking tot die tyd van Gretha Conradie se dood.....en het julle dalk op iets afgekom wat my teorie aangaande die skoensool, en dit wat daarmee saamgaan, bevestig?"

"Ja julle, die tyd van haar dood was so om en by 07h00 op Dinsdagoggend.....volgens die pataloog. Die oorsaak van haar dood was 'n enkele skoot van 'n 9mm pistool.....die outjies is nog besig met die finale ballistiese toetse. Daar is duidelike bewys dat die skoot van baie naby afgevuur is....."point blank", sê ek vir julle. Die persoon wat daardie skoot afgevuur het, het baie beslis geweet wat hy doen.....hy het daardie vuurwapen al 'n hele klompie kere gevuur.....ek dink hy is 'n "Pro". Het julle dalk enige teorië daaromtrent?"

"Ja Jan, ons het 'n paar gedagtes hier rondom, maar ons gaan eers 'n draai in Sjina maak, en dan sal hierdie gedagtes moontlik werklikhede word. Al wat ek op hierdie stadium wil sê, is dat die sool wat daardie spoor in die modderkol gemaak het, van Sjina afkomstig is. Ek weet presies waar die fabriek wat die stewel vervaardig het geleë is, en teen hierdie tyd is my afspraak met die relevante persoon, of moontlik persone, reeds gereël."

"Goeie genade Harry, jy speel nie né. Waarvandaan het jy al hierdie inligting gekry.....goeie kontakte?"

"Ja man, sien, daar is hierdie vrou......sy kom eintlik uit Amerika uit.....en dammit Jan, sy is die een met al die kontakte. Bo-en-behalwe al haar kontakte is die vroumens nog bogemiddeld intelligent ook.....ek skat selfs meer as Einstein."

"Jinne Harry, waar het jy aan haar gekom. Ek wens ek het haar geken.....sal jy my dalk aan haar kan voorstel? Asseblief man, Harry."

"Kom ons reël dit gou vir jou Jan. Kan ek gou jou rekenaar gebruik?"

"Natuurlik Harry, kom sit hier."

"Goed Janneman, laat ek nou sien.....aaa.....hier is

sy.....Mev. Google. Hierdie is die vroutjie van wie ek gepraat het."

Harry kan nou nie meer sy lag inhou nie, en Jan kan maar net half verleë saam giggel.....en al die tyd sit Liz maar net met 'n glimlag wat om haar goedgevormde lippe speel. Sy wonder of Harry nie dalk vir "Detective Sergeant" Bantjies effens verkeerd opgevryf het nie.....die manlike ego kom soms tog so maklik in spel.

"Jan," kom dit van Liz se kant af. "Jy moet tog vir Harald Markotter, die "ertjieoog" verskoon. Hy het maar soms 'n bietjie van 'n verwronge sin vir humor.....is dit nie so nie Harald?"

Harry weet instinktief dat Liz nie heeltemal gelukkig is met dit wat hy sopas gedoen het nie. Vir haar is mense se gevoelens primêr. Het sy dalk iets bespeur wat verklik het dat Jan se gevoelens gekrenk is. Lizzie gaan moontlik 'n bietjie slae oppad huistoe uitdeel.....dit gebeur nie baie nie.....maar nou ja, groot gif kom in klein botteltjies! Nietemin besluit Harry om niks verder omtrent dit wat nou gebeur het, te sê nie.

"Nou goed Janneman, ek het al die inligting met die hulp van Google bekom. Ek wonder altyd hoe die outjies in ons bedryf, vroeër jare hulle sake opgelos het sonder die hulp van die internet.....ek haal my hoed vir hulle af."

"Ek stem saam met jou Harry. 'n Mens moet maar seker maak dat jy op hoogte van dit wat in die rekenaar bedryf gebeur, bly. Soms smokkel hierdie goed met my kop. Sien jy dalk kans om op 'n kol so 'n bietjie tyd saam met my te spandeer.....net om my te help om Mev. Google beter te leer ken. Hierdie goed het die vermoë om my soms so "stupid" te laat voel."

"Natuurlik Jan, dit sal net 'n plesier wees. Hoe lyk Maandag, volgende Maandag?"

"Dankie Harry, ek sal tyd maak vir die sessie. Sal 10h00 reg wees vir jou? Jou plek, of myne?" glimlag Jan.

"10h00 Klink uitstekend Jan. Kom ons doen dit by my plek.....ek woon in Melkbos.....hier is my kaartjie.....my adres is daarop."

"Dankie Harry, ek sal definitief daar wees. 'n Mens is nooit te oud om te leer nie, of hoe. Hel man, nogmaals dankie."

"Reg my mater, sien jou dan. Nou moet jy ons asseblief verskoon. Daar is nog baie reëlings om te tref voordat ons na die land van die rysoog mense kan gaan. Mooi bly, en dankie ook vir die gipsafdruk.....die ding is goud werd."

*****

.....en so word die slae toe uitgedeel, maar darem nie heeltemal so erg soos wat Harry verwag het nie. Die rekenaar klasse het moontlik tot versagting van die straf gelei.

"Sjoe", dink Harry by homself. "Hierdie sessie kon

baie meer intens gewees het.....ek lief darem maar hierdie girl."

"Dankie Lizzie, dat jy my darem so 'n bietjie ligter van die affêre laat afkom het. Ek is regtig jammer dat ek so effens oorboord gegaan het, maar toe dit begin, kon ek dit nie stopsit nie. Glo my, ek sal in die toekoms baie meer bedagsaam wees.....lief jou my engel."

Liz sê nie 'n verdere woord nie.....sy besef dat hierdie ding ten minste 'n goeie einde gaan hê.....maar Harry spring nie daardie kyk vry nie.....hy het 'n spesiale plek in Lizzie se lewe.....dit is net sy kyk, sy spesiale kyk."

.....en dan glimlag hulle net vir mekaar.

"Ek sal haar moet gaan bederf," praat Harry met homself. "Hierdie vrou is ongelooflik spesiaal!"

*****

Dit is Saterdag oggend. Harry het so 'n bietjie ingelê.

Josua, die Pitbull, was effe onrustig in die vroeë oggendure. Harry het, eintlik maar om sy gewete te sus, deur die venster gekyk of hy iets buitengewoons in die skemer kon sien. Daar was niks te siene nie, en hy het maar weer onder die duvet ingeglip.....sy slaap klaar onderbreek. Dit is toe dat daardie tweede slapie sy tol geëis het deur vir Harry tot 10h30 besig te hou.

Hy spring uit die bed uit, half vies vir homself, want hy wou met sonsopkoms op die strand gewees het.....dit is gewoonlik tydens hierdie tyd van die jaar nogal iets om te aanskou. Maar nou ja, die tweede slapie was darem maar baie aangenaam..... dit was uit-en-uit die moeite werd. Die gedagte daaraan sorg dat Harry homself sommer gou-gou vergewe. Hy sal maar vanaand na die sonsondergang gaan kyk.....dit is gewoonlik net so mooi.

Harry stap na buite toe.....dit is 'n baie mooi dag.....heerlike sonskyn, en omtrent windstil. Hy wil gou 'n draai by die Spar gaan maak, want hy het onthou dat daar 'n paar kruideniers items is wat aangevul moet word. Sy PI-oog kyk soos gewoonlik niks mis nie. Hy sien onmiddellik die koevert wat by sy posbus uitsteek, en besluit om maar eers sy nuuskierigheid te bevredig.

"Nou wat kan dit nou wees," wonder hy. "Seker weer een-of-ander reklame-ding.....of is dit dalk 'n belangrike posstuk."

.....en dan is hy by die posbus, koevert-in-die-hand. Dit lyk nie asof dit 'n stuk reklame is nie want daar is niks op die koevert gedruk nie. Hierdie is ook nie 'n normale posstuk nie. Hy skeur die koevert versigtig oop want hy wil nie graag die inhoud daarvan beskadig nie. Harry verstaan nie so lekker wat op die klein stukkie papier gedruk is nie.

"Yeka Ukukhula apho Akufanele Ukhule! Ubomi bakho boLizzie buyinto engaphezu kwexabiso!"

137

"Wat de hel!" dink Harry by homself.

Hy hardloop bykans na sy studeerkamer toe, die supermark met die kersboompie as kenteken, heeltemal vergete. Aan is sy rekenaar......Mev. Google se hulp word weereens ingeroep. Stotterend, amper soos die geval met 'n hakkelaar se spraak vermoë, word hierdie vreemde woorde, letter-vir-letter ingetik. "Google Translate" identifiseer hierdie woorde as Xhosa.

"Hou op om te grou waar jy nie moet grou nie! Jou Lizzie se lewe is baie meer as dit werd!" Harry se gedagtes werk nou oortyd......hy het reeds 'n goeie vermoede, of dan 'n teorie, omtrent die moontlike oorsprong van hierdie nota.

*****

Nou moet hy by Liz uitkom......baie dringend! Hy sleutel haar selnommer op die iPhone in, en dan antwoord sy.

"Liz De Koker hier, hoe kan ek help?"

"Hallo Liz, hoe gaan dit vanoggend," vra Harry, bekommerd, maar tog rustig.

"Hi Harry, dis 'n aangename verrassing. Waaraan het ek hierdie voorreg van 'n Saterdagoggend oproep van jou af te danke? Is alles reg?"

"Ja my skattebol, ek verlang maar net 'n bietjie," kom die witleuentjie. "Is jy by die huis, of is jy besig om ander ouens te ryk te maak?"

"Ek is by Bayside Mall, besig om 'n paar ander ou-
ens ryk te maak.....ek dink dat party van hulle
dalk vrouens is."

Bayside Mall is in Tableview, tussen Milnerton en
Blouberg, soort van, geleë.

"Ek wil jou graag kom sien, Lizzie. Hoe lank gaan
jy nog daar wees?"

"Ek behoort so oor 'n uur by die huis te wees. Is jy
lus vir Primi se pizza.....ek kan dit sommer oppad
huistoe optel."

"Moenie moeite maak nie, my skattebol, ek sal dit
sommer oppad kry.....kry jou by jou huis. Ek neem
aan.....die normale vir jou? Ry asseblief versigtig."

"Dankie my lief, jy is my hero.....ek wil eintlik nou
maar net by die huis kom. Sien jou nou nou."

Harry plaas onmiddellik sy bestelling vir die twee
pizzas, gooi sy skootrekenaar in die BMW, en daar
gaan hy. Veertig minute later hou hy by Liz se
blyplek stil, pizza en al. Sy staan by die deur vir
hom en wag, en volgens die manier waarop sy hom
groet, is daar geen twyfel by Harry dat sy bly is om
hom te sien nie"

"Hallo my engel, ek is so bly om hier te wees.....en
om te sien dat jy veilig is. Wat het jy als vanoggend
gekoop?"

"Ag Harry, dietjies-en-datjies, ek het parfuum nodig gehad.....en 'n paar ander goedjies.....en wat het jy alles gedoen?"

"Josua het êrens in die vroeë oggendure aan die blaf gegaan. Ek het toe gaan kyk waarom hy geblaf het, maar het niks gesien nie. Uiteindelik het ek so 9h30 se kant wakker geskrik. Nadat ek reggemaak het, is ek na buite om Spar toe te gaan.....sien, daar is 'n bietjie van 'n tekort aan sommige kruideniers in die Markotter huishouding."

"Buite gekom, het ek 'n koevert in my posbus gekry.....dit was aan niemand geadresseer nie. In die koevert was daar 'n notatjie met die volgende daarop gedruk:*"Yeka Ukukhula apho Akufanele Ukhule! Ubomi bakho boLizzie buyinto engaphezu kwexabiso!"* Dit is, volgens Mev. Google, die Xhoza vir *"Hou op om te grou waar jy nie moet grou nie! Jou Lizzie se lewe is baie meer as dit werd!"*

.....en dit is die groot rede waarom ek vanoggend hier is."

"Goeie genade Harry, wat beteken dit alles?"

"Ek het so half-en-half 'n spesmaas, maar ons sal nou-nou 'n bietjie daaroor praat. Het daar dalk enige iets vreemds hier by jou, of dalk met jou gebeur?"

"Nee Harry, nie wat ek agter gekom het nie.....wag 'n bietjie, daar was 'n wit koevert onder die Jimny se ruitveër toe ek uit die mall uitgekom het. Ek het dit sommer net in my handsak gestop en gery sonder om dit te lees. Wag, ek gaan haal dit gou.

"Liz skeur die koevert, so in die stap terug na haar sitkamer toe, oop. Met die sit het sy 'n stukkie wit papier uit die koevert te voorskyn gebring. Sy kyk na Harry, so asof sy te bang is om te kyk wat op die nota geskryf staan.

Harry neem dit by haar, draai dit leeskant na bo, en.....

"Ncoma uHarry ukuyeka ukukhangela! Asiyithandi imidlalo enokubangela ukuba ilahle abantu ubomi!"

Die enigste woord in die nota wat vir hom sin maak, is sy naam, maar instiktief weet hy dat hierdie nota verband hou met die nota wat hy in sy posbus gekry het.

Harry skakel sy skootrekenaar aan, soek "Google Translate" op, en tik die woorde al stotterend in die toepaslike blokkie in. Die program bevestig vir hom dat dit in Xhoza geskryf is, en die Afrikaanse ver-taling lees baie duidelik: *"Waarsku jou Harry om sy krappery stop te sit! Ons hou nie van speletjies wat mense se lewens kan kos nie!"*

Die twee kyk diep in mekaar se oë, maar die rede daarvoor is definitief nie om hulle liefde vir mekaar te betuig nie.....hierdie mense is ernstig, baie ern-stig!

Markotter was nog nooit 'n bang outjie nie, en hy is definitief nie van plan om nou te begin bang raak nie, maar Liz se veiligheid is vir hom primêr. Hy besef dat hy en Liz vlug van voet sal moet wees om hierdie bedreiging te systap. Harry sleutel 'n nommer in sy iPhone in.....die stem aan die anderkant antwoord bykans onmiddellik.....amper kortaf: "Van Zyl."

"Hallo Johan, Harry wat praat."

"Hallo Harry, waaraan het ek hierdie oproep so op die Saterdagmiddag te danke? Is als reg?"

"Jong Johan, ons het genoeg gekrap om sekere mense se hok te skud.....en hulle hou nie baie daarvan nie. Beide ek en Liz het dreigbriewe ont-vang.....dog net ek sal jou laat weet"

"Ek is by die kantoor besig.....kan julle moontlik 'n draai kom maak?"

"Ons is oppad, Johan. Sien jou nou-nou.

*****

Johan ontmoet hulle by Maxigenics se voordeur. Liz en Harry stap onmiddellik na binne. Met die toemaakslag van die deur is daar 'n skerp knal, 'n harde slag teen die deur, en die fluit van 'n hoë-snelheid projektiel wat van die glas af wegskram. Die baas van Maxigenics stel hulle onmiddellik gerus deur hulle daarop te wys dat al die glaspa-nele in hierdie gebou uit koeëlvaste glas bestaan. Harry en Liz is redelik geskok na die voorval .....maar Johan is doodkalm, heeltemal te kalm na Harald Markotter se sin. Kom julle, hierdie mense is ernstig.....kom ons kyk hoe ons hulle gaan uitoorlê." Hy skink drie stywe doppe Dimple: "Glo my julle, ek het ook geskrik. Kom ek gaan wys vir julle iets."

Harry besef dat Johan Van Zyl besig is om hulle om die bos te probeer lei, want hy het verseker nie geskrik nie.....hy was heeltemal te kalm daarvoor gewees.

Hulle stap met 'n stel trappe af, dit voel soos om-en-by drie verdiepings vêr, wat beteken dat hulle hulle êrens onder Maxigenics se gebou bevind. Johan kyk in 'n kornea leser in, en 'n vuurvaste staaldeur, so wil dit voorkom, skuif geluidloos oop. Hy stap vooruit, en dit wat hulle daar sien, laat hulle monde omtrent oopval. Hulle bevind hulle in 'n ten volle toegeruste wooneenheid met super-luukse afwerkings.

"Ek stel voor dat julle tweetjies vir 'n rukkie, ten minste totdat ons Sjina toe vertrek, hier kom af-pak. Ek het hierdie plekkie juis vir hierdie tipe van omstandighede laat bou. Dit is maar eintlik vir my gebruik, sou dit nodig wees, maar dit sal vir my 'n plesier wees om julle hier te huisves. Julle sal alles wat julle nodig het, hier vind.....help julleself. Bly hier vir die volgende dag of twee, dan kan my se-kerheidsmense julle vergesel om dit van julle eie goed wat julle benodig, te gaan haal. Ek wil nie kanse met julle lewens waag nie. Kom ons sit hier, dan praat ons so 'n bietjie strategie."

Liz en Harry kom nou eers werklik tot verhaal. Die gebeure van hierdie dag het hulle heeltemal onkant betrap, en Harry is eintlik effe vies vir homself..... hy is mos nou nie meer 'n amateur nie, maar dan besef hy dat dit Liz se betrokkenheid, en sy ge-

voelens vir haar is, wat hom so laat reageer het
.....so maak sy ego hom wys!

"Hierdie is net nie goed genoeg nie, Harald Mar-
kotter!" baklei hy met homself. "Jy is besig om mak
te raak, en dit kon jou en Liz se lewens gekos het.
Jy het mos geweet dat daar mense is wat agter
julle bloed aan is, en nogtans was jy heeltemal
slapgat! Dit sal nou einde kry!"

"Ek gaan die storie versprei dat julle opgepak en
gewaai het. My pel se eiendomsagentskap sal "Te
Koop" bordjies voor julle blyplekke opsit, en oor 'n
week of wat sal hy dit met "Verkoop" bordjies ver-
vang. Intussen kan julle hier bly vir solank as wat
dit nodig is. Ek het 'n koeëlvaste Panamera wat tot
julle beskikking is. Die boggers sal julle nie in die
hande kry nie.....daarvoor sal ek sorg."

"Het julle enige diere, want hier is vir hulle ook
plek. Intussen kan my sekerheidsman jou motor
hier na agtertoe bring waar dit veilig is. Kan ek
asseblief jou sleutel kry."

"Baie dankie Johan, jy sal veroorsaak dat ek nie
weer hier wil weggaan nie," glimlag Harry. "Jy is
ongelooflik goed vir ons.....baie dankie, Mnr. Van
Zyl."

Met die is daar 'n klop aan die deur. Dit is Johan
se sekerheidsman.

"Coenie, Mnr. Markotter se 3-Reeks is voor gepar-
keer. Bring dit asseblief na agtertoe en parkeer dit
langs die Panamera. Kyk tog maar 'n bietjie rond

wanneer jy daarbuite is.....vir besoekers, of toe-
skouers."

Sonder om 'n woord te uiter verdwyn die man in
die gang af.

Intussen het Harry vir Speurder Sersant Jan Bant-
jies geskakel om hulle afspraak van Maandag te
kanselleer, sonder om enige inligting omtrent
vandag se gebeure met hom te deel.

Dan skreeu 'n alarm, en rooi ligte flikker met
ongekende agressie! Johan spring op en skreeu vir
Harry om hom te volg. Met outoriteit in sy stem
"beveel" hy vir Liz om net daar te bly. Die twee
mans hardloop na die ontvangs area toe.....die
alarm dui vir hulle hulle eindbestemming aan. By
die ontvangs toonbank druk Johan 'n rooi knoppie,
amper een soos 'n nuwe Ferrari se "Stop/Start"
knop. De muur agter die toonbank verander in 'n
reuse monitor, dan is daar 'n effense flikkering, en
toe verskyn 'n beeld van die hele area voor Maxi-
genics se gebou binne-in Maxigenics se ontvangs
area. Dit wat daar verskyn is nou nie eintlik iets
wat die twee mans verwag het om te sien nie.

Daar is 'n wit 3-Reeks BMW wat soos 'n reuse
fakkel brand.....die voertuig se dak en enjinkap lê
eenkant, so amper asof dit verwyder is en eenkant
geplaas is alvorens die vuurhoutjie sy werk gedoen
het. Harry weet egter uit ervaring dat daar geen
vuurhoutjie by hierdie fakkel se aansteek betrokke
was nie. Al die tekens dui op 'n ontploffing.....Harry
kan maar net sy kop laat hang. Sy 3 Reeks is
sonder twyfel daarmee heen.....dan verskyn die se-

kerheids maatskappy se swart reaksie Jeep op die toneel.

"Kom Harry, kom laat ons gaan gesels. Hierdie ouens het die situasie heeltemal onder beheer .....glo my."

Dit wil voorkom asof Johan Van Zyl nie eintlik wil hê dat Harry kontak met die sekerheidsmense moet maak nie.....waarom? "Ek sal later vanaand 'n volledige verslag op my rekenaar hê.....ek veronderstel dat Coenie saam met jou BMW in sy peetjie in is.....verdomp!"

*****

Terug by die wooneenheid word Liz aangaande die nuutste verwikkelinge ingelig. Sy is effe bleek..... amper soos die muur aan haar linkerkant.

"Soos hierdie ouens in hulle nota aan Liz genoem het, hou hulle regtig nie daarvan om speletjies te speel nie. Ons sal moet oopkop wees mense, hierdie ouens gaan nie ophou voordat hulle hulle doelwit bereik het nie.....of.....wag 'n bietjie.....dalk moet ons die nuus van julle twee se "dood" laat uitlek. Wanneer mense soos hierdie dink dat hulle hulle doel bereik het, raak hulle dikwels onversigtig.....en juis dan is dit die beste geleentheid vir ons om uit te vind wie presies hulle nou eintlik is."

"Ek dink dis 'n briljante idee, Johan."

Jis man, dit is regtig jammer van my BMW, maar dit kon net sowel ek en Liz gewees het wat nou oor die hele parkeer area, en moontlik nog verder, verspreid gelê het. Wat nou van Coenie?"

"Ons sal dít môre hanteer. Ek gaan nou aanstaltes huistoe maak. Gaan slaap nou rustig.....ons sal die dag van môre, môre-oggend bespreek, en beplan. Lekker slaap julle."

*****

Maandag oggend, om presies 08h00, klink Johan Van Zyl se stem oor die interkom: "Is julle al wakker?"

"Môre Johan, ja ons is."

"Kom maak asseblief 'n draai hier by my.....ons het baie om te bespreek. Maryna sal julle kom haal."

"Hallo Johan. Dankie vir julle hulp om al ons persoonlike besittings hier te kry. Josua het nog nooit so 'n fensie slaapplek gehad nie.....hy weet nie wat hom getref het nie."

Daar is net 'n skugter glimlaggie wat om Johan Van Zyl se mondhoeke speel, maar tog spreek dit boekdele.....soveel so dat Harry, die PI, daaroor wonder.....iets, hy weet nie presies wat nie, maar iets kriewel waar dit nie behoort te kriewel nie.

"Ek wil asseblief weer op die moordtoneel uitkom, want daar is 'n paar feite rondom hierdie aangeleentheid wat ek graag sal wil gaan bevestig. Ek moet weer na daardie spoor gaan kyk, net om dood seker te maak dat die gipsafdruk outentiek is.

Nadat ek die afdruk gisteraand met die foto daarvan op my selfoon, vergelyk het, voel ek dat daar iets daaromtrent is wat my hinder. Ek kan nie met die verkeerde ding in Sjina aankom nie! Liz, jy moet maar vandag hier agterbly, want ek gaan jou nie onnodiglik aan hierdie dinge blootstel nie. Johan, ek wil nie graag met die Panamera op daardie grondpad ry nie.....mag ek moontlik jou Land Cruiser gebruik?"

"Ek sê jou wat Harry, ek gaan jou sommer soontoe neem. Ten minste het jy dan ook 'n bietjie geselskap. Is dit reg so met jou?"

"Natuurlik, hoe laat wil jy ry?"

"Kom ons maak dit so om-en-by 10h30. Ek het 'n paar dinge waaraan ek net eers aandag moet gee. Maryna sal julle laat weet sodra ek reg is om te ry. Sien jou dan nou-nou, Harry.

Harry is aan die wonder omtrent die "iets" wat kriewel waar dit nie behoort te kriewel nie. Het Johan Van Zyl dalkies 'n verskuilde agenda? Wat is sy aandeel aan die gebeure van die afgelope paar dae? Tyd sal sekerlik leer.....'n mens moet net so effens begin krap, dan begin die poppe stadig, maar seker te dans.....soms vinniger en meer intens as ander kere.....kyk net wat is nou aan die gebeur!

*****

Dit is 10h15 en Harry en Johan het sopas in die Land Cruiser geklim.....Harry gewapen met sy houtkissie, en Johan met 'n stewige skietding.....'n

.45 Smith & Wesson wat hy al die pad van Spring-field, Massachusetts, in die VSA af laat kom het.

So teen om en by 12h00 hou hulle by die moord-toneel stil. Stadig, en op hulle hoede, klim hulle uit die voertuig uit. So met die uitklim bespiet die twee manne die omgewing sovêr moontlik, maar dit is eintlik maar 'n onbegonne taak, aangesien die om-gewing om die huisie redelik boomryk is.....dit is immers die rede waarom Gretha-hulle hierdie plek gekies het om vanaf te werk, sou meeste mense se-kerlik redeneer.

Wanneer hulle tevrede is dat daar nie besoekers is nie, beweeg hulle aan. Die voordeur is op knip, maar tot Harry se verbasing is dit nie gesluit nie. Die twee manne maak oogkontak, maar hulle praat nie 'n woord nie. Die moordtoneel is heeltemal on-beskermd! Harry wonder of Jan Bandjies hiervan kennis dra. Is die speurders se ondersoek reeds af-gehandel.....dit is hoogs onwaarskynlik.....hier is nog iets wat nie sin maak nie!

Binne in die huisie lyk alles doodnormaal, ten minste vir die leke-oog. "n Mens sou nooit dink dat hier 'n week of wat gelede 'n moord gepleeg is nie, want die plek is silwerskoon.....iemand moes dit skoongemaak het.....dit was baie stowwerig en deurmekaar toe Harry die vorige keer hier was. Al die meubels is egter ook verwyder.....Harry won-der of Jan Bandjies daarvan bewus is. Indien so, sou enige regdenkende persoon begin wonder oor sy integriteit.....Harry ook. Hulle het genoeg gesien.

Harry stap na buite, Johan agter hom aan. Hulle

stap reguit na die modderkol toe. Tot Harry se ontnugtering is daar geen teken van enige spoor nie.....iemand het dit verwyder! Hy beteuel sy frustrasie met moeite, maar terselfdertyd besef hy dat selfs die speurders heel moontlik 'n vinger in hierdie pasteitjie het.....wat is hulle betrokkenheid hierby? Net daar-en-dan besluit Harry om vir Jan te gaan konfronteer. Hy sal graag sy reaksie wil sien.....en hy wonder of dit so emosieloos en ongeërgd soos Johan Van Zyl se reaksie gaan wees.

"Kom Johan, laat ons ry, ons is besig om ons tyd hier te mors".....en met die los hy 'n knoop wat selfs Lucifer se oë sal laat traan.

Vir die eerste keer vandat hulle hier aangekom het toon Johan enige emosie. Sy oë rek wyd, want hy het nie gedink dat Harry so-iets kan kwyt raak nie. Selfs Harry is geskok met dit wat uit sy mond uitgekom het.

"Verskoon my asseblief Johan, maar dit voel vir my asof ek teen daardie huisie se muur wil uitklim. Ek kan nie glo dat enige iemand die moordtoneel so blatant kon kompromiseer nie. Wat gaan aan? Ek begin nou heel anders na hierdie saak te kyk. Dit wat hier gebeur het, tesame met die afgelope naweek se gebeure, laat my dink dat hier regtig groot visse by die saak betrokke is. Daar is verseker 'n paar hande wat êrens onder 'n tafel besigheid gedoen het. Verder is ek omtrent volkome seker dat die gipsafdruk in hierdie kissie niks werd is nie, ten minste nie sovêr as wat dit by hierdie saak betrokke is nie. Kan ons maar ry, of is daar nog iets wat jy hier wil doen?"

"Nee wat, ou Harry, kom ons ry. Hierdie hele situasie is regtig teleurstellend, om die minste te sê."

Hulle ry in stilte terug Kaap toe, elkeen met sy eie gedagtes besig.

*****

Terug by hulle tydelike blyplek deel Harry die dag se gebeure met Liz, wat op haar beurt absoluut sprakeloos na Harry sit en luister. Sy kan eintlik nie glo wat sy hoor nie. Hy plaas sy vinger voor sy mond, dwars oor sy lippe, en skryf dan vining 'n paar sinne op 'n stukkie papier neer.

"Ek dink dat ons gesprekke afgeluister word. Moenie ophou praat nie, maar wees versigtig wat jy sê."

Dan skakel Harry vir "Detective Sergeant" Bandjies en reël 'n afspraak met hom vir 11h00 die volgende oggend. Nog steeds maak hy geen melding van die afgelope naweek se gebeure nie, en hy het reeds besluit dat hy dit ook nie tydens die volgende dag se vergadering met Jan gaan doen nie.

By nadere ondersoek sien Harry 'n paar verskille tussen die gipsafdruk en die foto wat hy met sy iPhone geneem het. Nou is hy omtrent seker van Bandjies se betrokkenheid by die hele spul.....of weet hy dalk nie dat hierdie die verkeerde afdruk is nie. Hoe dit ookal sy, môre gaan 'n baie interressante dag wees.....hy kan eintlik nie wag om by Jan uit te kom nie.

Dan begin Harry in die wooneenheid rondkrap. Sonder veel moeite spoor hy die eerste afluister-gogga op, en dan nog een, en.....nog een, ja een in letterlik elke vertrek. Daarmee tesame het hy dan ook op 'n paar versteekte spioen kameratjies afgekom. Hy het besluit om al die goggas te los net waar dit is. Wanneer hy en Liz môre op hulle eie is, weg van enigiets wat aan Johan Van Zyl behoort, sal hulle ernstig moet gesels. Hulle sal 'n paar mis leidende boodskappe vir Johan "stuur." Dalk sal dit tot verdere inligting ten opsigte van sy betrokkenheid by alles lei. Harry is omtrent heeltemal oortuig dat Johan Van Zyl op een-of-ander wyse by hierdie saak betrokke is.

Dit is 10h15 toe Liz en Harry in die Panamera klim. Harry kan maar net wens dat hy een van hierdie outjies kon bekostig, selfs al sou dit nie gepantser wees nie.

"Wat 'n droom!," dink Harry by homself.

*****

Dit is skuins voor 11h00 toe die swart Panamera voor die speur-kantore naby Seepunt stilhou. Vanaf die ontvangstoonbank word "Detective Sergeant" Bandjies met 'n "Sir, you have some visitors" van Harry en Liz se aankoms verwittig.

"Hallo julle twee," groet hy hulle met verbasende entoesiasme.

Dit laat Harry nogal wonder of Jan wel weet dat hierdie gipsafdruk die van 'n ander spoor is.....of, dink hy maar net dat Harry dit nie met die fisiese spoor gaan vergelyk het nie, en dus salig daarvan onbewus is dat hierdie nie die regte gipsafdruk is nie.....en dan wonder Harry verder of daar ooit 'n gipsafdruk van die betrokke spoor gemaak is..... daar was geen teken daarvan op die moordtoneel dat 'n gipsafdruk daar gemaak is nie, want daar is geen oortollige gips wat in die ongewing van die spoor te siene is nie. Die spulletjie stink, en dit stink na iets waaraan geen mens graag ruik nie!

*****

"Hallo Jan, hoe lyk dinge hier by jou?"

"Heel goed dankie, Harry. Die nadoodse ondersoek is afgehandel, die projektiel is as 'n 9mm gëidenti-fiseer, en die soektog na die moordwapen en die moordenaar is ernstig aan die gang. Terwyl ons nog hier aan die gang is, is die taakmag se manne druk besig met 'n soektog na verdere bewysstukke in die omgewing van die moordtoneel. Ons het juis vroeg vanoggend weer 'n verslag van hulle af ont-vang waarin hulle aandui dat hulle goeie vordering maak."

"O, dis baie interessant.....was jy alweer op die moordtoneel na die dag waarop ons mekaar daar raakgeloop het?"

"Nee man, ons was van plan om soontoe te ry, maar die leier van die span het vir my gesê dat dit regtig nie op daardie stadium vir ons nodig was om al die pad soontoe te ry nie.....alles was glo onder beheer.....dit was so twee dae gelede. Ek sien jy het die gipsafdruk terug gebring. Jy het genoem dat jy dit wil saamneem Sjina toe.....het jy daarteen besluit?"

Harry moet homself met moeite beteuel. Van wanneer af besluit iemand anders namens 'n speurder of hy 'n moordtoneel moet, of nie moet besoek nie. Hy is omtrent seker daarvan dat Jan Bantjies heel temal onbewus daarvan is dat hierdie stuk gips binne-in die houtkissie niks werd is nie.

"Jan," se Harry, redelik gëirriteerd. "Jy kan maar hierdie stuk gips vat en in daardie afval houer langs jou lessenaar gaan plaas.

Die uitdrukking op Jan bantjies se gesig bevestig maar weereens net dat hy totaal-en-al in die donker is.

"Ekskuus?" is al wat Jan Bantjies op hierdie oomblik kan uitkry.

"Ja Jan, jy het heeltemal reg gehoor. Hierdie gips afdruk is nie die afdruk van die spoor op die moordtoneel nie, inteendeel, ek vermoed dat daar geen afdruk van daardie spoor gemaak is nie. Wie was veronderstel om die afdruk te maak?"

Jan is duidelik baie ongemaklik. Op hierdie oomblik besef hy terdeë dat hy om die bos gelei is.....hy weet nie eintlik hoe om hierdie situasie te hanteer nie.

"Die taakmag se ouens het die afdruk gemaak. Wouter, hulle leier het dit persoonlik hier by my kom aflewer. Ons het nog na die tyd 'n dop saam gaan drink."

"Jan, ek was gister daar op die toneel gewees! Eerstens is die toneel heeltemal gekompromiseer .....die huis se voordeur is nie gesluit nie, die plek is skoongemaak, en al die meubels wat daar was is verwyder. 'n Buitestaander sal nooit weet dat daar 'n week of wat gelede iemand daar vermoor is nie! Die voetspoor langs die huis, wat ek vir jou gewys het, is nie meer daar nie. Die plek waar die modderkol met die spoor in was, is gelyk gevee.....dit bestaan nie meer nie! Wat de hel gaan aan, Jan? Jy is die persoon wat verantwoordelik vir, en in beheer van hierdie ondersoek is.....jy het dit self vir my gesê, en tog sit jy hier agter jou lessenaar terwyl die taakmag se mense alles opvoeter, hetsy bewustelik, of onbewustelik. Daar is geen manier hoe julle, of hulle, ooit die skuldige party in hierdie saak sal kan opspoor nie, wat nog van arresteer. Ek stel voor dat jy hierdie goeie nuus met jou baas gaan deel."

Met die staan Harry op, neem Liz aan die hand, en draai om om te loop. Toe hulle by die deur kom, roep Jan hulle terug.

"Jy moet my asseblief help, Harry. Dit is in ons almal se belang."

Harry en Liz draai terug en gaan sit weer voor die speurder se lessenaar.

"Was jou baas al by die toneel gewees, Jan?"

"Ja Harry, hy het nou die dag toe julle daar was, daar aangekom.....kort nadat julle weg is. Hy het niks buitengewoons vir my gevra nie, maar dit wou vir my voorkom asof hy en Wouter Willemse mekaar ken. Hulle het lank gestaan en gesels, eers redelik ernstig, so het dit gelyk, en toe het die geprek op 'n ligter noot aangegaan.....die twee het soos bakvissies aangegaan. Wat my wel opgeval het, is die feit dat hulle twee mekaar die dag met Wouter se besoek hier by ons gesien het, maar glad nie met mekaar gepraat het nie.....hulle het mekaar nie eers gegroet nie.....dit maak nie eintlik sin nie, maar, my baas is soms 'n ou knorpot."

"Goed Jan, dink jy dat ek op 'n kol met hom sal kan gesels."

"Ek kan dit vir jou probeer reël, Harry, maar ek het regtig nie baie moed dat hy met jou gaan praat nie .....hy haat PI's.....hy sê dat julle mense julle neuse indruk waar dit nie hoort nie.....hy weet nie van jou nie. Dit is miskien beter dat dit so bly."

"Dit is goed so Jan, ek stem nogal saam met jou. Hoe lank is die ou al in die Diens, weet jy dalk?"
"Man, ek het 'n voëltjie hoor fluit dat hy iets soos twee-en-dertig jaar diens het.....dis 'n leeftyd lank!"

"Goed Jan, ek stel voor dat jy so gou as moontlik weer by die moordtoneel uitkom, net om jouself gerus te stel dat ek nie vandag 'n lot gemors in jou oor kom "fluister" het nie. Dan kom jy terug hiernatoe en kom deel jou baas, soort van onoffisiëel, mee van die presiese omstandighede by die moordtoneel. Wanneer jy dit doen, moet jy asseblief sy gesigsuitdrukking baie noukeurig dophou.....hoe hy sy oë en sy mond trek, frons hy, of nie, wat hy met sy hande doen terwyl jy met hom praat, en hoe lyk sy lyftaal. Ons sal dan weer na jou besoek bymekaar moet uitkom sodat jy vir my hierdie terugvoering kan gee. Hierdie inligting kan baie moontlik vir ons 'n paar deure na kortpaaie ten opsigte van hierdie ondersoek oopmaak, Jan. Gaan oefen hierdie strategie saam met jou vrou en jou pelle, hulle mag net nie weet dat jy hulle dophou terwyl jy met hulle gesels nie. Tydens ons bymekaarkom gaan ek dan ook vir jou verduidelik wat al hierdie dinge beteken.....goed so?"

"Natuurlik Harry, as dit gaan help, doen ek dit met graagte."

"Gebruik môre vir jou oefenlopies, en gaan besoek dan oormôre die moordtoneel.....indien dit vir jou moontlik gaan wees. Een laaste versoekie, Jan..... kan jy moontlik vir my soveel as moontlik inligting aangaande Wouter Willemse van die taakmag probeer uitsnuffel, indien enigsens moontlik.....dit is omtrent net so belangrik soos jou baas se reaksie wanneer jy hom omtrent die omstandighede by die moordtoneel inlig."

"Ek sal my beste doen om die inligting vir jou te probeer kry, Harry. Ongelukkig kan ek niks belowe nie, want in die mag is hierdie ouens eintlik maar die elite.....hulle word net nie deur ons gewone outjies ondersoek nie, maar kom ons kyk wat ek kan regkry."

"Hou net jou neus uit die moeilikheid uit Jan, moe-

nie onnodige risikos neem nie, dit kan jou toe-
koms hier redelik baie skade aandoen.....wees net
versigtig!"

Dan groet Harry en Liz vir Jan sodat hulle 'n al-
leen-gesprek kan gaan voer.....daar waar hulle
seker kan wees dat niemand besig is om hulle af te
luister, of te loer nie.

*****

Buite, oppad na hulle ryding toe, kyk Liz vir Harry
met sulke groot oë aan: "Waaroor gaan al hierdie
dinge, Harry?"

"Lizzie my lief, ek het doodeenvoudig 'n ou klippie
in die bos gegooi. Dit sal interessant wees om te
sien wat daaruit spring, en hoe dit wat daaruit
spring, sy spronge maak.....

.....maar kom ek gaan "stick" jou vir middagete by
La Boheme.....ons weet dat ons daar "veilig" gaan
wees, en ons weet ook dat hulle kos altyd heel eet
baar is. Ons kan daar verder praat, kom ons ry
nou."

*****

Liz en Harry stap hand-aan-hand by die res-
taurant in. Alles omtrent hierdie plek werk vir hul-
le.....dit voel net reg.....en dit is presies die rede
waarom hulle so gereeld hier kom eet. Nelus ver-
welkom hulle dan ook, soos altyd, by die deur.
Hulle is lankal reeds op voornaam terme.

"Middag julle tweetjies, gaan dit goed met julle? Jis, ek is bly om julle te sien. Ons het lanklaas die geleentheid gehad om 'n bietjie te gesels."

"Nelus my mater, dit is goed om jou ook te sien. Ja man, ons moet plan maak om so 'n bietjie te kui-er.....een-of-ander tyd oor 'n naweek, wanneer jy so 'n bietjie tyd vir jouself het."

Liz en Harry gaan sit in hulle "eie" hoekie, waar daar 'n redelike mate van privaatheid is.....hulle sit altyd hier.

"Joe sal julle vandag bedien.....hy sal nou by julle wees. Geniet julle tydjie hier, en praat asseblief as daar iets is waarmee ek kan help. Lekker eet."

So tussen die burger etery en die wyn drinkery deur kom hulle uiteindelik aan die gesels. Die gebeure van die afgelope week-of-wat, het hulle lewens heeltemal omvêr gewerp, en dit voel vir hulle so al asof hierdie vir hulle 'n tydjie weg van alles af is.....'n tydjie vry van enige oor-die-skouer kykery.....'n tydie waar hulle net hulleself kan wees, en dit is absoluut salig.....wonderlik!

"Praat asseblief met my Harry, wat gaan in jou kop aan? Waaroor gaan die dinge wat jy vir Jan gevra het?"

"My skattebol. Ek vermoed dat hier groot visse by hierdie saak betrokke is.....monster-visse! Ek dink nie dat Jan hierby betrokke is nie, jy sien, hy is nie een van die groot visse nie, inteendeel, hy is nie eers 'n sardientjie nie.....geheel en al "weggooibaar".....niks werd in hierdie opset nie. Hy ploeter totaal en al in die donker rond, want die groot visse wil nie hê dat hy met hulle planne moet inmeng nie, en ek hoop vir sy part dat hy uiters versigtig is wanneer hy rondkrap."

"Jan se baas se optrede tydens Jan se terugvoer aan hom, gaan bevestig of hy moontlik een van die groter visse kan wees, al dan nie. Die feit dat hy en Wouter Willemse mekaar ken, en dit dan probeer verberg, sê vir my dat Wouter moontlik ook een van die groter visse is......dan is daar natuurlik, wat my aanbetref, die ander onbeantwoorde vraag .....hoe presies pas Johan Van Zyl, en ook Gretha, by hierdie ding in. Is Maryna dalk op een-of-ander manier betrokke? Die ou spulletjie is lekker inge-wikkeld, my skattebol.....en.....hoe pas die hele Maxigenics veiligheids sage hierby in?"

"Genade Harry, dit lyk vir my asof ons regtig in die middel van 'n byenes is.....is Maxigenics dalkies die hoofkwartier van die byenes.....is dit die rede waar-om Johan Van Zyl ons het waar hy ons kan dop-hou.....24 uur per dag? Al hierdie dinge maak my bang, Harry. Wat gaan ons doen.....ek hoop regtig dat jy 'n plan het!"

"Natuurlik het ek, Lizzie, hoe anders dan? Ek dink regtig nie dat daar op hierdie stadium iemand is wat ons uit die weg wil hê nie, ek vermoed dat dit net Johan Van Zyl se manier is om ons uit die spel uit te verwyder, sodat ons nie met sy planne kan inmeng nie.....dit maak egter nie vir my sin nie..... waarom het hy ons dan gehuur om sy saak te ondersoek.....hou sy saak en Gretha se moord, asook haar teenwoordigheid by Kagga Kamma, enigsens verband? Hoe pas Wouter Willemse by die hele ding in? Dinge sal na ons herontmoeting met Jan Bantjies begin gebeur! Intussen gaan ons voort met ons besoek aan Sjina, want daar gaan sekerlik ook 'n gogga of wat uit die kassie uitspring.....en dit sal Johan Van Zyl laat dink dat hy ons nog steeds mislei. So, my skattebol, dinge is glad nie so sleg as wat dit wil voorkom nie, maar ja, ons moet maar versigtig wees.....'n mens weet nooit nie."

"Harald Markotter, ek hoop jy is reg omtrent al hierdie dinge! Soos gewoonlik sal ek jou aanvoeling vertrou, gelukkig het dit ons nog nooit in die steek gelaat nie."

"Aaa! Nelus. Soos gewoonlik was La Boheme 'n top keuse. Julle mense kan maar, hoor. Ek is opsoek na 'n studio eenheid om te huur, net vir 'n maand of twee-drie.....weet jy dalkies van so-iets?"

"Ja Harry, ons het so 'n plekkie hierbo. Dit is rede-lik netjies, gemeubileerd, en die prys sluit water en elektrisiteit in. Jy kan dit vir so.....agt-en-'n-half per maand kry. Ons gaan nie eers die kontrak-ding met jou doen nie.....ons ken mekaar darem nie van gister af nie. Kom ek gaan wys gou die plekkie vir julle."

Hulle stap met die trappe na boontoe, en hou baie van dit wat Nelus vir hulle wys. Daar is tot 'n apar-te ingang van buite af. Die plek is ideaal!

"Ons sal dit neem, Nelus, daar is egter net een voorbehoud.....niemand, maar niemand, mag weet dat ons die plek huur nie, asseblief. Kom laat ek sommer gou 'n elektroniese oorplasing doen. Ons sal seker omtrent nooit hier slaap nie, dit sal maar meer as 'n tydelike kantoor vir ons dien. 'n Mens kan sekerlik maar kom-en-gaan soos jy wil, ne?"

"Natuurlik Harry, hier is die sleutel. Welkom hier by ons!"

"Daars hy my ou maat, dankie by voorbaat vir alles. Ons sal regtig voorbeeldige huurders wees..... belowe," skerts Harry.

"Totsiens julle twee, sien julle dan.....wanneer ek julle sien. Mooi bly."

*****

Oppad na die Panamera toe bespreek Harry gou vir hulle een van daardie goedkoop karretjies, by daardie plek wat die goedkoop karretjies uitverhuur.....hulle sal dit die volgende oggend gaan optel.....

.....en dan is hulle terug oppad na Maxigenics toe, moontlik na die hart van die byenes.....moontlik die veiligste plek waar hulle huidiglik kan wees, want een ding is verseker, Johan Van Zyl sal sorg dat daar niks buitengewoons met hulle gebeur terwyl hulle onder sy "toesig" is nie.

*****

Woensdag-oggend om 8h30 klop Maryna aan Liz en Harry se deur.

"Hallo julle, lekker geslaap?....ek hoop so.....goeie nuus!"

"Kom sit nou eers Maryna, ek maak gou vir ons koffie. Wat is die goeie nuus.....het Johan jou gevra om te trou?"

Maryna giggel maar net skaam-skaam: "Nee man, ons vlieg oor drie weke Sjina toe. Op die 14de Augustus om 20h30 vlieg ons Hong Kong toe, bly daar vir twee nagte in die "Ritz-Carlton" in Kowloon oor, en vlieg dan die 17de verder na Zinyi toe. Daar sal ons vir so agt nagte in die 5 ster Shenzhenair International Hotel oorbly. Harry, jou afsprake is vir die 19de gereël, en die res van die tyd gaan ons lekker jol! Hier is julle paspoorte en visums. Alles is gereël, julle moet net sorg dat julle tasse betyds gepak is. Ons sal nader aan die tyd die finale reëlings tref. Hoe klink dit vir julle?"

"Wonderlik!" kom dit so saam-saam van Harry en Liz af.

"Wat gaan die spulletjie ons kos, Maryna? Ek en jou maatjie sal graag ons kant wil bring."

"Dit sal nie nodig wees nie, Harry.....hierdie een is op Johan.....hy wil dit graag so hê.....glo my, vir hom is dit maar net 'n druppel in die emmer. Toe hy julle vir die hantering van die ondersoek aangestel het, het hy in elk geval gesê dat Maxigenics alle addisionele kostes sal betaal. So ja, alles is dan gefinaliseer."

Harry skud maar net sy kop.....stadig, baie sta-

dig....van kant-tot-kant. Binne-in sy kop is dit eg-
ter geensins rustig nie.....sy kop werk oortyd! Dit
wat hulle binne 'n kwessie van 'n maksimum van
vyf dae in Sjina kon afhandel, gaan nou tien dae
uit hulle skedule uitneem. Johan Van Zyl wil hulle
so ongesiens as moontlik vir so lank as moontlik
hier weghê!

"Dankie vir jou moeite Maryna. Susan, die vertaler
waarvan jy en Johan gepraat het, gaan ook saam,
né. Ek sal graag nader aan die vertrek datum vir 'n
rukkie saam met haar wil sit, net om haar voor te
berei op dit wat sy moontlik te wagte kan wees. Sy
is betroubaar, né?"

"Ek sal dit so reël, Harry.....en ja, sy is ten volle be-
troubaar. Johan maak al jare van haar dienste ge-
bruik. Maar nou moet ek eers 'n bietjie gaan werk.
Geniet julle dag.....praat weer later."

*****

Om 10h30 kry Harry sy nuwe, gehuurde ryding.....
wel, dit is nou nie eintlik nuut nie, maar, omdat
Harry nog nooit met hierdie outjie gery het nie,
beskou hy dit as "nuut." Dit is 'n sesjaar oue
Gholfie, spierwit van kleur, baie mooi opgepas, en
natuurlik silwerskoon.

Liz ry vooruit na La Boheme toe, maar parkeer so
om-en-by twee straatblokke weg, net ingeval vriend
Johan Van Zyl dophou waarheen hulle met sy
Panamera ry, nie juis omdat hy oor die swart Por-
sche bekommerd is nie, maar omdat hy wil weet
waar sy twee vrylopende "gevangenes" hulle be-

vind.....en die tweetjies wil nie eintlik hê dat Johan enigsens van hulle nuwe plekkie moet uitvind nie. Harry hou 'n straatblok of wat na die anderkant toe stil, en hy en Liz arriveer so saam-saam by die ingang na hulle studio-eenheid.

As gevolg van die mag van die gewoonte krap Harry in die eenheid rond.....agter die skilderye, binne-in die kaste, letterlik in al die obskure plekkies, op-soek na "goggas." Tot hulle blydskap vind hy geen "ongediertes" nie, en nou weet hulle dat hulle hier normaalweg met hulle dinge kan voortgaan.

"Hallo Jan," klink Harry se stem aan die anderkant van Jan Bantjies se selfoon. "Ek hoop nie dat ek pla nie, maar ek wou maar net weet of jy vandag by die moordtoneel gaan uitkom?"

"Môre Harry, ja man, ek is reeds oppad soontoe .....dit is nogal lekker om so 'n bietjie uit die kan-toor uit te kom."

"Dit is goeie nuus, my ou maat. Weet jou baas dat-jy soontoe oppad is, of dink hy dat jy êrens anders is?"

"Ek het maar net so in die verbygaan vir hom gesê dat ek later terug sal wees.....verbasend het hy geen vrae gevra nie. Dit was nogal vir my vreemd, want hy vra nooit nie vrae nie. Hy was so.....on-geërgd, daaromtrent.....so asof ek elke dag sonder veel verduideliking uit die kantoor uit is.....hy het nie eers gevra hoe laat ek sal terug wees nie. Iets ruik nie heeltemal vars nie, Harry."

"Wees asseblief versigtig Jan.....het jy iemand saam met jou, of is jy alleen."

"Nee jong, ek is alleen.....hoe minder mense weet waarmee ek besig is, hoe beter."

"Hou maar net jou oë en ore wawyd oop Jan .....hierdie mense, wie hulle ookal is, speel nie speletjies nie. Laat weet asseblief wanneer jy daar aankom."

"Mooi bly Harry, ek maak so."

"Lizzie my lief, ek is onrustig omtrent hierdie spulletjie. Alles is nie pluis nie. Kom ons kyk hoe vinnig hierdie huurkarretjie daar anderkant kan uitkom."

*****

Die Golfie is vebasend rats, en wanneer hulle die buitestedelike paaie bereik, hardloop die karretjie soos 'n wafferse honderdmeter-atleet. Harry ry vir Liz in 'n ongemaklike stilswye in.....haar persepsie is dat die motortjie net hier-en-daar grondvat, amper soos 'n driesprong atleet. Twee ure later ry die tweetjies stadig by die moordtoneel verby.....om die kat so 'n bietjie uit die boom uit te kyk.....maar daar gaan niks aan nie. Omtrent twee-honderd meter verder swenk Harry links weg en hou tussen 'n klomp bome stil. Harry skakel Jan Bantjies se selnommer, maar die foon lui net. Weer.....en weer probeer hy.....sonder enige sukses.

*****

"Dammit Liz, waarom antwoord die man nie sy foon nie? Ek hoop nie dat hy iets oorgekom het nie. Waar is hy.....sy motor is nie hier nie! Kom stap saam.....doodse stilte asseblief.....probeer om so stil as moontlik te beweeg ook. Hou jou oë vir enig-iets vreemds oop.....raak net aan my skouer indien jy iets opmerk."

Dan beweeg hulle stadig, half vooroor gebuig, tus-sen die bome en bosse deur, in die rigting van die huisie. Aan die rand van die bebosde area gaan staan hulle vir eers stil.....om die wêreld so effens te bekyk.....en dan gewaar hulle hom. Hulle herken nie die man nie, maar hy het 'n kamofleer uniform aan, net soos die wat die taakmag se manne die dag met die moord aangehad het. Verder het hy bruin stewels aan, en Harry sou wat wou gee om 'n kykie na daardie sole te neem.

Dan klap 'n skoot, en daarmee slaan die man in die uniform soos 'n vrotvel neer. Harry neem Liz se hand en trek haar 'n tree-of-wat terug in die bosse in. Hy beduie vir haar om doodstil teen 'n bloekom-stam te gaan sit.....dan is hy op sy maag en kruip weermagstyl na die rant van die bosse. Daar bespiet hy die omgewing, soos hy tydens weermag opleiding geleer is om te doen.....stadig, van kant-tot-kant, dan van naby-na-vêr, en dan weer van vêr-na-naby.....daar gaan niks aan nie.....nie enige beweging.....nie enige klank nie. Hy besef dat hier-die 'n gulde geleentheid is om by daardie ou se stewels uit te kom, maar hy wil regtig nie in die proses langs die ou in die uniform op die grond opeindig nie. Dan begin Harry se kop oortyd te werk.....hoe gaan hy dit doen?

'n Voertuig se enjin word aangeskakel, 'n V8 enjin, ongetwyfeld. Harry hoor hoe dit wegtrek, sonder dat die enjin se revolusies enigsens opgejaag word. Dan sien hy dit met die grondpad langs beweeg .....stadig.....in die rigting vanwaar Harry en Liz by die moordtoneel aangekom het.....en dan maak hy oogkontak met die voertuig.....hy kan nie die registrasie nommer identifiseer nie.....dit is net te vêr .....maar dit lyk, en klink, nogal ongelooflik baie na die "monster" waarmee hy en Johan Van Zyl nou die dag hier was.

Harry bly net so lê vir nog tien minute en dan besluit hy dat die bedreiging weg is. Stadig staan hy op en begin versigtig in die rigting van die vrotvelman te beweeg. Toe hy by die man kom, besef hy dat hierdie ou nie op sy eie hiervandaan gaan vertrek nie. Die man het 'n "dog tag" om sy nek en Harry neem vinnig 'n foto daarvan. Dan krap hy in die man se sakke rond, opsoek na enige verdere indentifikasie.

Hy vind dan ook die man se ID dokument, fotografeer dit, en plaas dit terug in die lyk se sak. Nadat hy 'n foto van albei stewels se sole geneem het, is Harry terug by Liz.

"Kom my girl, dis nou tyd om te ry!"

*****

Terug in die Golfie vertel Harry vir Liz van die Land Cruiser, vermoedelik Johan Van Zyl se Land Cruiser. Hulle ry nou heelwat stadiger op daardie grondpad as wat hulle dit 'n uur-of-wat gelede gedoen het. Dit gee hulle die geleentheid om so-'n-bietjie te kan ronkyk terwyl hulle ry.....die wêreld is nogal mooi hier. So om-en-by vyftien kilometer verder sê Liz vir Harry om te stop, en 'n bietjie agteruit te ry. Dan sien Harry dit ook. Aan die teenoorgestelde kant van die pad, 'n paar meter af van die pad af, is daar iets wat in die sonlig flits. Hy maak 'n u-draai en hou reg teenoor die "flits" stil.

Dan is hulle uit die Golfie uit, teen die walletjie af, en voor hulle staan 'n baie stukkende motor.....'n wit SAPD Ford Focus, of ten minste dit wat van die motor oor is. Harry stap na die naaste deur toe om te kyk of daar dalk enige persone in die motor is. Dan word hy yskoud.....agter die stuurwiel vasgepen, blykbaar heeltemal leweloos, sit Jan Bantjies. Harry skarrel na die bestuurder se deur, maar kan dit nie oopkry nie, want die motorwrak is te verwronge. Dan tel hy 'n klip op en probeer die kantvenster breek.....dit kry hy eers met die derde probeerslag reg.....en voel aan Jan se hoofslagaar of hy nog lewe.

Jan Bantjies is dood!.....

.....en toe sien Harry dit.....'n koeëlwond aan Jan se kop, en instinktiewelik weet hy dat die speurder reeds dood was voordat die wit Ford Focus tot stilstand gekom het. Weereens besef Harry dat hierdie mense nie speletjies speel nie. Hy kan nie help om te wonder of Jan se baas moontlik iets hiermee te doen het nie.....en wat is Wouter Willemse se betrokkenheid by hierdie saak?

Harry skakel sy selfoon diensverskaffer se 24 uur

noodnommer, en meld die ongeluk aan. Twintig minute later stop die paramedici met hulle bontgeverfde, opgewarmde, VW Golf by die toneel. Hulle spring uit hulle voertuig uit, gryp hulle mediese tasse, en beweeg so vinnig as moontlik na die motorwrak toe.

By die motorwrak volg die paramedikus dieselfde ritueel as die wat Harry gevolg het toe hy by die wrak gekom het.

"Die man is dood," is al wat hy kwytraak.

"Ek het so agtergekom," antwoord Harry. "Ons het die venster met daardie klip gebreek, want ons kon nie die deur oopkry nie. Daar is seker nie veel meer wat ons hier kan doen nie. Totsiens julle."

Dan is hulle oppad terug Kaap toe, Ceres langs.

"Liz, hoe minder mense weet dat ons vandag hier was, hoe beter. Ons sal uiters versigtig moet wees my meisie. Ons lewe saam lê nog voor ons.....ek sal nie nou al die tydelike met die ewige wil verwissel nie, en ek is seker dat jy ook so voel."

In Ceres hou hulle by die eerste-die-beste motorwassery stil, laat die Golf "wash-'n-go," en ry dan verder terug Kaap toe. Teen 18h30 is hulle weer terug by die tuiste van die Panamera. Oppad na hulle blyplekkie toe stap hulle by Johan se silwerskoon Land Cruiser verby, en hulle besef dat hierdie Land Cruiser nie vandag by die moordtoneel was nie.....dit is heeltemal te skoon.....of is dit moontlik soos die Golfie vinnig ge-"wash-'n-go?"

170

Op hierdie stadium kan hulle maar net wonder wat aan die gang is.

*****

Die een persoon wat hulle met heelwat inligting kon help, is nou weg! Dit het tyd geword vir Harry om op Jonathan James, die Engelsman, se knoppie te druk.....hy wou dit nie graag op hierdie stadium doen nie, maar nou het hy nie eintlik 'n keuse nie.

Jonathan en Harry het mekaar so om-en-by tienjaar gelede, tydens 'n saak wat Harry ondersoek het, ontmoet. Jonathan James was toe 'n lid van Interpol, maar is nou betrokke by Independent Policing, Investigating and Protection Services, IPIPS in kort. Hy is een van die stigterslede van die organisasie, en Harry is seker dat Jonathan toegang tot die inligting wat hy nodig het, sal hê.....hy skuld juis vir Harry "enetjie". Harry sal hom die volgende dag van die "kantoor" af skakel om 'n afspraak te reël. Nou is dit eers lekker eet, lekker stort, en dan, lekker slaap!

*****

"Good morning, Jonathan. This is Harry Markotter speaking. I trust that you are well."

"My goodness, Harald old chap.....what a wonder ful surprise! I have actually been thinking about you during the last couple of days. What have you been up to?"

"Well Jonathan, we should have gotten together a long time ago, but you know how it is.....you plan to phone, but then you get side tracked.....getting busy with some other stuff.....and then the day is gone. But yes, we should get together.....what is your schedule like?....I would really like to meet with you as soon as possible."

"Of course my friend. Will you be available tomorrow? Lets meet at that place in Brackenfell Centre, the one that you have shares in."

"10h30 tomorrow morning?"

"See you then Harald, take care," en daarmee raak dit stil aan die anderkant van die lyn.

*****

"Weet jy wat Liz, ek moes Jonathan al lankal gebel het. Dammit man!....wat gaan in my kop aan? Indien ek dit gedoen het, was Jan Bantjies heel moontlik vandag nog lewendig.....verdomp! Kom ek en jy vat die dag af.....wat sê jy van 'n lekker ou vissie in Houtbaai?"

"O ja, Harry, ek is hoeka lankal lus om een van daai saam met die man van my drome te gaan geniet. Gaan ons sommer nou ry?"

"Kom Lizzie, laat ons ry. Na die tyd wil ek sommer deurry na Misty Cliffs en Scarborough toe.....die plekke is tog so mooi.....en ons was regtig lanklaas daar. So vat die huurmotortjie dan koers.....met die M6 al langs die Atlantiese Oseaan af.....Kampsbaai deur, Houtbaai toe. Hulle besluit om by een van die uitkyk punte stil te hou, want net soos Tafelberg, lyk die see ook elke dag anders, maar tog altyd mooi. Dan ry hulle verder, en voor hulle ry 'n Land Cruiser.....dit is Johan Van Zyl, maar nee, die voertuig het 'n GP registrasie nommer.

"Harry, was dit nie vir daardie nommerplaat nie, sou ek sweer dat hierdie Johan Van Zyl se monster is.....dit klink dieselfde, dit lyk dieselfde, en dit is oppad Llandudno se kant toe......ek glo nie aan toeval nie! Kom ons volg dit.....die een agter die stuurwiel is onbekend, so ons kan maar eintlk net rustig saamry."

En toe swenk die Land Cruiser regs af na Llandudno se kant toe, met die gehuurde Golf rustig agterna. Harry verminder die karretjie se snelheid so effens, want dit is altyd veiliger om die volgafstand in 'n situasie soos hierdie, bietjie groter te maak .....so glo hy.....en dan draai die Cruiser regs in Hargravelaan.....oppad na nommer 25. Harry hou reguit by Hargravelaan verby, stadig, maar reguit verby. Die Land Cruiser het dan ook by Johan Van Zyl se hek stilgehou.

"My skattebol, hier is 'n ding in die drinkwater. Ek sal môre vir Jonathan vra om vir my uit te vind in wie se naam hierdie voertuig geregistreer is. Kom ons ry, ek wil nie te lank hier rondhang nie, en ek is in elk geval honger."

Soos gewoonlik was die ou vissie uit die boonste rakke! Hierdie mense kan maar.....en dan is hulle Chapmans Peak oor, Kommetjie om, deur Misty

Cliffs, tot by die parkeerarea by Scarborough se stukkie strand.....en dit is asemrowendmooi.....vir hulle, in elk geval, en sekerlik vir meeste mense wat nog ooit die voorreg gehad het om daardeur te ry, of daar stil te hou. Net daar-en-dan besluit hulle dan ook om in die nabye toekoms in 'n stukkie eiendom in Scarborough te belê, indien die finansies dit toelaat.

Hulle is vroegerig terug by hulle blyplek, vroeg genoeg vir Johan Van Zyl om nog 'n draai by hulle te kan gaan maak.

*****

"Hallo julle twee.....lanklaas gesien. Waarmee hou julle julleselwers besig?"

"Jong Johan, ons is maar besig met die ondersoek. Ons moet nie vergeet dat ons eintlik met 'n ondersoek na Maxigenics se "lekkasie" besig is nie, en dat hierdie situasie rondom Gretha se dood nie eintlik die spul is waarom alles draai nie. Ek vermoed wel dat Gretha vir die lekkasie verantwoordelik was. Omdat sy dood is, gaan dit moeilik wees om verdere inligting met betrekking tot haar betrokkenheid by die lekkasie te bekom. Ons gaan dus nou geduldig moet wag en sien of die lekkasie tot 'n einde gekom het. Intussen wag ek vir terugvoer van die speurders af.....Jan Bantjies, die ou met wie ons die dag by die moordtoneel gesels het.....maar hy is so stil soos die graf, en ek bel verniet, want hy is net nooit beskikbaar nie."

"Het jy nie gehoor nie, Harry.....Jan Bantjies is

dood!"

"Waaaat! Hoe is dit moontlik.....wat het gebeur?"

.....en deurgans hou Harry Johan Van Zyl se ge-
sigsuitdrukking noukeurig dop.

"Ja jong, hy is blykbaar gister in 'n motorongeluk
dood, daar in Ceres se omgewing. Sy motor het
blykbaar van die pad af geloop.....hulle vermoed
dat hy redelik vinnig moes gery het, want die motor
is glo 'n totale wrak."

"Verdomp Johan, daar het nou 'n belangrike deur
vir ons toegemaak. Was daar 'n ander motor by die
ongeluk betrokke?"

"Nee Harry. Hoe gaan jy die situasie nou hanteer
.....wie gaan jou nou met inligting help?"

"Ek het gelukkig ook ander kontakte in die mag, en
sal hulle maar kontak. Hierdie is egter 'n groot te-
rugslag, maar dinge soos hierdie het regtig nog
nooit my spoed gebreek nie. Ons sal wel hierdie
saak oplos.....en in die proses uitvind wie Gretha
vermoor het, en waarom die een haar vermoor het.
Hierdie mense is nou wel agter ek en Liz se bloed
aan, ek glo omdat hulle bekommerd is.....en hulle
behoort te wees, want Harald Markotter het nog
nie van 'n saak af weggestap sonder dat hy dit op-
gelos het nie.....glo my maar Johan, ek sal hulle
kry!"

Harry is nie seker of hy hom verbeel het nie, maar
dit het vir hom voorgekom of die kleur so effens uit

Johan Van Zyl se gesig uit gedreineer het. Hy en Liz besef terdeë dat hulle nou regtig op hulle hoede sal moet wees, want Harry het vanaand 'n hok geskud wat moontlik maar eerder ongeskud moes gebly het.....natuurlik afhangende van die ou binne-in die hok se betrokkenheid by die hele moordsaak.

Met die sluk Johan die laaste bietjie van sy Jameson weg en verskoon homself, en hy lyk nie meer heeltemal so gerus soos toe hy daar by hulle aangekom het nie. Dit spreek natuurlik boekdele, maar dit is ook 'n rede tot kommer vir Liz en Harry.....hulle het reeds lank vantevore besef dat hulle nie eintlik aan Johan Van Zyl se verkeerde kant wil beland nie.....hierdie ou is niemand se speelmaat nie.

*****

Dit is 10h30, en Harry sit reeds by tafel nommer 7 in Cuban Coffee. Dan stap Jonathan James by die deur in. Op 'n manier herinner hy vir Harry aan Inspekteur Raymond C. Fowler, soos deur Rowan Atkinson in die rolprent "The Thin Blue Line" vertolk.....hierdie ou is net soveel beter as Inspekteur Fowler toegerus om 'n polisieman te wees.

"Harald, my dear friend!" blêr die Engelsman dit uit, voordat Harry nog enigsens 'n kans kan kry om van sy stoel af op te staan. "What a wonderful sight you make.....you look terrific. We should have done this a long time ago."

"Hi Jonathan, its wonderful to see you again.....

what have you been up to?"

"Well Harald, its all work, work, and more work. This world of us is filled with criminals, but then, you know all about that, don't you? Fortunately we have more good than evil surrounding us. How is life treating you, my friend?"

"Jonathan, would you like some coffee.....tea..... something stronger perhaps?"

"Thank you Harald, just a plain filter coffee with cold milk, please."

Dan staan die kelner by tafel nommer 7, en Harry bestel een filterkoffie en een Rooibosch tee, beide met koue melk."

"There are such a lot that have happened in my life since we have last seen one another, Jonathan..... most importantly, I have eventually found the love of my life, but only after I had most of the rubbish that I have accumulated since my childhood, clea-red away. I have however been quite fortunate to solve a number of cases over the last couple of years, which of course have contributed to me be-ing regarded as one of the better private investiga-tors out there."

"Always so humble.....Harald. Believe me, my friend, you are regarded as being the absolute best at what you do. That is the sole reason why you have been approached by Maxigenics, to assist them with what I believe to be a major problem..... for them at least."

"Jonathan, Jonathan.....thank you for the compliment, my friend. As you most probably already suspect, I need to run some ideas and questions past you. Will that be fine with you?"

"We can definitely have a conversation around that, but I in return also need some information from you. This will have to be a two-way thing.... okay?"

"By all means, Jonathan. I will assist wherever I can. What information do you require from me?"

"IPIPS has been keeping an eye on Johan Van Zyl for quite some time, but, either the man is as clean as a whistle, or he is just extremely cautious regarding his business endeavours. I do however believe that the latter is the reason for the man appearing to be as "white as snow." The majority of the clients that he is involved with, is rather suspect, to say the least. Do you by any chance know the identity of the client that he is currently involved with?"

"To my knowledge it is a British company by the name of Militarisation Development Enterprises..... their head office apparently is in Hampstead Heath. They are however operating out of San Juan in Puerto Rico. Maxigenics is currently busy with some software development for MDE. What this software is all about, I have no idea, but judging by their name, I would guess that it is something related to the military.....?"

"Well, well, Harald. We know all about MDE.....or

so I thought, but we did not know about their involvement with Maxigenics, neither that they are now active in San Juan. They have a history of moving their Operations HQ around, obviously for security reasons, and their last HQ, known to us, was Cap Da Cana, in the Dominican Republic. The fact that they are constantly moving their operations HQ, says it all. If Johan Van Zyl tells you that Maxigenics is not familiar with MDE's nature of business, he is a liar, as he has to be familiar with that considering that he is busy developing software for them. For what reason exactly did he employ you?"

"It apparently came to his attention that there are an information leak regarding this project.....and I have to find out who the source of this leak is, what the reason for the leak is, and who this information is being leaked to. Johan Van Zyl seemed to be scared rather seriously by this situation..... apparantly MDE is a rather powerfull organization."

"Let me inform you of at least one thing regarding Johan Van Zyl, Harald, he is scared of nothing! All these clandestine organisations will work with Maxigenics only, because of the quality of the product and service which they deliver. No entity, whether a company, or a single person, will double cross Johan Van Zyl. I somehow do not believe that Johan Van Zyl needs the services of any PI to solve the matter around the so called information leak .....he most probably has a hidden agenda, of some kind."

Harry besef nou dat Johan Van Zyl besig is om met
hom te speel, omtrent soos 'n kat met 'n muis sal
speel, kort voordat hy die klein reptielietjie dood-
maak en opvreet. Dit beteken verseker dat beide hy
en Liz se lewens in die weegskaal is, maar hy besef
ook dat Johan Van Zyl hulle albei reeds lankal om
die lewe kon gebring het, sou hy wou. Hy sal moet
vasstel wat Johan se verskuilde agenda is, want
slegs dan sal hy weet wat presies die man van hom
wil hê.....en solank as wat die man nie kry wat hy
wil hê nie, sal hy hulle lewens heel moontlik spaar.

"Well Jonathan, he obviously hasn't received from
me what he is looking for, and that obviously is the
reason why Liz and I am still alive. The Operations
Manager of Maxigenics, Gretha Conradie, was
found dead, shot right between the eyes with a
9mm of some sorts. I expect that she was involved
with the smuggling of rhino horn, and for some
reason was taken out."

"Liz and I was taking a weekend break at a place
called Kagga Kamma, in the Ceres district. During
the Friday night we were awakened by some gun
shots, and when I went outside to try and deter-
mine what was happening, when I heard my car
drive off, I saw a figure which I was convinced to be
that of Gretha Conradie."

"Am I right by saying that the task force was on the
scene as well, Harald?"

"One hundred percent, Jonathan.....how did you
know?"

"They are present at almost every location in the Cape where rhinos have been targeted for their horns. Rhino horn smuggling has become a full blown industry, my dear friend, and an extremely lucrative one at that. The big players are all very, very wealthy, and I am almost certain that Johan Van Zyl is the party heading up this syndicate. Nowadays one rhino horn will fetch up to $300 000 on the black market. These guys will not tolerate any interference whatsoever with their activities.

You will have to be extremely vigilant, Harald. This guy will eliminate you without batting an eyelid! ....believe me, he is cold and calculated."

"Jonathan, this is really concerning. Both Liz and I have received death threats, and Johan Van Zyl, quite conveniently, took us into his den underneath Maxigenics, where we are currently residing, for security reasons. I have identified a number of bugs as well as spy cameras in the suite, and for that reason we refrain from any discussions surrounding the case."

"My goodness, Harald, this is not a healthy situation at all!"

"The detective heading up the investigation of the murder on Gretha Conradie, Detective Seargeant Jan Bantjies, was taken out on his way to re-visit the murder scene, two days after I had a meeting with him. He told me that the task force was basically handling the investigation, and that they were reporting back to him on a weekly basis. What he however did not know at the time of our meeting, is that Johan Van Zyl and I had visited the murder scene on the day prior to my meeting with Jan Bantjies. We found the crime scene to be totally compromised, with no evidence of any criminal activity left on the scene. All furniture in the house was removed, the house was cleaned, and the footprint that I found at the scene on the day of the murder, was wiped out. I had arranged the meeting by phone from the "den", and now that I think about it, Johan Van Zyl new all about that meeting, without a doubt. This now points to the fact that he notified the detective's superior about the meeting, and this guy, obviously received instructions to keep a close eye on his employee.

Jan Bantjies' superior and the leader of the task force, Wouter Willemse, apparently is acquainted.....I have evidence to prove that. It seems that the pieces of the puzzle are busy falling into place. If what you have said about Johan Van Zyl heading up the syndicate is true to fact, it means that he has probably communicated the detective's actions to the detective's superior, and he in turn notified the task force of the situation. This knowledge, coupled to the fact that the crime scene was completely compromised, would probably be the motivation for the task force to eliminate Detective Sergeant Bantjies. He was shot, but when Johan Van Zyl notified me of his death, unaware of the fact that Liz and I was at the scene of the accident on the day that it had happened, he did not mention anything about the detective being shot."

"Why am I not surprised at any of this, Harald? What you have just told me, fills in quite a lot of gaps in IPIPS' investigation of Maxigenics, and it's owner. We can never thank you enough. What is it that you require from me?"

"You have already given me the required information on some of my questions, but I still have two remaining issues. Firstly I need as much as possible information regarding Detective Sergeant Bantjies' superior, and also regarding Wouter Willemse, the leader of the task force. On the day that the detective was killed, Liz and I rushed to Gretha Conradie's murder scene as we suspected that these guys might be onto him.....we were obviously too late to warn him."

"Upon arriving at the scene, we found nothing, but elected to drive past the scene, just to play it safe. We took a left turn approximately two hundred meters after the scene, and stopped amongst a clump of trees.....got out of the car, and upon getting to the edge of the trees, we noticed a man in a camo uniform moving around the scene. I suspected him to be one of the task force members as his uniform was similar to that worn by Wouter Willemse, the task force leader. All of a sudden a shot rang out and the unfortunate "soldier" dropped down like a sack of dung. We remained totally quiet, and then we noticed the sound of a V8 engine starting up, and a vehicle driving away from the murder scene. We did however catch a glimpse of the vehicle, a Toyota Land Cruiser.....and it looked amazingly similar to the Land Cruiser owned by Johan Van Zyl. Upon getting back to Maxigenics, there was however no trace of Johan's Land Cruiser travelling on the dirt road leading to the crime scene, and back.

The very next day, whilst travelling along the M6, en-route to Hout Bay, we saw that same Land Cruiser travelling along the M6, direction Llandudno, which is where Johan Van Zyl's private residence is. The Land Cruiser did actually go to Van Zyl's residence. It's registration number however, was different to that of Johan Van Zyl's Land Cruiser. This Land Cruiser is registred in Gauteng Province, and carries registration plates reading DVZ107GP. I need to know in whose name this vehicle is registered."

"It shall be my pleasure assisting you Harald, and I should be able to revert back to you by the day af ter tomorrow. I will be in touch with you. Take care, my friend."

.....en so verskoon die Engelsman homself, en verdwyn by die deur uit.....net so skielik soos wat hy daar aangekom het. Harry bestel 'n dubbel Jameson, net met ys, en besluit om eers voorraadopname rondom hierdie hele situasie te doen. Een ding is verseker, hy moet vir Liz so gou doenlik hier wegkry.....na 'n plek waar hierdie gemors haar nie in die hande sal kry nie.....maar waar, waar gaan sy buite hulle bereik wees..... Harry wonder of daar so 'n plek in hierdie ou landjie van ons is.

*****

Dan lui Liz se selfoon: "Hallo my engel. Luister net, en sê so min as moontlik. Dit is nou12h30, ek tel jou so oor 30 minute op. Het jy al iets geëet.....as jy wil kan ons sommer 'n ietsie by een-of-ander eet-plek gaan kry."

"Ek sal reg wees Harry, en ja, iets te ete sal nogal lekker wees. Ek het vanoggend na jou verlang.....'n mens sal sweer ek het jou 'n week laas gesien .....lief vir jou."

*****

Harry en Liz ry in bykanse stilte Melkbos binne. Hy het besluit dat hulle by Die Damhuis sal gaan eet aangesien beide van hulle nogal mal oor die plek is.

Nadat hulle die gewone drinkgoedjies bestel het, begin Harry om vir Liz omtrent hy en Jonathan se vergadering van vroeër die oggend in te lig. Hoe verder Harry met sy storie vorder, hoe bleker raak Liz, en hoe groter raak haar oë.

Uiteindelik praat sy: "Harry, hierdie goed maak my bang. Ek wil jou nie verloor nie.....en ek is nog nie reg om nou al dood te gaan nie.....wat gaan ons doen?"

"Jammer om julle te onderbreek mense, maar het julle al besluit wat julle gaan eet?" kom dit van die kelner.

"Ons wil asseblief twee van julle osstert potjies hê, en dan wil ons asseblief 'n bottel Durbanville Hills Shiraz hê.....dit behoort uitstekend saam met die osstert te gaan."

"Goeie keuse.....ek bring dit vir julle."

"Lizzie my lief, glo my, ek wil jou nie verloor nie. Na ek en Jonathan se vergadering het ek ernstig omtrent die hele ding nagedink, en daar is regtig net een uitweg, ons moet jou hier wegkry. My voorstel is eenvoudig, Liz. Ek en jy gaan oppad huistoe 'n rusie optel. Deur die loop van die aand gaan dit eskaleer tot op die punt waar jy jouself in die kamer toesluit en alleen gaan slaap. Môre-oggend gaan ons hierdie rusie voortsit en dit verder laat eskaleer.....tot op die punt waar jy jou goed vat, in jou Jimny klim, en waai. Vanaand wanneer jy alleen in die kamer is, gaan jy vir Maryna bel en haar vertel dat jy vir my lief is, maar dat jy nie meer kans sien vir die gemors wat saam met my kom nie. Jy gaan haar vertel dat jy van plan is om die pad te vat....luister noukeurig na haar stemtoon wanneer jy haar hierdie dinge vertel, en neem kennis van haar antwoorde op dit wat jy vir haar sê. Na alles wat Jonathan my vandag vertel het, wonder ek nogal of Maryna nie ook by hierdie hele spul betrokke is nie, en tot hoe 'n groot mate, indien sy wel is. Ek besef dat julle twee vriendinne is, Liz, maar ek is nie bereid om enige kanse te neem nie."

"Jy is seker reg, Harald, maar dit is nogal moeilik vir my om te glo dat sy moontlik 'n deel hiervan is. Miskien moet ons haar maar 'n bietjie dophou, en wie weet, as daar iets is, sal ons dit moontlik optel. Het jy enigsens gedink waarheen ek moet verkas .....dit gaan 'n moeilike een wees Harry!"

"Ek glo dat IPIPS moontlik toegang tot "safe houses" het, en ek sal met Jonathan kontak maak ....dalkies kan ons jou by een van hierdie plekke weggesteek kry. Intussen gaan pak jy af by ons plekkie in Seepunt. Dan het ek vir elkeen van ons 'n ander selfoon gekry, nie op kontrak nie, en dit is wat ons twee gaan gebruik om met mekaar te kommunikeer totdat hierdie gemors uitgesorteer is. Wanneer jy na jou finale wegkruipplek skuif, waar dit ookal mag wees, moet jy van jou huidige foon onslae raak, want daar bestaan geen twyfel by my dat Johan Van Zyl ons fone kan "track" nie, en dat hy sekerlik elke woord van elke oproep wat ons maak, beluister. Ons kan absoluut geen kanse waag nie Liz."

"Dit gaan vir my moeilik wees sonder jou, Harry.....ek weet nie heeltemal hoe ek dit gaan hanteer wanneer ek na my finale bestemming verkas het nie. Hopelik sal hierdie hele ding nie te lank aanhou nie."

"Ek hoop ook nie so nie Liz. Die belangrikste is dat beide van ons aan die einde van hierdie saak nog steeds lewendig is."

Dan skakel Harry vir Jonathan vanaf sy nuwe selfoon en reël dat Jonathan hom in die toekoms na hierdie nommer sal skakel. Hy verneem ook na die moontlikheid om vir Liz by 'n "veilige plek" te versteek. Jonathan se antwoord is positief, maar hy moet dit blykbaar net met die betrokke partye bevestig.

"Wat word nou van die trippie Sjina toe, Harry. Gaan dit nog plaasvind, of nie?"

"O ja, ek het vergeet om vir jou te vertel.....die foto van die ou wat nou die dag geskiet is, se regtersool, kom perfek ooreen met die foto van die spoor in die modderkol. Dit, Liz, bevestig dat daardie spoor deur 'n lid van die taakmag agter gelaat is. Indien ons beide die fotos laat analiseer, sal ons tien-teen-een vind dat die spoor wat in die modderkol agter gelaat is, gemaak is deur die stewel wat aan daardie dooie ou se regtervoet was. Die feit dat die taakmag basies die ondersoek behartig het, en dat hulle die spoor in die modderkol uitgevee het, tesame met die feit dat die verkeerde gipsafdruk by Jan Bantjies uitgekom het, sê vir my dat een of meer van die taakmaglede vir Gretha vermoor het. Die feit dat die ou nou die dag koelbloedig geskiet is, dui aan dat hy die moontlike moordenaar was, en dat hy doodeenvoudig geëlimineer is, want dooie mense kan nie eintlik veel sê nie."

"Goeie genade Harry! Die persoon wat die taakmag ou geskiet het, is heel moontlik die persoon wat met daardie Land Cruiser weggery het.....en hy, of sy, ken vir Johan Van Zyl. Dit wil my nogal laat dink dat Johan Van Zyl baie moontlik die opdrag vir die eliminasie van die taakmag-ou gegee het..... en dit laat my dink dat Johan die persoon, of een van die persone is, wat hierdie hele ding orgistreer."

"Jy is doodreg Liz.....eintlik is hierdie saak opgelos, ons moet nou net die bewyse vir al ons teorië bymekaar kry. Gelukkig het ons nou vir Jonathan, met al IPIPS se hulpbronne tot sy beskikking, wat saam met ons aan hierdie saak werk. Ek glo dat dit dinge redelik baie gaan vergemaklik, en ook gaan versnel. Kom ons gaan Liz, sodat ons die bal aan die rol kan sit."

.....en so is die twee van hulle dan met die swart Porsche Panamera terug na Maxigenics toe.

*****

Dit is presies 08h30 toe Johan Van Zyl agter sy lessenaar inskuif.

"Môre Johan, klink Maryna se stem".....effe kortaf. "Hier is jou koffie.....o ja, en hier is nog een van jou "Peeping Tom gadgets!"

Langs die beker koffie op sy lessenaar plaas sy 'n verseëlde pakkie. Hy verwyder die inhoud daarvan.....dit is 'n 8Gb geheue stokkie met 'n stukkie papier daarby. Op die papier is daar 'n handgeskrewe nota geskrabbel. Die handskrif lyk amper soos die van 'n laerskool kind: "gister se datum met Panamera daarby." 'n Soortgelyke pakkie word elke oggend met sy intrapslag by Maxigenics deur Marinda vir Johan gegee. Soos elke ander oggend koppel hy die stokkie aan sy rekenaar sodat hy die inhoud daarvan kan bestudeer, terwyl hy rustig aan sy Americano slurp.....maar vanoggend sit hy skielik regop, sy ore gespits soos die van 'n Doberman wat op 'n skelm se spoor is. Johan Van Zyl kan nie sy ore glo nie.....die tweetjies van hieronder is dan altyd so "Lovie-dovie"..... "is daar dan nou probleme in die paradys?" wonder hy hardop.

"Harry," sê 'n redelik omgekrapte Liz. "Dit wat ons

nou het, is regtig nie 'n lewe nie.....ek wil nie meer in daardie gat onder Maxigenics bly nie.....dit voel vir my of ons in 'n tronk is. Ek is nie so aanmekaargesit nie! Ons moet daaruit!"

"Kalmeer tog net Liz. Jy weet dat ons nie eintlik 'n ander keuse het nie, ek wil tog nie al die tyd oor my skouer kyk nie."

"Snert, Harald!....snert! Ons is nou al hoe lank daar, en elke dag is ons die strate vol.....daar was nog geen bedreiging hoegenaamd gewees nie!"

"Ek dink regtig dat ons maar net tot nou toe gelukkig was. Stop nou jou nonsens Liz, en hou op om met my te praat asof die omstandighede vir my aanvaarbaar is, want dit is nie.....ons moet egter maar net te dankbaar wees dat Johan vir ons veilige verblyf gee.....stop nou jou nonsens! Ek is nie lus hiervoor nie!"

"Harald Markotter!....jy is 'n groter slapgat as wat ek gedink het.....wat het van die man geword vir wie ek lief geraak het.....daardie man was altyd stewig in beheer van alles, nou is hy 'n absolute papperd. Ek kan dit nie glo nie!"

"Stop dit nou Liz!....ek praat nie weer nie!"

"Jy is nie my baas nie Harald.....en jy sal ook nooit daardie geleentheid kry nie.....as jy nou al so is, wonder ek hoe jy gaan wees wanneer ons eers getroud is!"

Dit sal jy nooit weet nie, Elizabeth, want ek wil jou

definitief nie in my lewe hê as jy is soos wat jy nou is nie. Indien jy nie met die huidige omstandighede tevrede is nie, is jy baie welkom om jou klere, jou brakkie en jou simpel klein Jimnytjie te vat en êrens anders te gaan bly.....sommer in jou simpel woonstelletjie, sodat jy kan sien dat hierdie reëling nie sommer maar net is nie.....gaan kyk hoe lank jy daarbuite aan die gang kan bly voordat hulle jou uithaal!"

"Goed Harald, ek sal môre my goed vat en loop! Moet ook tog net nie vanaand langs my in die bed kom klim nie.....ek is klaar met jou!"

Johan Van Zyl druk die grys knoppie op sy lessenaar: "Maryna, kom gou hier asseblief."

"Ja, Johan, wat wil jy hê?"

"Ek sien daar is probleme in die paradys.....ons twee gaste het mekaar lekker ingevlieg, soveel so dat die engeltjie nou haar goed wil vat en loop .....julle vroumense.....en julle emosies!"

"Johan Van Zyl!.....kry jy nie skaam om die mense so af te luister, en, af te loer nie? Hulle is hier om jou te help, maar nee, al wat jy vir hulle kan gee is stank vir dank!.....jy behoort jou te skaam."

"Marynatjie.....jy is besig om my te irriteer.....jy het geen idee wat hier aan die gang is nie.....hou asseblief jou opinies vir jouself. Kry tog net einde!"

Sonder om 'n verdere woord te uiter, draai Maryna om en verlaat Johan se kantoor. Daardie stemtoon

het sy nog net eenmaal vantevore by hom ge-
hoor.....die dag toe hy daardie polisieman oor sy
lessenaar getrek het en hom katswink geklap het.
Sy besef dat sy die grenslyn reeds oortreë het
......en dit is nie iets wat jy met Johan Van Zyl
doen nie. Maryna besef nou dat sy regtig bang vir
die man is.

*****

Die rooi foon op Johan Van Zyl se lessenaar gee
beswaarlik drie luie voordat hy die gehoorstuk op-
tel en daar 'n redelike bot "Van Zyl" uit sy mond uit
klink.

"Mnr. Van Zyl, die Jimny het sopas hier uitgery
.....moet ons dit "track".

"Dankie dat jy my laat weet het, Kobus, maar dit is
nie nodig nie.....dit is eintlik nie belangrik nie. Ek
het in elk geval 'n goeie idee waarheen die ou kar-
retjie oppad is."

*****

Harry maak die deur oop, so al asof hy die klop
verwag het.....en daar staan Johan Van Zyl.

"Hallo Harry, hoe gaan dit ou maat?"

"Hallo Johan, ek veronderstel dit gaan seker.....
okay."

"Dit klink nie so nie.....wat pla?"

"Aag Johan, jou mense het jou seker klaar laat weet dat Liz gery het.....sy het die pad gevat. Ek dink dat al die gebeure van die afgelope tyd haar nou ingehaal het.....sy het dit net skielik verloor..... ek ken haar nie so nie.....en ek weet nie of sy gaan terugkom nie.....ek is regtig bekommerd oor haar. Verdomp man, wat gaan in die vroumens se kop aan.....verstaan sy dan nie dat haar lewe in gevaar is nie?"

"Harry my ou maat, dit is 'n vroumens ding..... hulle emosies is hulle baas! Die een daaronder het ook vanoggend so 'n bietjie van die regte pad af- gedwaal.....sy behoort van beter te weet.....die vroumens werk nie van gister af vir my nie. Sy weet baie goed dat ek niemand se nonsens vat nie."

"Wat is Maryna se probleem, of is dit maar beter- dat ons nie daaroor praat nie?"

"Neewat Harry, sy is maar sommer net nukkerig jong. Gelukkig gebeur dit bitter min. Laat weet maar as daar iets is waarmee ek kan help."

"Sê vir my Johan, weet jy of daar enige verdere nuus omtrent die speurder se dood is.....weet ie- mand dalk wat die rede vir sy ongeluk was.....was daar nog 'n motor by die ongeluk betrokke gewees?"

"Die mense praat nie veel nie Harry, dit is seker maar omdat die ou 'n polisieman was, maar blyk- baar was daar niemand anders betrokke nie. Dit klink vir my asof hy 'n hartaanval gehad het en toe het sy motor van die pad afgeloop.....hy was nog redelik jonk, was hy nie?"

"Wel ja, hy het nie ouer as.....so veertig gelyk nie, skat ek. Dit is nogal jonk vir 'n hartaanval, is dit nie?....ek veronderstel dat hulle werk, veral onder die hedendaagse omstandighede, maar redelik stresvol kan wees, of hoe?"

"Ja, jy is seker reg jong, maar ek wonder hoeveel inligting omtrent Gretha se moord is saam met hom graf toe.....en dit help ons niks nie. Dink jy dat jy hierdie ding sal kan oplos, Harry?"

"Ek glo so Johan. Gelukkig is daar 'n paar moont-like leidrade wat ek besig is om te ondersoek. Dit herinner my.....ek wil graag oormôre by die moord-toneel uitkom. Het die speurder nie ook daar naby verongeluk nie?"

"Ja Harry, blykbaar het hy. Ek sal probeer uitvind waar presies dit gebeur het, dan kan ons sommer oormôre oppad na die moordtoneel daar stop. Dit sal miskien goed wees om 'n bietjie daar rond te krap.....mens weet nooit waarop jy dalk kan afkom nie."

"Dankie Johan, dit sal regtig gaaf wees as jy saam gaan.....ek kan maar net nie help om kriewelrig te voel wanneer ek daar is nie. Sal ons later praat en dan besluit hoe laat ons ry?"

"Goed so, Harry. Ek is so 8h30 op kantoor.....kom drink sommer koffie saam met my. Nou moet ek gaan werk. Sien jou môre. Sterkte met julle dinge."

Harry wonder nogal waarom Johan nie meer om-
trent Liz se wegganery te sê gehad het nie. Hy
wonder wat in die man se kop aangaan.....Liz moet
maar net haar oë en ore oophou.....'n mens kan
nooit te versigtig wees nie.....Johan Van Zyl is 'n
uiters gevaarlike man!"

*****

Dit is kort voor 10h00 op Woensdagoggend en 'n
gehuurde wit Golfie parkeer in Roeland Square se
parkeerarea. Harald Markotter is die persoon wat
dit daarheen bestuur het omdat dit tyd vir sy vol-
gende besoek by Dr. Antonie Pretorius is.

Met sy instap in die ontvangslokaal word hy weer-
eens deur die gemoedelike atmosfeer getref. Die
dekor en die uitleg van die vertrek geval hom nogal,
en dan is daar die baie vriendelike ontvangsdame.

Vanoggend staan Dr. Pretorius egter vir hom en
wag, blykbaar omdat hy vandag redelik haastig is.
Dit is vandag sy 35ste huweliks herdenking en hy
neem sy wederhelf, direk na Harry se sessie, vir 'n
paar dae weg.....vir 'n lekker bederf.

Die man met die "Bryan Adams" stem nooi hom
saam na sy "praatgat" nadat al die "hallos" en
"môres" afgehandel is.

"Wat kan Harald Markotter my vanoggend vertel?"
vra die sielkundige. "Het jy die briefie aan jou ma
saamgebring?"

"Dit gaan uitstekend, Dok.....ons is net huidiglik

195

met 'n besonderse ondersoek besig, en ons is maar versigtig wanneer ons rondbeweeg. Beide ek en Liz het dreigbriewe onvang.....ons is juis nou besig met 'n plan om haar weggesteek te kry sodat ek net myself het om oor te bekommer. Met ons verhouding gaan dit egter uitstekend."

"Wat die "limerence" aanbetref moet ek sê dat dit regtig onder beheer is. Ek hou streng by die maatreëls soos ons dit bespreek het, en dit het verseker die gewensde uitwerking. Dit voel vir my of ek 'n nuwe lewe het.....ek dink beswaarlik aan my ma en Grieta.....Liz help verseker daarmee! O ja, hier is die brief aan my ma."

Antonie Pretorius gee die brief en die Zippo terug aan Harrry met 'n "jy weet wat om te doen." Glimlaggend verbrand Harry die brief, en Antonie Pretorius kan nie anders as om die positiewe verandering in Harry op te merk nie.

"Harald, ek hou baie van dit wat ek sien, en daar is omtrent geen twyfel by my dat jy die hele aangeleentheid onder beheer het nie. Ek wil hê dat jy jou lewe daarbuite gaan voortsit, saam met Liz natuurlik, en jouself in die proses monitor. Indien jy enige neiging het om terug te gly, wil ek jou onmiddellik sien.....indien nie, wil ek jou weer oor ses maande sien.....goed so?"

"Dit klink uitstekend Dok.....dankie vir alles."

Na die groet is Harry terug in die gehuurde Golf, oppad om die Panamera te gaan haal. Die versoeking om 'n draai by die Liz te gaan maak is bykans ondraagbaar, maar hy besef dat dit die verkeerde ding is om te doen."

*****

Die Panamera kies koers Melkbos toe. Harry wil by sy plek verby ry.....dit voel vir hom asof hy maande laas daar was. So in die verbyry doen hy 'n vinnige voorraad-opname, en alles lyk in orde. Hy is eintlik oppad Paternoster toe, en hy weet dat Johan weet presies waar sy Porsche is. Harry het 'n plan. Hy gaan nie doodeenvoudig Paternoster toe omdat hy mal oor die plek is nie.....die gevolg van sy rit Paternoster toe sal hopelik vir Johan Van Zyl en sy "cronies" op 'n dwaalspoor plaas, want hy weet dat Johan sy elke beweging dophou.....bykans niks wat Harry binne die afsienbare toekoms gaan doen gaan ongesiens by Johan verbygaan nie, daarvoor het hy heeltemal te veel "spioene" daarbuite! Dan hou hy by Paternoster se strand stil, en gaan stap al langs die see af. Dit is nou sy geleentheid om ongesteurd met Liz te gesels. Hy verlang al klaar na haar.

"Hallo Lizzie, hoe gaan dit met jou? Ek verlang na jou jong."

".....En ek na jou my engel" sê die nou eensame vrou.

Harry vertel vir Liz dat hy en Johan die volgende dag weer na Gretha se moordtoneel gaan. Hy vermaan haar ook om uiters versigtig te wees, om haar Jimny so goed as moontlik te versteek, en om al haar ryery met die huurmotor te doen.

"Lizzie, moet asseblief nêrens heen ry indien dit nie absoluut noodsaaklik is nie."

*****

Dan kontak Harry vir Jonathan James.

"Hi Jonathan, are you well?"

"Harald my friend.....wonderful to hear from you.....I am absolutely marvellous. The powers that be just confirmed the authorization for Liz to reside in one of IPIPS' safe houses. I need her to be at my office tomorrow morning no later than 9:30. We will take good care of her, that I promise you. I suggest that you rather not accompany her as Johan Van Zyl, or perhaps one of his assistants, might just follow you here......and we do not want that to happen, do we? Please notify her of the arrangement and to then cease all contact with her.....this is imperitive, Harald. O yes, I nearly forgot.....the Land Cruiser that you spoke to me about is registered in the name of a certain Mr Deon Johannes Van Zyl's name. Mr Deon Van Zyl is 23 years younger than his father, Johan Van Zyl. By the looks of his criminal record, he is the epitome of the perfect citizen, but in fact Harald, he is just as dangerous as his father, and just as is the case with his father, nothing can be pinned on him. We now have two Van Zyl's to contend with.....watch your back!"

"Thank you Jonathan, I will follow your instructions to the tee. Lizzie will be there at 8h30 tomorrow morning. Take care, and thank you once again."

*****

Harry se hart is maar redelik swaar, want hy weet nie wanneer hy weer vir Liz te siene gaan kry nie.....hy wil nie meer sonder haar wees nie, maar hierdie skeiding is noodsaaklik om haar veiligheid te verseker.

"Liz my lief, hoop nie ek pla nie, maar ek het nou net met Jonathan gepraat. Jy moet asseblief môre-oggend om 8h30 by IPIPS se kantore wees.....met al jou goedjies, want hulle het vir jou plek in een van IPIPS se veilige-huise. Hy het my afgeraai om saam met jou daar te wees, omdat hy bang is dat ek agtervolg word, en Johan sal ook weet dat dat sy Porsche by IPIPS se kantore is. Ons wil regtig nie hê dat hy van die kontak tussen ons en IPIPS bewus moet raak nie. So.....ja my skattebol, ek weet nie wanneer ons mekaar weer te siene gaan kry nie. Jammer hoor, maar ons het nie eintlik 'n keuse nie."

"Dit is goed so Harry, ons is darem nou ook nie meer kinders nie.....ons emosies is mos darem nie ons base nie, of hoe? Een ding is seker, ek gaan jou mis.....ek mis jou al klaar!"

"Jy moet maar jou oë oophou wanneer jy enigsens op die pad is, eintlik maar oral waar jy gaan, want 'n mens kan nooit te versigtig wees nie. Mooibly, my engel, en pas jouself op. Wanneer hierdie hele ding verby is, wil ek jou vra om jou lewe vir altyd met my te deel.....ek moes dit lankal gedoen het!"

"Die antwoord is 'n groot ja, Harry. Ek wil nooit, nooit weer sonder jou wees nie.....lief vir jou my man!".....en dan is dit stil aan die anderkant van die lyn.

Harry besef dat sy oë maar blink en klam is, maar niemand het nodig om dit ooit te weet nie.

Dit is 20h30 toe hy uiteindelik by sy blyplek instap.

*****

Kort na 08h00 is Liz oppad na IPIPS se kantore toe. By die afrit vanaf die N1 staan daar 'n voertuig, 'n Land Cruiser.....daardie Land Cruiser. Liz glo dit nie, maar ja.....

*****

Om 8h50 sit Harry rustig saam met Johan Van Zyl en koffie drink, soos hulle die vorige oggend afgespreek het. Johan Van Zyl se foon gee 'n bykans onhoorbare "ping", en die twee manne gaan heeltemal ongesteurd met hulle geselsery aan. Dan, amper onopgemerk deur Harry, druk hy 'n knoppie op sy selfoon.....die boodskap waarvoor hy gewag het staar hom in die oë. Die verandering in Johan Van Zyl se gesigsuitdrukking, in sy lyftaal, ontglip nie Harry se geoefende oë nie.....

"Wat het hy daar op sy selfoon gesien," wonder

Harry.

*****

Die twee mans kom ooreen om so teen 11h30 se kant te ry, en Harry stap terug na die "den" toe. Dan kom daar 'n boodskap op sy selfoon deur: "Please contact me urgently. Jonathan."

Harry hardloop omtrent na buite waar die motors geparkeer staan, want hy besef dat hy daar sal kan praat soos wat dit hom behaag.

"Good morning Jonathan, how are you on this fine morning?"

Sonder enige formaliteite kom Jonathan se antwoord: "Liz did not arrive at our offices, Harry. Do you perhaps know what has happened to her?.....I have a rather uneasy feeling."

"Dammit Jonathan!....no, I have no idea. I told her to be careful. Let me see what I can find out.....I will get back to you."

"Hallo Johan, daar het 'n dringende ding voorgeval.....ek moet nou ry.....kan ons asseblief vandag se reëling uitstel.....jammer man, en verskoon tog asseblief dat ek hierdie ding sommer per selfoon doen."

"Dit is alles in orde Harry.....is alles reg daar by jou?" 'n Slinkse glimlag laat Johan Van Zyl se mond effens vervorm, want nou weet hy dat Harry en Liz nog steeds kontak het. "Sien jou dan later

Harry."

Amper hardop, so in sy enigheid, sê hy: "Julle tweetjies het seker nie gedink dat julle vir Johan Van Zyl om die bos sal kan ly nie, het julle!"

*****

Die Panamera vat koers na La Boheme toe.....teen dubbelpas. Oudergewoonte stop Harry 'n straatblok of wat weg van die restaurant af.....die woonstelletjie is gesluit.....met die instapslag sien Harry dat al Liz se goed weg is, en die huurmotor se sleutel lê op die tafel. Dit beteken dat Liz met die Jimny gery het.....Johan Van Zyl het haar laat agtervolg.....verdomp!....hoekom het hy nie vir Liz gewaarsku om nie met haar motor te ry nie.....hy moes besef het dat die Jimny lank by Maxigenics gestaan het, en dat Johan 'n gogga aan die ou karretjie versteek het. Nou besef hy waarom Johan Van Zyl se hele houding vanoggend toe hy daardie boodskap ontvang het, so verander het. Dit is toe dat Harry besef dat Johan Van Zyl, en sy gespuis, sy ander helfde gevat het. Nugter alleen weet wat van haar gaan word.....hy gaan haar moet soek..... en vind, baie vinnig. Liz het hom nodig!

8 DIE SOEKTOG

"Hi jonathan, they have taken Liz. I need your help, please!" is al wat Harry kan uitkry.

Dertig minute later drink Harry en Jonathan koffie by Primi Piatti in Table View. Vir die eerste keer in 'n baie lang tyd is Harry se hok regtig geskud.

"Jonathan, we need to find Liz as soon as possible.....there is no way to tell what these guys will do to her!"

"I hear what you say, my friend, but we need to take time to think this through properly. There are almost no doubt in my mind that they will not harm Liz in any way, but, things might change if she is familiar with her abducters.....that is the scary part about this whole mystery."

"I am almost certain that Johan Van Zyl is involved with Liz's abduction. During the time frame in which this mess has taken place, I was in his office having coffee with him. He then received a message of some sorts on his mobile phone, and without him saying anything, I could sense that something important, to him at least, has taken place. His facial expression changed slightly, in fact, his whole demeanour changed from the moment that he had read that message, and all the time he had this almost unnoticeable smile playing around his mouth."

"It does sound a little suspect Harald.....and after what you have just told told me, I think that I do agree with you. Should he be involved in Liz's abduction, we should really hope and pray that he does not show himself to her. I would actually think that he would like to keep his involvement unknown to Liz, at least for the time being. Considering that the two of you were having coffee at the time of the abduction, some other party, or parties, had to facilitate Liz's abduction. We have to find out who that party, or parties, are."

"If I should make an educated guess as to that person's identity, I would say that Deon Van Zyl was involved with the physical abduction, obviously as instructed by his father."

"That would be my guess as well, Harald. It therefore stands to reason that we should track every single move made by Van Zyl Jnr."

"Tell me Jonathan, have you been able to find any more details regarding the young Van Zyl, over and above that which you have already told me during our last meeting?"

"Nothing Harald, according to all records Deon Van Zyl remains to be as clean as a whistle. Fortunately we know exactly where he resides, what vehicle he drives, and that he probably is rather dangerous. We will start tracking his every move as from today.....he might just lead us straight to your lady."

"Thank you so much, Jonathan. How can I assist ....not being involved in the search for Liz, will drive me nuts."

"Then, my dear friend, I have some rather bad news for you. We cannot risk to have you involved with the physical search.....the prize is just too close to your heart. I do however have to insist that you continue acting as if nothing out of the ordinary has happened. Neither Johan Van Zyl, nor any of the employees at Maxigenics must know that you are aware of Liz's disappearance. Please continue with the investigation of the case for which you have been employed for by Maxigenics. This is going to be difficult for you, Harald, I realise that, but at this point in time, it is really the only way in which to handle this situation."

Terug by Maxigenics stap Harry direk na Maryna se kantoor met die hoop om 'n ongeskeduleerde spreekbeurt met Johan Van Zyl te kry. Johan Van Zyl en Harry stap so saam-saam in Maryna se kantoor in.....Johan vanuit sy kantoor, en Harry vanuit die gang.

"Middag Johan, jammer dat ek net hier opgedaag het, maar ek moet regtig verskoning kom aanteken vir die feit dat ek vanoggend bykans weggehardloop het, dit nadat ons reeds 'n afspraak gereël gehad het.....dit was uiters onprofessioneel van my. Een van my kontakte het my uit die bloute met moontlike inligting aangaande die Bantjies situasie geskakel, maar dit het net mooi niks opgelewer nie. Sien jy nog steeds kans om saam met my bosse toe te ry?"

"Dit is als reg Harry. Verlang jy darem na Liz.....ek kan nogal dink hoe ek sou optreë as my Marynatjie skielik moes verdwyn.....of hoe, Maryna. Kom ons ry so 9h30 môreoggend.....ek sal jou sommer daaronder by die Land Cruiser kry. Laat weet maar indien jy geselskap nodig het.....ek kom drink graag 'n Jameson of twee saam met jou."

"Baie dankie Johan, dit is regtig gaaf van jou. Liz is nie terug na haar plekkie toe nie.....ek kan haar nêrens kry nie, en daarom gaan ek so 'n bietjie die draai van vader Cloete by al die plekke waar ek en Liz altyd gaan eet en kuier het, maak. Dalk is ek net gelukkig om inligting omtrent haar te bekom, of, wie weet, dalkies loop ek in haar vas.....ons sal maar sien wat gebeur. Ek vermoed egter dat sy terug Winburg toe is. Dit is waar sy grootgeword het."

*****

Harry besluit om eerstens 'n draai by Primi in Table View te gaan maak. Dit gaan vreemd voel om sonder Liz daar te gaan eet, maar ten minste ken hy die mense daar redelik goed. Hy stap op die kop 18h30 by Primi in, en oudergewoonte word hy absoluut gul ontvang. Stefan begelei Harry, soos soveel male vantevore, na sy gunsteling tafel. Tafel nommer 5 kyk op die Atlantiese Oseaan uit, en dit is nou nog lig genoeg om Tafelberg in sy volle glorie te kan sien.

"Hallo Harry, waar is Liz vanaand.....werk of iets?"

"Nee my ou mater, sy is so 'n bietjie weg, hopelik vir nie te lank nie.....ek verlang na haar."

"Ja man, dit is glad nie lekker wanneer ons ander-helftes hulle eie koers kies nie, selfs al weet ons dat dit net tydelik is. Wat kan ek vir jou bring?"

"Die gewone, asseblief Stefan."

Twee minute later staan Stefan weer langs tafel nommer 5, maar hierdie keer met 'n dubbel "Eng-eltjie Piepie," in 'n lang glas, in sy hand.

Met 'n "geniet hom" plaas hy die drankie op die tafel voor Harry neer. "O ja, amper vergeet ek om vir jou te se, hier was vroeër 'n meisie, opsoek na jou, hier gewees.....nogal 'n heel aantreklike don-kerkop girl. Lang swart hare, 'n stewige paar skou-ers, en 'n lyf wat 'n mens gewoonlik net in die flieks te siene kry.....soveel so dat ek vergeet het om haar naam te vra."

"Wat het sy verder te sê gehad, Stefan?"

Stefan is skielik doodstil.....met groot oë kyk hy by Harry verby.....

"......sy het niks verder te sê gehad nie, Mnr. Mar-kotter," sê 'n sagter, rustiger weergawe van 'n sammajoorstem wat Harry nooit in sy lewe sal ver-geet nie.

Met die opstaanslag draai Harry om......die bloed dreineer uit sy gelaat......sy mond val oop......"dit is nie moontlik nie," dink hy by homself.

"Mag ek asseblief by jou aansluit, Mnr. Markotter, of is dit nou vir jou ongeleë? Volgens jou reaksie sou mens sweer dat jy 'n spook gesien het, maar glo my, ek is so lewendig soos elke ander persoon in hierdie restaurant."

"Kom sit gerus, wat gaan jy drink?" is bykans al wat Harry kan sê, die grootste skok van sy lewe nog vlak in sy gemoed.

"Bring asseblief vir my 'n ou watertjie, met borrels en 'n skyfie suurlemoen," antwoord die nuwe weer-gawe van "Die Stem." Jammer dat ek jou so laat skrik het, Harry."

"Ek verstaan nie, Gretha. Jy is dan dood......tussen die oë geskiet......ek het fisies na jou lyk gekyk...... wat gaan hier aan?"

"Harry, ek mag jou maar op jou naam noem, né...... daar is mense daarbuite wat wondere met 'n kadawer kan doen......glo my. My naam is in werk-likheid Leonora Willemse, nie Gretha Conradie nie ......dank die vader dat my ouers my nie met so 'n naam gestraf het nie."

"Ek verstaan nie mooi nie.....Leonora, hoe het jy geweet dat jy my vanaand hier sou kry.....en wat wil jy van my hê?"

"Wees rustig Harry, ons twee is indirek aan dieselfde kant, al speel ons vir twee verskillende spanne. Mnr. Johan Van Zyl is heeltemal reg aangaande een ding.....daar is wel 'n lekkasie in Maxigenics.....dit is hoe ek geweet het waar om jou vanaand te gaan soek.....ek was al vroeër by 'n paar ander plekke ook gewees. Maar nou ja, dit daar gelaat. Ek verstaan dat jou liefie moontlik weggeraak het.....ons sal jou help om haar te kry. Glo my maar, indien so, het Johan Van Zyl haar gevat, en alles draai rondom die feit dat hy op hierdie stadium van die spel totaal en al beheer van jou en Liefie se lewens wil hê.....waarom presies, kan ek nie vir jou sê nie.....nugter alleen weet wat in sy kop aangaan."

"Vertel my asseblief, Leonora, hoe jy dan in werklikheid by die hele legkaart inpas. Wat is jou betrokkenheid by Maxigenics, en wat het jy die nag van die gefnuikte renosterstroping by Kagga Kamma gemaak? Jammer vir al die vrae, maar ek moet duidelikheid hieromtrent kry. Liz is weg! Wat my aanbetref is haar lewe in gevaar, en op hierdie stadium wil ek haar net so gou as moontlik uit daardie lot se kloue bevry."

"Dit is heeltemal verstaanbaar Harry, onder soortgelyke omstandighede sou ek seker ook soos jy gevoel het."

"Ek is betrokke by "Vetpaw," 'n Amerikaanse organisasie wat gebruik maak van Amerikaanse "Marine" veterane, om ons renosters te beskerm. Hulle werk was aanvanklik tot die Limpopo provinsie beperk, maar het so om-en-by ses maande gelede uitgebrei na ander gebiede insluitend die Noord Kaap en die Karroo.....met redelike goeie welslae. Ek en my man Wouter, ja.....Wouter Willemse van die taakmag.....se lewens draai absoluut rondom renosterbewaring."

"Tydens my ondersoek het ek vasgestel dat Johan Van Zyl moontlik een van die groot kokkedore in een van die groot sindikate mag wees, en sodoende het ons toe sy organisasie geïnfiltreer. Ek is oortuig daarvan dat hy wel is wie ons vermoed hy is, maar hy het snuf in die neus begin kry voordat ons dit kon bevestig, en ons moes my noodgedwonge uit die spel uit onttrek. Maryna is gelukkig nog daar .....sy is vir ons goudwerd!"

"Wat vir 'n wending het hierdie saak geneem" dink Harry. "Leonora, ek is totaal-en-al uitgeboul. Dit wat jy my sovêr vanaand hier sit en vertel het, het my heeltemal sprakeloos. Meeste van my teorië rondom hierdie saak is nou na die maan. Bestaan daar werklik 'n lekkasie rondom Maxigenics se sagteware rol, of is dit maar net nog 'n slenter van Johan Van Zyl?"

"Daar bestaan werklik 'n lekkasie, Harry, maar daaromtrent kan ek jou ongelukkig nie veel inligting gee nie. Gemeet aan die hoeveelheid geld wat Johan bereid is om jou te betaal, glo ek dat dit redelik ernstig is. Sterkte met daardie ondersoek, maar ek weet nie heeltemal of daar nog 'n Maxigenics gaan bestaan nadat ons met hom klaar is nie.....so, Harry, jy beter jou ondersoek so gou asmoontlik afhandel, want 'n ou wat met sy agterent in die tronk sit, sal jou definitief nie betaal nie. Hier is my kontakbesonderhede.....ek sal help waar ek kan om Liz in die hande te kry."

"Baie dankie Leonora, ek sal verseker op jou knoppie druk indien dit nodig is. Wat weet jy van Johan Van Zyl se seun, Deon, af?"

"Nie veel nie Harry, behalwe dat hy net so 'n uitgeslape kalant soos sy pa is.....hy het blykbaar goed geleer. Ek sukkel nogal om sy betrokkenheid by die renoster stropery te bewys, maar ons sal daar uitkom.....glo my. Hy ry nie om dowe neute met daardie monster van 'n Land Cruiser rond nie .....dit is die ideale voertuig om vinnig in-en-uit 'n stropings operasie te beweeg.....net soos sy liewe vader.....ons sal hom kry.....hou maar net hierdie spasie dop!"

"Wel, Leonora, ek stel veral in sy doen-en-late belang, want ek vermoed dat hy die een is wat vir Liz gekaap het. Een ding verseker ek jou.....ek sal sy nek met hierdie twee hande breek indien hy haar enige kwaad aandoen. Ek is regtig bekommerd oor haar."

"O ja, Leonora, IPIPS is ook op Johan Van Zyl se spoor.....klink my, rakende ander sake.....hulle help my nou met die soeke na Liz.....genadiglik. Indien jy sou belangstel, kan ek vir ons 'n vergadering met hulle belê, al is dit dan net om feite te deel, maar ek glo regtig dat so 'n vergadering in ons almal se belang sal wees. Wat dink jy?"

"Sal jy dit asseblief vir ons reël. Ek verstaan dat jy en Johan Van Zyl môre na Gretha Conradie se moordtoneel gaan.....wees asseblief versigtig.....ek vertrou nie die vrede waar hy betrokke is nie.....'n mens sal nooit weet wat in sy kop aan die gang is nie. Vermy ook die "trippie" Sjina toe, ten alle koste. Indien jy daar sou verdwyn, sal geen haan ooit weer daarna kraai nie.....Johan Van Zyl is ongelooflik goed gekonnekteer in Sjina, onthou, dis waar hy ons kosbare renosters se horings gaan smous.....die vark!"

*****

Dit is 09h00....."Good morning Jonathan, I do hope that you feel as exceptional as I do."

"Harald, old chap, I am terrific.....you seem to be really fine.....why would that be?"

"Well, my friend, I ran into a ghost last night, a ghost by the name of Gretha Conradie.....she is supposed to be dead.....I actually looked at her corpse.....believe me, she is alive and well!"

"My apologies Harald, but I do not quite understand. Are you trying to tell me that the lady is still alive?"

"Yes Jonathan, alive and well, and so much nicer than the Gretha Conradie that I previously had to deal with.....it was actually a pleasure spending

time with her. Johan Van Zyl and I will be leaving-
for the murder scene in about fifteen minutes,
which means that I unfortunately have to conclude
this call, but, Gretha, or rather Leonora Willemse,
would like to have a meeting with you. There are
some amazing facts that came to light last night
.....will you be able to see us tomorrow morning?"

"Of course Harald.....does 11h00 sound acceptable
to you?"

"O yes, Jonathan, thank you. I will make reserva-
tions at Primi, in Table View. Lunch is on me."

"See you then, Harald. Do take care whilst you are
with Mr Van Zyl.....he is a dangerous man."

*****

En so durf die twee manne dan die pad Ceres toe,
en dan verder na Gretha Conradie se moordtoneel
toe, aan. Ten spyte van die feit dat Liz weg is, is
Harry se gemoedstoestand die mees positief wat dit
nog sedert Liz se verdwyning was.....en Johan Van
Zyl voel dit aan. Dit laat hom wonder omtrent die
moontlike rede vir Harry se positiewe luim.

"Johan, ek wonder al geruime tyd of die lekkasie in
Maxigenics nog steeds voortgaan sedert Gretha se
dood. Teen hierdie tyd kon jy darem seker al ag-
terkom of die lekkasie gestop het, al dan nie. Kon
jy 'n verandering bespeur?"

"Man, ja Harry, dit wil tog voorkom of dit tot 'n
einde gekom het.....genadiglik. Dit is jammer dat sy

dood is, maar die gevolg daarvan was regtig positief vir Maxigenics. Ek wil egter hê dat jy nog steeds voortgaan met die ondersoek.....ons moet weet aan wie sy die inligting verskaf het, en natuurlik waarom sy dit gedoen het. Ek sal die tweede fase van die opdrag se betaling vanaand doen, is dit reg so?"

Harry besef nou hoe slinks Johan Van Zyl werklik is. Hy het Gretha as die sondebok geïdentifiseer, wetende dat daar nie regtig 'n lekkasie is nie.....moontlik omdat hy vermoed het dat sy by die bewaring van renosters betrokke is.....in direkte konflik met dit wat die oorsaak van sy groot welvaart is. Een ding is egter seker, en dit is die feit dat Johan Van Zyl nie vir Gretha Conradie vermoor het nie.....niemand het nie. Johan Van Zyl moet tog sekerlik wonder wie vir Gretha se sogenaamde moord verantwoordelik was."

"Sê vir my Johan, wat sê jou intuïsie vir jou, wie het vir Gretha vermoor. Dit is regtig belangrik dat ons daardie persoon, of persone, identifiseer, want afhangende van wie die moordenaar is, sal ons 'n goeie idee kan vorm of haar moord verband hou met die lekkasie, of met die renoster stropery. Dit is dan hier waar my fokus nou gaan wees. My gevoel is dat sy nie as gevolg van die renoster stropery geëlimineer is nie, maar dat die omstandighede as 'n dekmantel gebruik is waaronder die werklike rede vir haar moord verberg is. Indien die lekkasie op hierdie stadium nog steeds voortgegaan het, sou ek Gretha se moord sonder twyfel aan die renoster stropery gekoppel het.....maar hulle het haar stilgemaak, want hulle het besef dat ons besig is om haar in 'n hoek te dryf, en gevolglik sou hulle identiteit dan ontbloot word."

"Goeie genade Harry, dit maak heeltemal sin. Ja, gaan asseblief voort met die ondersoek.....noudat ons redelike sekerheid aangaande die rede vir Gretha se moord het, weet ons vir die eerste maal sedert haar dood, waarvoor ons regtig moet soek wanneer dit by leidrade kom. Ek is bly dat jy 'n lid van my span is, want dit maak ons kanse om as oorwinnaars uit hierdie stryd te treë, net soveel beter."

"Dankie vir die pluimpie, Johan."

"Wat ons besoek aan Sjina aanbetref, glo ek dat dit 'n totale verkwisting van geld, en tyd gaan wees. Ek weet reeds met redelike sekerheid dat die soolafdruk in die modderkol deur 'n lid van die taakmag nagelaat is, en aangesien Gretha se dood nie met die renoster stropery verband hou nie, weet ons dat die taakmag se manne geen rede gehad het om haar te elimineer nie. So ja, ek wil voorstel dat Maryna die besoek aan Sjina kanselleer. Kom ons handel eers hierdie saak af, en dan gaan besoek ons Sjina met die uitsluitlike doel om die plek te gaan verken. Net dalkies spring daar dan 'n besigheidsgeleentheid vir jou uit die bos uit.....dit sal dit regtig vir jou die moeite werd maak, of hoe?

"Jy praat sin, my ou maat.....ek sal reël dat Maryna die besoek kanselleer.....en die vakansieding na die tyd klink vir my of dit kan werk."

Harry het reeds voor hulle besoek aan Gretha se moordtoneel geweet dat hulle besoek puurverniet gaan wees, maar, die ekspedisie, en die besprekings wat daarmee gepaard gegaan het, het 'n baie belangrike doel gedien.....Johan is vas onder die indruk dat Harry totaal-en-al onbewus is van sy betrokkenheid by die renosterstropery, en dit is presies wat Harry wou hê. Nou kan hy soveel makliker rondkrap, en rondbeweeg, sonder dat Johan Van Zyl enigsens snuf in die neus sal kry.....maar hy besef dat hy dringend vir Liz in die hande sal moet kry.

Verder kon Johan van Zyl ook geen inligting rakende die presiese plek van Jan Bantjies se ongeluk by sy "kontakte" bekom nie.

*****

Harry stoot die deur van sy blyplek oop, en sien amper nie die stukkie papier wat baie duidelik onder deur die deur gedruk is nie. Daar is net drie woorde op geskribbel....."Leonora soek jou."

Harry neem sy foon en stap na buite waar die motors geparkeer word. "Hallo Leonora, ek sien jy soek na my. Hoe kan ek help?"

"Hallo Harry. Jammer dat ek jou nie geskakel het nie, maar ek het geweet dat jy saam met Johan is, en ek wou jou nie pla terwyl julle besig is nie. Wouter is hier in Die Kaap.....wil jy nie vanaand saam met ons iets gaan eet nie?"

"Ja dankie, dit sal lekker wees, waar, en hoe laat sien ek julle?"

"Ken jy "Lekker Kalk Bay" in Main Road in Kalk-baai? Hulle kos is uitstekend. Ons sal jou so teen 19h00 daar kry."

"Sien julle dan."

"Hierdie gaan sekerlik 'n interressante aandjie wees, seker omtrent soos gisteraand, maar sonder die groot verrassing," dink Harry.

"Lekker Kalk Bay" is presies wat die naam sê dit is. Dit is lekker daar, en die feit dat dit 'n seeuitsig het, gekoppel aan die feit dat beide die kos en die diens uit die boonste rakke is, maak dit nog lek-kerder. Harry weet dat hy hierdie eetplek weer sal besoek.

"Hallo julle, dit is goed om jou weer te sien, Wou-ter."

"Naand Harry, ek is bly dat jy dit kon maak. Gaan dit goed met jou?"

"Ja dankie, ek het 'n baie interressante dag agter die rug, en in die proses het ek dit reggekry om vir Johan Van Zyl onder die indruk te bring dat ek heeltemal op 'n dwaalspoor is. Hoe gaan julle dinge aan?"

"Ons is besig om die net nouer en nouer om hierdie ouens te span.....en glo my, daar is 'n paar groot visse wat in die slag gaan bly.....die tyd van afre-kening is baie naby. Ongelukkig hou die heel groot vis aan om elke nou-en-dan uit die net uit te spring.....hy is verdomp uitgeslaap, maar ons sal hom kry! Leonora sê vir my dat die spul vir Liz het.....jis!....hulle is varke. Moenie bekommer nie Harry, ons sal haar kry.....ek het klaar 'n spesmaas waar hulle haar wegsteek."

"Baie dankie Wouter, jy laat my sommer meer gerus voel. Gaan jy môre by ons aansluit vir die vergadering met IPIPS? Hoe meer van ons dieselfde doel nastreef, hoe beter. Hierdie skuim moet uit die samelewing uit verwyder word.....hoe gouer, hoe beter."

"Ja, verseker Harry. Ek kan nie wag om die mense van IPIPS te ontmoet nie.....wie presies is IPIPS?"

"IPIPS staan vir Independent Policing, Investigating and Protection Services. Jonathan James, die ou met wie ons die vergadering het, was voorheen by Interpol betrokke. Ek en hy kom al 'n lang pad saam."

"'n Vinnige vragie as ek mag, asseblief Wouter..... wie het vir Jan Bantjies geskiet?"

"Die taakmag het hom geëlimineer. Hy was oppad na die moordtoneel gewees, en daar was sekere dinge waarvan hy liefs onbewus moes bly.....hy, net soos sy baas, was baie nou by Johan Van Zyl se sindikaat betrokke. Leonora was op daardie stadium oppad na die moordtoneel en ons kon haar nie in die hande kry om haar te laat weet om daar weg te bly nie.....Bantjies sou daar in haar vasgeloop het, en jy kan vir jouself dink wat die gevolge daarvan sou gewees het."

".....en die taakmaglid wat die dag van Bantjies se ongeluk by die moordtoneel geskiet is.....wie was daarvoor verantwoordelik?"

"Ons weet regtig nie, maar hoe weet jy van die voorval?"

"Ek en Liz was daar toe dit gebeur het, Wouter. Jan Bantjies het kort vantevore 'n vergadering met my gehad, en ek het hom toe oortuig om na die moordtoneel te gaan aangesien al die bewyse by die toneel verwyder is.....dit het ek 'n dag-of-wat voor die vergadering, self, tydens 'n besoek aan die moordtoneel vasgestel. Glo my, ek was redelik ontstoke omdat ek gevoel het dat die speurders nie hulle werk doen nie."

"Ek en Jan Bantjies het deur die loop van die oggend van sy moord telefonies kontak gehad omdat ek graag terugvoering van hom af wou hê. Op 'n kol, kort nadat ek met hom gepraat het, het ek besluit om soontoe te gaan omdat ek onrustig oor sy veiligheid was......maar ek en Liz was te laat gewees."

"Ons het egter 'n goeie idee wie jou taakmaglid geskiet het.....IPIPS het reeds die eienaar van die voertuig waarmee die sluipskutter weggery het geïdentifiseer as Deon Van Zyl, Johan Van Zyl se 23 jarige seun."

"Ek kan nie wag om daardie swerkater in die hande te kry nie.....elkeen van my spanlede is vir my soos 'n broer. Môreoggend se vergadering met IPIPS gaan vir ons almal van onskatbare waarde

wees. Hoe voel jy oor die feit dat jy huidiglik binne-
in die leeukuil bly?"

"Wel Wouter, ek het begin kriewelrig raak, veral
nadat Liz weggeraak het, maar ek begin dink dat
ek eintlik op die beste moontlike plek is waar ek op
hierdie stadium kan wees. Ek het nie nodig om
gereëld oor my skouer te kyk nie, en natuurlik ry
ek nogal meeste van die tyd ook in styl rond. Daar
is wel afloer- en afluistergoggas in die blyplek sowel
as sy Panamera, maar ek weet daarvan en kan dus
rondom die goed lewe, so, ja, dit pla my nie eintlik
nie. My 3-Reeks het natuurlik in stukke in Maxi-
genics se parkeerarea opgeëindig, dit nadat Coenie,
sy sekerheids wag op diens, dit in die parkeerarea
agter Maxigenics se parkeerarea wou gaan bêre. Ek
is oortuig daarvan dat dit deel van Johan Van Zyl
se bangmaak-taktiek was, ten spyte daarvan dat
Coenie sy lewe daarvoor moes inboet.....Johan Van
Zyl hou daarvan om sy sin te kry.....níks en nie-
mand anders maak enigsens vir hom saak nie. Dit
is dan seker ook die grootste enkele rede waarom
ek oor Liz se veiligheid bekommmerd is."

*****

"Goeienaand ou meisietjie.....hoe gaan dit vanaand
met haar, hé? Het jy nog nie besluit om so 'n bietjie
"nicer" met my te wees nie.....jy weet tog dat my
pappie lekker baie geld het.....en ek kan vir jou 'n
ou goeie woordjie by hom doen.....dan sal hy jou
dalk laat gaan, want jy gaan saam met my wees.
Vir die eerste keer in jou lewe sal jy saam met 'n
regte man wees, my girl.....vra maar die girls wat al
saam met my was.....jy sal nooit weer 'n ander man

wil hê nie!"

"Luister mooi na my Deon, jy is 'n stuk gemors! Ek stel nie belang in jou pappie se geld nie.....en nog minder in jou! Jy gedra jou presies soos die kind wat jy is. Bly weg van my af.....ek gril vir jou!"

"Daai ou tongetjie van jou is vanaand lekker los, né. Weet jy wat doen ek met vroumense wat my nie respekteer nie?....jy beter jou woordjies tel my girl, want ek is nie jou speelmaat nie. Ek kry altyd presies dit wat ek wil hê, so jy kan maar seker wees dat ek jou sal vat wanneer die tyd reg is.....met of sonder jou samewerking.....die keuse is net joune. Dink baie mooi hieromtrent, want indien jy die verkeerde keuse gaan maak, gaan dit verseker vir jou 'n minder aangename ervaring wees.....en ons wil dit tog nie hê nie, wil ons?"

Liz voel hoe die vrees in haar opwel, maar sy veg met alles in haar vermoë daarteen. Daar bestaan geen twyfel by haar dat Deon Van Zyl presies dit wat hy sê hy sal doen, wel sal doen. Sy besef dat dit die roofdier in hom net nog meer sal aanspoor indien hy enigsens agterkom dat sy vir hom bang is.

"Sê vir my Lizzie, wat sê jy van so 'n ou voor-smakie? Kom ons maak hierdie regtig 'n lekker ou aandjie, toe! Ons ou tweetjies is hoeka vanaand alleen hier.....net ek en jy my pop.....wat sê jy?"

"Jy weet mos wat ek daarvan dink, Deon. Los my nou uit en gaan jou gang.....gaan net weg!".....die paniek nou vlak in Liz se stem.....en die roofdier

het die reuk van vrees waarvoor hy gewag het, ge-
ruik!

"Liz, Liz, Liz" is al wat hy kwytraak voordat hy haar
aan haar rooi boskaas gryp en haar nader pluk.

Dit gebeur so vinnig, en met soveel krag, dat dit vir
Liz voel of haar nek in die slag gaan bly. Voordat sy
tot haar sinne kan kom het hy haar T-hemp van
haar lyf afgeskeur. Liz besef op daardie oomblik
dat hierdie man haar heel moontlik vanaand gaan
vermoor.....sodra as wat hy gevat het wat hy wil hê.

Dit ruk haar tot haar sinne, en sy besef dat sy vir
haar lewe sal moet veg. Die weerstand wat sy bied
is by verre nie genoeg om vir Deon Van Zyl enig-
sens te stuit nie. Liz besef dat dit alles tevergeefs
is. Sy het al so baie gewonder hoe vrouens voel
wanneer hierdie dinge met hulle gebeur!

'n Dowwe plofgeluid, gepaardgaande met 'n snork
van die roofdier af, ruk haar terug in die werklik-
heid in. Sy sien, so asof in stadige aksie, hoe hier-
die jong reus al sissende op die vloer neersuig
.....en dan sien sy vir Johan Van Zyl.

"Gaan trek jou aan en kom langsaan toe, ek wag
vir jou!"

Liz gaan sit by die tafel in die volgende vertrek.
"Dankie Johan," is al wat sy kan uitkry.....so tus-
sen die gebewe deur.

Hy stap na die drankkabinet toe en keer met 'n

bottel Remy Martin Cognac en twee glase terug na die tafel. Een glas vir hom.....en die ander vir haar.

"Drink hierdie.....dit sal jou help om te kalmeer. Ek dink dit het tyd geraak om jou hier weg te vat.....ek kan net nie op my seun reken om hom te gedra nie .....dit sal vanaand 'n einde kry. Sy ma was net so onbetroubaar.....ek moes lankal besef het dat hy nie anders as sy sal wees nie.....albei van hulle sekshonger, en albei van hulle smagtent na mag en erkenning. Jammer Liz."

*****

"Good morning Jonathan. I trust that you are well. Please meet Leonora Willemse and her husband Wouter."

"What a pleasure to meet such a lovely lady, one that has returned from the dead, and then, the person that has facilitated the resurrection. Welcome to the both of you, and thank you for the time that you have set aside to be able to attend this meeting. The outcome of this meeting can only be positive, considering that we are three independent parties working towards a common goal .....to remove yet another scumbag from society, in order to make this world a better place. I am really looking forward to this discussion"

"Believe me Jonathan, the feeling is mutual, and we will keep on fighting the right battle for the right cause. I do however believe that our first priority as a group, should be to find Liz. Once we have ensured her safety and well being, we will be able to start rustling Mr Van Zyl's feathers......just in case he realizes that all of us are in cahoots with Harry. We all are aware of the fact that the man is ruthless......that he does not play around. I am convinced that he will not hesitate to kill Liz, or any of us, should he deem that to be necessary."

"Well, well, Wouter, I could not have said this any better. You are one hundred percent correct......we need to find Liz, and we need to find her as soon as possible......especially with that son of his also joining in the ride. IPIPS has good reason to believe that the young man, although only 26 years of age, has already committed a number of murders......all that is left for us to do is to find evidence in order to get him to the place where he belongs. With each of these cases, the motive appears to have been of a sexual nature......need I say any more?"

Hierdie stelling van Jonathan het ongetwyfeld vir Harry ontstel.

"My apologies for being so blatantly honest about this matter, Harald, but all of us have to be on the same page regarding the urgency involved. My suggestion would be for us to strategize around this matter. I do not know about you people, but I think we can be pretty sure that Johan Van Zyl is the person behind Liz's abduction......so that should be a good starting point......do you all agree on that one?"

"I would like to thank all of you for your assistance in trying to find Liz. As you probably realize, I am extremely concerned about her well being, and I cannot help to think that the young scum bag will try to abuse her at some point in time.....if he hasn't done so already. I am afraid that I will not be able to contain myself should he harm her in any way."

"We feel your pain, Harry, but you have to remain positive.....and you will have to remain level headed. Be extremely careful not to do anything irrational. Either Wouter, or myself, will be available at any given time, should you need our assistance, even if you just need somebody to talk to .....and I am sure that Jonathan would be quite willing to do the same for you. Have you perhaps communicated with Maryna regarding Liz's abduction?"

"No Leonora, it is extremely dangerous for me to communicate with Maryna, as I am convinced that Johan watches every person within the confines of Maxigenics, like a hawk. You can surely imagine what would happen to her should he find out that she actually is an infiltrator within Maxigenics. I will however drop off a note to her enquiring about her being aware of Liz's abduction. She has most probably been trying to contact Liz, obviously without any success."

"That will be a good starting point, Harry. I will involve my colleagues to assist in trying to locate Deon Van Zyl.....trying to find his Land Cruiser might be the easiest way in which to do this, unless he has moved from the area, which I doubt. I am convinced that we will find Liz if we can locate him."

"You most probably are right Jonathan. We at the task force will divert our focus to assist in finding Liz, even if it is only in a supporting role. You can rely on us for being available to assist at any time."

"Right guys, I suppose that pretty much concludes today's discussion. Let's go find Liz!"

*****

Dit is 9h30 toe Harry voor Maryna se lessenaar staan.

"Hallo Maryna, is Johan al in?....ek sal graag 'n koffietjie saam met hom wil drink."

"Jammer Harry, hy het vroeër geskakel en laat weet dat hy moontlik nie vandag in sal wees nie..... hy het geen rede daarvoor verstrek nie."

"Dit is als in die haak, Maryna."

Dan sien Harry die foto op Maryna se lessenaar .....en tel dit op, met sy regterhand.

"Magtig Maryna, is hierdie jou ma? Liz het so baie van haar gepraat.....ek verstaan dat sy 'n be-sonderse mens was."

Hy plaas die foto terug in haar hand, met sy linker hand.....nota-en-al.

"Jy is reg Harry, sy was 'n besonderse mens.....en ek verlang nog elke dag na haar."

*****

Harry besluit om na La Boheme te gaan.....wie weet, dit is net moontlik dat hy een of ander leidraad by die studio kan optel, of dalk het Nelus of een van sy mense net iets gesien wat moontlik vir Harry iets werd kan wees. Een ding weet Harry verseker, dit is dat hy nie net kan rondsit en wag totdat hy iets van een van sy nuutgevonde kollegas af hoor nie.....dit sal hom totaal-en-al van sy kop af dryf.

Die studio se deur is ongesluit! Versigtig stoot hy die deur oop.....sy getroue vriend, "Ruger," in die hand, reg om enige ongewensde element na die hiernamaals te verplaas, indien nodig. Harry se geoefende oog mis niks nie.....iets is anders.....iets is nie pluis nie! Daar is egter niemand wat vir hom staan en wag nie, maar een ding is verseker, hier was wel iemand hier gewees, iemand wat baie noukeurig rondgesnuffel het, soveel so dat die ongeoefende oog dit nie sou raaksien nie. Hy wonder wie dit was, en wat die persoon hier gesoek het.

Dan begin Harry met sy eie rondsnuffelaksie. Indien daar iets vreemds hier is, of indien iets hier verwyder is, sal hy dit agterkom.....hy doen altyd.....dit is wat hy vir 'n lewe doen. Dan sien hy die klein stukkie "iets" langs een van die stoele op die vloer lê. Sonder veel moeite identifiseer hy dit as 'n stukkie van een-of-ander persoon se nael, en volgens die grootte en die vorm van die stukkie nael, is dit ongetwyfeld deel van 'n vingernael. Harry is bykans een-honderd persent seker dat hierdie stukkie nael van 'n lid van die vroulike geslag se vingernael afgebreek het, want dit het naellak op. Hy weet dat Liz nie donkerblou naellak op haar naels verf nie. Hierdie stukkie nael behoort baie moontlik aan die persoon wat hier rondgesnuffel het.....wie is sy, en wat het sy hier gesoek! Harry vind egter niks verder buitengewoons in die studio nie. Dan skink hy vir hom 'n glas water, gooi dit in sy keel af, en stap na die wasbak om die glas uit te spoel, dit is maar die mag van die gewoonte.....nie hy of Liz hou daarvan om ongewasde skottelgoed in die wasbak agter te laat nie. Die koppie en piering in die wasbak staan soos 'n seer vinger uit .....hierdie is 'n bewysstuk, en dit gaan na Jonathan toe.....daar sal sekerlik 'n vinger afdruk of twee op die koppie wees, en dit gaan vir hulle vertel wie ongenooid hier in die studio was.

*****

Hy stap by die restaurant in, opsoek na nog inligting, maar ook om sy honger te stil.....dit is etenstyd!

"Harry! Dit voel of jy maande laas hier by ons was. Jy en Liz is soos skimme.....mens sien julle nooit nie, ten spyte van die feit dat julle die plekkie hierbo het.....kom julle ooit hier?"

"Hallo Nelus. Jong, ons is nogal redelik besig met 'n baie groot saak. Ek is regtig honger, wat gaan jy vandag vir my aanbeveel.....jou voorstelle is altyd uit die boonste rakke. Is daar 'n moontlikheid dat jy saam met my 'n middagete kan geniet.....ek het iets wat ek graag met jou wil bespreek."

"Dit sal 'n voorreg wees, Harry. Ek moet net gou een of twee dinge reël, en dan sluit ek by jou aan."
Terwyl Nelus rondskarrel, verlustig Harry hom aan 'n voggie uit die Jameson bottel.....en dan sluit Nelus by hom aan.

"Genade Harry, hierdie is 'n eerste.....vir my, altans. Dankie vir die uitnodiging.

"Hierdie moes eintlik lankal gebeur het, Nelus. Wat op die spyskaart beveel jy vandag aan?"

"Die sjef het 'n week of wat gelede 'n nuwe visgereg aan ons voorgestel. Dit is blykbaar een van sy spesialiteits-geregte, en ja, dit het fenominaal gesmaak. Die gereg sal van volgende week af deel van ons spyskaart uitmaak. Ek het vinnig met hom gaan gesels voordat ek by jou aangesluit het, en hy is bereid om dit vandag al vir ons voor te berei..... gaan jy dit probeer?"

"Natuurlik Nelus!"

"Wat wil jy met my bespreek?"

"Jy het seker gewonder waar Liz is....sy is weg..... iemand het haar gegryp! Ons is ernstig opsoek na haar en ons het 'n goeie vermoede wie haar gevat het. Indien ons reg is, is haar lewe verseker in gevaar. So om-en-by 'n week gelede was sy by die studio hierbo gewees. Sy moes 'n afspraak gaan nakom, en ek vermoed dat sy wel hier weg is met die doel om dit na te kom.

Ongelukkig het sy nie by haar afspraak opgedaag

nie. Ek wil jou vra om baie mooi na te dink.....het
jy haar dalk hier gesien.....dit is die enigste keer
dat sy op haar eie hier was, ons het nog altyd saam
hiernatoe gekom. So, ja, het jy of een van jou men-
se haar dalk gewaar, indien wel, het julle haar
gesien ry, en, was daar dalk 'n verdagte voertuig
wat hier-buite rondgehang het?"

"Jong Harry, ja, Sofia, een van ons kelnerinne het
genoem dat sy "die nuwe vroutjie van die plek hier-
bo" gesien het. Die lotjie het nogal gestaan en spe-
kuleer oor die rede waarom sy alleen hier was, en
waarom die "hot" ou nie saam met haar was nie.
Ons het nie gesien wanneer sy hier weg is nie, en
ons het nie eintlik gedink dat dit enigsens bui-
tengewoon was toe sy hier weg is nie, want julle
kom en gaan mos maar op ongereëlde tye.

My mense het wel 'n hele rukkie voordat Liz hier
was, so 'n ongedierte van 'n voertuig hier sien
rondhang. Daar was nogal 'n hele gespottery
omtrent die voertuig.....en ook oor die bestuurder
van die voertuig. Volgens die jong lot is dit net
mense met 'n swak selfbeeld of 'n minderwaar-
digheids kompleks wat met sulke gevaartes
rondry."

"Kan ek maar 'n raaiskoot omtrent die voertuig
waag.....dit was 'n wit monster van 'n Land Cruiser
met 'n brullende V8 masjien?"

"Jy is in die kol Harry, een-honderd persent!"

"Baie, baie dankie, Nelus, nou weet ons verseker
wie vir Liz gegryp het. Al wat nou oorbly om te

doen, is om uit te vind waar hulle haar wegsteek
.....en dit is nogal 'n moeilike een."

Dan staan Sofia by hulle tafel, sonder dat Harry
daarvan bewus is dat dit Sofia is.

"Middag Meneer," groet sy vir Harry. "Nelus, julle
kos is oppad."

"Dankie Sofia, ons kan nie wag nie."

Harry merk onmiddellik Sofia se blougeverfde
vingernaels op, maar hy weerhou homself daarvan
om 'n enkele woord daaromtrent kwyt te raak. Hy
wil eers uitvind wie presies in hulle plek gesit en
tee drink het alvorens hy begin om hokke te skud.

.....en weereens was Nelus in die kol met sy aan-
beveling.

*****

"n Nuwe dag het aangebreek. Dit is 09h00, en
Harrry hou voor IPIPS se kantore stil.

"Hi Jonathan. Thank you for seeing me at such
short notice, but I do believe that I have stumbled
upon some vital evidence."

"Harald my dear friend, you are very well aware of
the fact that I am prepared to see you whenever
you deem it to be necessary. What exactly is it that
brought you to my office on this wonderful sunny
morning?"

Harry plaas 'n sakkie met die koppie en piering wat hy in die studio eenheid se wasbak gevind het, voor Jonathan op die lessenaar neer. Dan plaas hy 'n tweede sakkie langs die eerste op die lessenaar neer.

"Please allow me to explain, Jonathan. The first-bag contains a cup and saucer which I found in the sink of the studio unit which I am currently renting. I am convinced that the cup was not left in the sink by Liz, because both of us have agreed never to leave any dirty dishes in any sink when we depart from a dwelling. Will it be possible for IPIPS to check the cup and saucer for finger prints, and to run an ID check on the prints."

"The second bag contains a glass in which my Jameson was served to me yesterday. I have good reason to believe that the young lady that served my drink to me, is the same person that drank whatever beverage she might have preferred at the time, out of the cup that I have just handed to you. Will IPIPS be able to confirm my suspicion?"

"Why do you supect the young waitress of being the same person that drank out of the tea cup?"

"Well Jonathan, I picked up this piece of "something" next to one of the chairs in the lounge. Should you have a close look at this little object, you will probably agree with me that it is a piece of a human's finger nail, painted with dark blue nail polish.....the finger nails of the young lady that served me my Jameson, was painted with the same dark blue nail polish."

"It will only be a pleasure to assist, Harry. Let us see what we can find out. Good work Harry, and thank you."

*****

Terug in die Golf dink Harry aandagtig na oor die afgelope paar dae se gebeure.....en sy hart skreeu na Liz! Dan lui sy foon.....

"Hallo Harry, Wouter hier. Hoe gaan dit met jou?"

"Môre Wouter.....hierdie is 'n aangename verrassing. Dit gaan goed dankie, en daar by julle?"

"Ons het nodig om jou redelik dringend te sien. Die taakmag was met roetine werk in Piketberg se omgewing besig, en ons het op 'n wit Land Cruiser, met 'n GP registrasie nommer, tussen 'n klomp bome afgekom. Ek vermoed dat dit dalk die jong Van Zyl se voertuig kan wees.....ken jy moontlik sy Land Cruiser se registrasie nommer?"

"O ja, Wouter, dit is DVZ107GP. Is dit sy Land Cruiser?"

"Mmmm, ja Harry.....miskien moet jy maar sommer nou hiernatoe kom. Kom ons kyk wat ons verder hier kan vind."

"Ek is oppad Wouter, stuur asseblief vir my die GPS koördinate.....sien julle so oor 'n uur-en-'n-half."

Die Golfie hou sy lyf pure vliegmasjien, en een uur en tien minute later bereik Harry sy bestemming.

"Goeie genade Harry, het hierdie dingetjie 'n Porsche enjin in," is al wat Wouter kan kwytraak.

Harry glimlag maar net want die Golfie het hom ook verbaas.

Die twee mans stap direk na Deon Van Zyl se Land Cruiser toe. Harry maak die bestuurder se deur oop en begin stelselmatig met sy soeke na enige moontlike leidrade. Hy kan niks buitengewoons voor in die voertuig vind nie, so ook nie by die agterste ry sitplekke nie. Dan begin hy in die bagasieruim rondkrap. Aanvanklik kan hy ook niks daar vind nie, maar dan sien die Harry-oog 'n klein rooi-bruin kolletjie op die mat raak.....en daar is nog een, en nog een....."

"Kom kyk gou hier Wouter.....sien jy wat ek sien?"

"Nee Harry, ek sien niks nie."

"Sien jy hierdie kolletjies, Wouter," en hy wys na die rooi-bruin kolletjies met sy regterhand se wysvinger, "ek vermoed dat dit bloed is.....wat dink jy?"

"Dit lyk nogal so, Harry. Indien dit Deon Van Zyl se bloed is, voorspel die bloed in die bagasieruim niks goeds nie. Kom laat ons kyk wat ons hierrond kan vind."

Skielik besef Harry dat die polisie hiervan verwittig moet word, heel moontlik die "Jan Bantjies se baas" polisie.....en dit voorspel niks goeds nie....nie na dit wat oor die afgelope maand-of-wat aan die lig gekom het nie.....hoe hou hulle hierdie saak uit daardie mense se kloue uit.

"Wouter, ek dink ons het so soort van 'n krisis op hande. Ons kan nie toelaat dat hierdie spulletjie by Jan Bantjies se baas uitkom nie, want indien Johan Van Zyl enigsens hierby betrokke is, sal die hele ding deur hierdie ou onder die mat ingevee word. Wat gaan ons doen?"

"Kom, laat ons nou nie die kar voor die perde span nie.....indien daardie "bloedkolle" aan Deon Van Zyl behoort, sal ons hom heel moontlik hier in die omgewing kry.....ons moet maar net soek."

Al soekende slenter die twee mans tussen die bome deur.....die taakmaglede 'n vyftig meter of wat verder besig met hulle soektog tussen die bome.

"Harry.....sleepmerke!....kom kyk."

Die blaarbedekking onder die bome is baie duidelik deur twee parralelle strepe waarin daar bykans geen blare is nie, versteur. Opgewonde begin hulle rondkrap.....al soekende, maar hulle vind niks nie ..... behalwe 'n NIKE wat daar eenkant lê. Harry se hart begin in sy ore te klop.....hy weet net dat hulle Deon Van Zyl se lyk hier gaan vind.....verseker!....en dan trek iets daar hoog bo in 'n Willowmore Seder sy aandag.....so om-en-by vyftien meter bokant die grond.

"Daar is hy, Wouter.....ek twyfel of hy homself gehang het."

"Harry, ek dink ons moet kyk of ons vir IPIPS hier betrokke kan kry, dink jy dat dit moontlik is?"

"Jonathan, Harry speaking. We have found Deon Van Zyl's body, dangling from a branch in a tree .....approximately fifteen meters above the ground. This case, for obvious reasons, should not end up with the SAPD. Will IPIPS be prepared to get involved.....please Jonathan."

"Harald my friend, I am sure that I can pull a few strings. Where do I find you guys?....I am on my way."

Twee ure later arriveer Jonathan, met twee van sy kollegas, by die toneel. Gelukkig is daar nog bykans drie ure se daglig oor voordat die nag ook hierdie toneel gaan verberg. Nadat die bekend-stellings afgehandel is, spring Jonathan se twee IPIPS-makkers aan die werk.....dit is maar die nor-male.....fotos, en nogmaals fotos. Bewysstukke, of moontlike bewysstukke, word in sakkies geplaas en in die IPIPS voertuig gebêre. So teen 18h30 se kant word Van Zyl se lyk uit die boom neer-gelaat.....dit is duidelik dat hierdie man nie vyftien -of-wat meters in hierdie boom opgeklim het om homself op te hang nie.....die swelsel aan sy ag-terkop, en die bloedstreep teen sy nek verklap die geheim.

Net na 19h00 daag 'n laebed vragmotor op en die Land Cruiser word sorgvuldig daarop gelaai. Dan word die vrag met 'n seil bedek.....en so verdwyn die Land Cruiser vanaf hierdie toneel, om sy eie storie elders te gaan vertel.

Twintig minute later is daar absoluut geen meer teken dat daar enigsens iets buitengewoon by hierdie plek plaasgevind het nie.....en Harry verwonder hom aan Jonathan en sy makkers se effektiwiteit.....in skrille teenstelling met dit wat by die "Jan Bantjies se baas" polisie gebeur.

Harry besef dat die hoofverdagte ten opsigte van Liz se wegraping stilgemaak is.....ten minste weet hy dat Johan Van Zyl die meesterbrein agter die hele ding is, en dat Liz sekerlik minder deur seksuele teistering van een-of-ander aard bedreig word, hoop hy. Die een vraag wat aanhoudend by hom spook, handel maar doodeenvoudig oor wie vir Deon Van Zyl stilgemaak het.....is dit moontlik dat 'n pa sy eie kind doelbewus om die lewe kan bring, of kan laat bring. Wat vir 'n mens is Johan Van Zyl?

*****

Al waaraan Harry kan dink toe hy die deur na sy tydelike woonplek oopstoot, is 'n dubbel Jameson, 'n stortbad en 'n nag se lekker slaap. Dan sien hy die nota op die vloer lê.....net soos die vorige keer.

"Nee Harry, ek is nie daarvan bewus dat Liz weg is nie, en dit verduidelik dan sekerlik waarom ek haar nie in die hande kan kry nie. Laat weet asseblief indien daar enige verwikkelinge is.....dink jy dat Johan Van Zyl hierby betrokke is? Ek sal môre my ou karretjie, met die passasierskant se venster effens oop, op parkering nommer 7, hieragter parkeer. Stoot asseblief jou antwoord daardeur.....dit is die enigste een van die agterste parkeerplekke wat nie deur die kringtelevisie gemoniteer word nie. Sterkte vir jou, ek besef dat dit vir jou hel moet wees, maar ek sal help waar ek enigsens kan, druk maar net op my knoppie."

Harry is seker daarvan dat sy kop nie vanaand gaan afskakel nie, en daarom sluk hy 'n ou slaappilletjie, gaan stort, en spring dan in die bed, nadat hy vir Maryna 'n briefie geskryf het.

*****

Teen 10h00, na 'n wonderlike nagrus, stap Harry in Jonathan se kantoor in.....op uitnodiging natuurlik.

"Good morning Harald, are you well rested on this fine, sunny morning.....I do hope so, as I have some rather interesting information to share with you."

"Hello Jonathan. Please do not keep me in suspense any longer than necessary.....speak to me my friend!"

"Dr Moss, IPIPS' local pathologist, worked until the early hours of this morning to complete the post mortem on Deon Van Zyl's corpse. The young man apparently passed on approximately ten to twelve hours prior to you gentlemen finding him hoisted up into the tree. At some stage during the previous evening, he suffered a substantial blow to the back of his head, explaining the reason for the stream of blood that ran down his neck. This blow, however, was not the cause of his death. Dr Moss found proof of a needle mark on the left side of his chest. It appears that his heart was penetrated by a very thin needle, leaving an almost invisible point of entry.....as well as a point of exit on his left back, directly opposite the point of entry. Dr Moss initially was under the impression that some substance was injected directly into Van Zyl's heart.....this is the favourite manner of execution for the majority of the assasins out there. They quite often inject a substance by the name of Ricin into the victim's heart. Ricin is a toxic protein that comes from the castor oil plant. In the event of this protein being purified from the castor beans, less than two milligrams of the substance injected directly into a victim's heart, will cause that person to die. However, the fact that this substance is likely to cause death in a victim only two to three days after being injected into the heart, alerted Dr Moss to the fact that this substance could under no circumstancs have been the cause of death in Van Zyl's case. It is then that he started searching for an alternative, and it is then only that he had located the point of exit of the needle.

He did however find traces of cyanide along the needle path, which most likely was the cause of death in Van Zyl's case, but the man was also shot, right through his heart with a .45, which of course could also have resulted in his death."

"Tell me Jonathan, do you think that it is possible for Johan Van Zyl to be responsible for his son's death?"

"Harry, that which I have learnt to know about this man, most definitely points to the fact that he would be capable of killing his own son.....he is a ruthless man, without any conscience whatsoever!"

Op daardie punt haal Jonathan 'n gefrommelde stukkie papier uit 'n bewysstuksakkie, en gee dit vir Harry. "This crumpled note was found in Deon Van Zyl's shirt pocket.....the writing is in your language and seems to have been done quite hastely."

Harry lees die nota: "Johan Van Zyl het kom vermoor."

Die handskrif behoort verseker aan Liz.....Harry het dit onmiddellik aan al die krulle en draaitjies as Liz se handskrif geïdentifiseer.....dank die Vader dat sy lewe!

"This, Jonathan, is without any doubt Liz's handwriting. It confirms my suspicion that Johan Van Zyl has killed his own son.....unless Liz was forced to write this note, to be placed in his pocket.....as a red herring."

"There are some more work to be done, my friend, but we have come a long way with this investigation. The guys are at present busy scouring every inch of that Land Cruiser for further evidence. I will keep you updated regarding the progress being made with the search."

*****

Vir die eerste keer in 'n lang tyd dink Harry aan Grieta. Hy het haar so effe op die agtergrond geskuif, basies as gevolg van die bestuur van die gogga in sy lewe. Hy bly maar skrikkerig dat dit wat hom vir so baie jare geteister het, weer sal kopuitsteek? Harry besef dat hy nie sy suster vir ewig sal kan vermei nie.....hy sal haar noodgedwonge moet kontak.....en hy sal tyd saam met haar moet deurbring.

*****

"Grieta du Toit," klink die stem aan die anderkant van die lyn. "Hoe kan ek help?"

"Hallo Grieta, dit is jou verlore broer wat praat, hoe gaan dit met julle?"

"Waar was jy Harald?" kom dit soort van geïrriteerd. "Waarom het jy nie my telefoonoproepe beantwoord nie, en jy het ook nie op my boodskappe gereageer nie.....wat is fout Harald?.....ek ken nie hierdie selnommer nie? Het jy iets oorgekom?....met dit wat jy vir 'n lewe doen weet 'n mens nooit of jy nog lewe nie, veral wanneer jy alle kontak verbreek.....en vermy. Nee, regtig Harald, ek is sommer vies vir jou! Jy is die een met die georganiseerde lewe, wat altyd weet wat hy wil doen, en wat hy uit die lewe wil hê.....'n mens kan altyd op jou staatmaak.....maar hierdie keer was jy net skoonveld!"

"Jammer Sus," is al wat Harry kan antwoord.

Eerstens kan hy tog nie vir haar sê dat hy haar vermy het omdat hy op haar verlief was nie, en tweedens, dat hy bang was dat sy gevoelens vir haar weer sou opflikker nie. "Kan ek 'n draai kom maak?....ek het so baie om met jou te deel.....is julle hierdie komende naweek by die huis?"

"Dit sal wonderlik wees om jou te sien, Boeta, ek het verskriklik na jou verlang.....jy is darem my geliefkoosde boetie, jy weet. Kom slaap sommer Saterdagaand hier by ons. Ons is heeldag tuis, kom net wanneer dit jou gaan pas."

"Dit gaan lekker wees Sus.....sien julle so teen 13h00 se kant.....ek het net 'n paar dingetjies wat ek gou Saterdagoggend moet afhandel. Sien julle dan."

.....en daarmee is die gesprek verby, en afgehandel, en Harry voel geensins anders as wat hy voor die oproep gevoel het nie.

*****

Daar-en-dan besluit Harry dat die tyd vir 'n nuwe 3 Reeks aangebreek het. "In-surance" het hoeka vroeër hierdie week die eis vir sy afgestorwe 3 Reeks uitbetaal. So voeg hy dan die daad by die woord.....hierdie een gaan pikswart wees, indien 'n swarte huidiglik beskikbaar is.

"Baie dankie vir die besigheid, Mnr. Markotter. Jy kan die "lady" so teen 11hoo Vrydagoggend kom haal. Het jy iemand wat jou hier sal kan aflaai, of moet ek jou kom optel?"

Harry se ogies skreef effens, want hy moet deur die databasis in sy kop blaai om iemand wat hom kan kom aflaai se besonderhede te herroep, maar die boodskap vanaf die databasis lees.....”geen inligting beskikbaar.....probeer 'n ander opsie.”

“Dankie vir die aanbod, Pieter, sal jy my asseblief kan kom optel. Weet jy waar La Boheme in Seepunt is?.....ek sal jou daar kry, so 10h30 se kant.”

Dan is Harry terug in die huurmotortjie, oppad om die Panamera daar naby La Boheme te gaan haal.

*****

Daar lê 'n onverwagse nota vir Harry op die harde, koue vloer en wag. “Dit was vinnig,” dink hy by homself. Hy bewe eintlik van die afwagting terwyl hy sukkel om die rantjies van die dun papier raak te vat.

“Johan het 'n paar wegsteekplekke in-en-om die Kaap, maar dan het hy ook 'n canola-plaas in die Caledon distrik.....ek beskou dit as jou eerste opsie. Is jy vanaand beskikbaar.....ons moet praat.”

Harry plaas sy antwood so ongesiens as moontlik op Maryna se lessenaar..... ”is Johan in?” vra hy.

“Johan, Harry is hier om jou te sien....”

“Stuur hom deur Maryna.”

So tussendeur “Maryna-se-koffie” drinkery gesels die twee manne asof die grootste vriende ooit. Onverwags skiet Harry met 'n ernstige vraag......hy wil Johan Van Zyl se gesigsuitdrukking en sy lyftaal evalueer.

"Ek wonder al lankal, Johan, was jy ooit ge-troud......en het jy enige kinders?"

Johan Van Zyl se kop knik effe, sy oë pure wee-moed, en Harry kan sweer dat die man se skouers so 'n bietjie van 'n afwaartse neiging toon......Harry besef dat hy iets raakgekrap het, maar waarom af-fekteer dit Johan Van Zyl tot so 'n mate......wat gaan sy antwoord wees?

"Jong Harry, dit is 'n deel van my geskiedenis waaroor ek nie eintlik praat nie, maar al wat ek bereid is om te sê is dat ek wel 'n vrou, sowel as 'n seun gehad het. Sy het 'n onnatuurlike dood ge-sterf, maar die SAPD kon die saak tot vandag toe nog nie opgelos kry nie......kom ons los dit asseblief net daar."

"Jammer Johan, ek het nie bedoel om te krap waar dit nie jeuk nie. Ek moet in elk geval nou gaan ......'n mens kan nie heeldag sit en klets nie."

......en so het Harry nog 'n brokkie inligting uit Jo-han Van Zyl uit gekry, sonder dat Johan dit eintlik besef het. Op die kop 18h30 stap Harry by Primi in Table View in. Hy het op die nota vir Maryna gesê dat hy plek bespreek het en dat Primi tafel nommer 5 vir hulle uithou. Daar sit egter op hierdie stadi-um geen Maryna by tafel nommer 5 nie. Hy neem aan dat sy laat vir hulle afspraak is, en gaan sit maar solank. Vyftien minute later het Maryna nog

nie opgedaag nie, en Harry neem aan dat sy dit nie
vanaand gaan maak nie.....of het sy dalk die
boodskap verkeerd verstaan.....hoe dit ookal sy, sy
het nie opgedaag nie.....en dan staan daar 'n blon-
de bom by tafel nommer 5. Harry kyk na die vrou,
en hy ken haar nie.

"Goeienaand, kan ek help," is al wat hy vir die
blondekop te sê het.

Sy verstand werk oortyd.....is sy dalk 'n prostituut,
sy is heeltemal wulps genoeg daarvoor.

"Ek is nogal bly dat jy my nie herken nie, Harry,
mag ek maar sit?"

Dan tref dit Harry soos 'n vuishou tussen die oë.
Hy kan sy oë nie glo nie....."genade, is dit jy Mary-
na?"

Met 'n verleë giggeltjie gaan sit sy teenoor Harry by
tafel nommer 5.

"Ja Harry, dit is ek.....ek is nie eintlik gewoond
daaraan om so aan te trek nie, maar met Johan
Van Zyl in die prentjie is ek net nie bereid om enige
kanse te neem nie.....hy mag onder geen omstan-
dighede weet dat ek op 'n privaatbasis met jou
kontak het nie.....ek is nie net versigtig vir die man
nie, ek is bang vir hom.....die Vader alleen weet
wat presies hy met mense doen wat nie saam met
hom speel nie, en ek is nie van plan om dit nou uit
te vind nie.....in elk geval nie wanneer ek "die
skuldige" een is nie. Ek hoop regtig nie dat ek vir
jou 'n verleentheid is nie!"

"Jy is heeltemal reg Maryna.....kom ons speel maar liewer veilig. Ek is baie bly dat jy doen wat jy doen, want ek sien regtig nie kans vir die repurkussies wat in so 'n geval sal volg nie. Dankie dat jy bereid is om hierdie inligting met my te kom deel."

"Hierdie mense se Pizzas is baie lekker.....ek kan dit nogal aanbeveel, of is jy eerder lus vir iets anders?"

"Ek stem saam met jou Harry, kan ek asseblief 'n "Moroccan Chicken" kry. Jy kan dit gerus ook probeer. Dit het lekker "spicy" harissa hoender met tamatie en Mozarella daarby op. Bo-op dit is daar 'n Persiese slaai met 'n baie lekker jogurt sous en koriander om dit die volmaakte kombinasie te maak.....tensy jy natuurlik iets meer vleiserig verkies, soos meeste van die manne."

"Dankie Maryna, ek sal dit probeer."

Harry wink die kelner nader en bestel die twee pizzas saam met 'n yskoue bottel wit Graca kuierwyn.

"Ek verstaan dat jy daarvan bewus is dat ek en Leonora tot 'n mate saam werk om hierdie gogga aan die pen te laat ry. Die lekkasie waarna Johan soek sit eintlik vanaand saam met jou aan hierdie tafel. Hy het jou gehuur onder die dekmantel dat daar inligting aangaande Maxigenics se werk, as sulks, gelek word, maar eintlik is hy opsoek na die een wat sy renoster-handel deur middel van 'n lekkasie bedreig. Jy moet verstaan dat die doen-en-late van Maxigenics eintlik maar kleingeld in vergelyking met die renosterhoring-besigheid is. Ek hoop dat hierdie stukkie inligting darem so 'n ietsie vir jou werd is.....wees net gewaarsku Harry.....hierdie man is ongelooflik gevaarlik."

"Dankie vir die waarskuwing, Maryna. Die inligting wat jy sopas met my gedeel het, is van onskatbare waarde. Nou weet ek waarmee om nie my tyd te mors nie. Dit gaan my baie help. Wat weet jy van Liz af?"

"Johan is uiters versigtig met enige inligting wat iets met Liz te doen het.....hy besef dat ons baie goeie vriendinne is.....maar glo my, ek hou my oë wawyd oop en my ore gespits soos dee van 'n wafferse bloedhond wat op die spoor van 'n krimineel is.

Hier is intussen vir jou 'n lysie van al sy eiendomme, insluitend die plaas op Caledon.....gaan besoek dit maar eerste, maar wees net uiters versigtig, want niks wat Johan doen, doen hy halfhartig nie. Die sekerheidsnetwerke by al hierdie plekke is hoogs gespesialiseerd, en sy sekerheids-mense is goed opgelei, ja, hulle is die beste wat daar is. Moet asseblief nie toelaat dat hulle jou betrap nie, want glo my, net soos Johan, speel hulle ook nie speletjies nie."

"Dankie Maryna, jy is 'n ster. Nou het ek darem weer so 'n bietjie hoop dat ek vir Lizzie sal kan opspoor."

So kom 'n hoogs interessante aand dan tot 'n einde.

*****

Harry stap heel joviaal by sy ou blyplekkie in.....môre kry hy sy nuwe ryding. Terwyl hy besig is om sy geliefkoosde drankie te skink, praat Johan Van Zyl agter hom: "Bly om te sien dat jy uiteindelik by die huis uitgekom het."

Dit voel vir die Markotter-PI of die bloed in sy are vries, maar tog draai hy heel beheersd om sodat hy vir Johan Van Zyl in die oë kan kyk.....met Mnr. Ruger in die stem se rigting gerig.

Johan Van Zyl knip nie 'n oog nie....."Sit tog net daardie ding neer, Harald.....dit is glad nie 'n goeie idee om daardie stukkie yster in my rigting te wys nie, want jy kan maar seker wees dat jy die tydelike met die ewige sal verwissel terwyl jy nog dink om daardie snellertjie te trek. Wees eerder dankbaar dat ek die moeite gedoen het om vanaand hier vir jou te sit en wag. Mag ek ook maar een van daardie outjies in jou ander hand kry, asseblief."

"Sekerlik Johan, maar wat is die rede vir jou besoek? Ek hou nie baie van verrassings nie.....jy kon my tog sekerlik laat weet het dat jy wil kom kuier."

"Ek hou van verrassings, Harald, baie, veral wanneer ek dit kan bewerkstellig. Dit lyk vir my of ek dit weereens vanaand reggekry het. Kom ek val sommer met die deur in die huis.....jou liefie is veilig, Harald, en sy sal veilig bly vir solank as wat jy nie krap waar jy nie behoort te krap nie.....verstaan jy wat ek bedoel? Maak seker dat jy verstaan, want ek wil tog nie hê dat jy my moet blameer indien iets met jou liefie gebeur nie. Wees tog asseblief versigtig."

"Wat probeer jy vermag deur vir Liz gevange te hou.....sy hou absoluut geen bedreiging vir jou in nie, Johan."

"Soos altyd is jy heeltemal reg, Harald, maar jy hou wel vir my 'n bedreiging in.....'n mens kan nooit te versigtig wees nie.....miskien moet jy dit oorweeg om hier uit die Kaap uit weg te gaan.....baie vêr weg.....dink so 'n bietjie oor my voorstel wanneer jy tyd het. Sal dit nie vir jou lekker wees om weer vir Lizzie aan jou sy te hê nie?"

Die sarkasme lê vlak in Johan Van Zyl se stem, en dit krap Harry nog verder om. Op hierdie oomblik is daar niks wat hy meer sal geniet as om 'n Ruger-projektiel deur hiedie arrogante skurk se kop te jaag nie, maar hy besef dat dit verseker Liz se lewe sal kos!

"O ja, Harald, amper vergeet ek.....ek was vroeër vandag in Table View gewees. Siende dat dit naby aan my normale etenstyd was, het ek sommer gou by Primi Piatti ingeval.....ek het lankal gehoor dat hulle pizzas nogal heel lekker is.....en ek was verseker nie teleurgesteld toe ek daar uitstap nie. Ek moet jou tog vertel.....terwyl ek so op my eie sit en pizza eet, stap daar 'n man in.....ek het nie besef dat jy 'n tweeling broer het nie Harald, en nogal identies daarby. Groot was my verbasing toe daar 'n prostituut instap, en reguit na jou broer se tafel toe gaan.....sy was 'n baie wulpse blondine, en met haar "looks," en haar lyf, kon sy sekerlik iets heelwat beter met haar lewe aangevang het.....maar nou ja, ons dink en doen nie almal dieselfde nie. Daar is tog iets omtrent die vroumens wat my aan iemand wat ek ken herinner, ek kan egter net nie my vinger daarop plaas aan wie sy my laat dink nie, maar ek sal seker mettertyd onthou wie dit is, soos altyd. Ek stel voor dat jy tog maar my voorstel oorweeg, Harald.....en nou dat ons mekaar beter verstaan, is jy welkom om maar terug te trek Melkbos toe.....ek is seker dat die mense wat jou bloed gesoek het, nou nie meer nodig het om jou vankant te maak nie.....ek is regtig bly om jou onthalwe, Harald. Pas jouself op my maat.....sien jou weer!"

Johan van Zyl plof die leë glas op die tafel neer op sy pad by Harry se blyplek uit.

Dan skakel Harry vir Leonora: "Johan Van Zyl vermoed dat Maryna 'n dubbelganger is. Help asseblief, want ek kan nie waag om naby haar te kom nie."

9 Onder Die Radar

Harald Markotter huil soos 'n klein seuntjie. Hy het regtig vir Grieta gemis, maar die trane gaan egter grotendeels oor die feit dat sy ousus nou net sy "ousus" is.

Harry "Hallo Sus" vir Grieta toe die spul trane uiteindelik die wyk neem. "Verdomp man, ek het regtig na jou verlang.....ek het ongelooflik baie om met jou te deel.....hopelik sal jy my kan vergewe vir die feit dat ek sommer net "verdwyn" het."

Die twee omhels mekaar, en nou het die traankrane by albei van hulle oopgegaan.....maar ook dit hou uiteindelik op.

"My boeta, my Boeta, ek het so baie na jou verlang.....dank Die Here dat jy veilig is.....jy en Hans is al wat ek in hierdie lewe oor het, moet tog net nie iets oorkom nie."

Dan stap Hans die vertrek binne, en die proses herhaal homself, kompleet, met omhelsing-en-al, maar sonder die trane. Harry besef weereens hoe 'n belangrike rol hierdie twee mense in sy lewe speel, en hy belowe homself dat hy dit nooit weer aan hulle, en homself, sal doen nie.....ten minste nie as hy dit enigsens kan verhoed nie.

Dit is Sondagoggend. Die onbyt wat Grieta voorberei het, sal heeltemal geskik wees om in 'n vyf-ster hotel voorgesit te word.....en dit neem vir Harry baie vêr terug, want dit is soortgelyk aan die ontbyte wat sy liewe moeder altyd by spesiale geleenthede opgedis het.

"Ek het dit nie gisteraand vir julle genoem nie, maar daar is 'n moontlikheid dat ek vir 'n wyle onder die radar in sal moet beweeg, inteendeel, dit is heelwat meer as 'n moontlikheid.....dit gaan gebeur. Julle weet reeds dat Johan Van Zyl vir Liz gegryp het, maar hy sal haar loslaat indien ek uit die Kaap uit weggaan. Wat hom aanbetref gaan ek weg wees, saam met Liz natuurlik, maar ons sal inderdaad in 'n plek van veilige bewaring naby die Kaap wees. Ek sal dan ook met die ondersoek voortgaan, want mense soos hy moet uit die samelewing uit verwyder word. Hy mag egter nie weet dat ek hom nog steeds besnuffel nie."

"Beteken dit dan dat jy weer weg gaan wees, soos wat nou die geval was?"

"Ja Sus, maar dit behoort heelwat korter te wees, en dan is al hierdie dinge verby. Ek sal wel vir Liz aan julle kom voorstel voordat ons weggaan.....

hopelik sal sy Mev. Markotter word sodra al hierdie dinge tot 'n einde gekom het.

"Dit is darem so 'n bietjie goeie nuus Harry, en ek kan nie wag om vir Liz te ontmoet nie."

*****

Die splinternuwe swart 330i M kom tot stilstand in die oprit van Beach Road 52, in Melkbosstrand. Dit is Harry se plekkie! Hy glimlag terwyl hy die nuwe prentjie aandagtig beskou.....die huis is sy plek, saam met sy nuwe ryding, en Josua wat stert-swaaiend langs hom staan.....dit is net Liz wat kortkom om die prentjie te voltooi.

.....daardie nag slaap Harald Markotter soos 'n klip, want hy is terug in sy eie plek, meer be-sonders, in sy eie bed!

*****

Dit is 10h00 Maandagoggend. Harry en die twee Willemses stap saam-saam by IPIPS se kantore in Seepunt in. Leonora Willemse het egter 'n gas saamgebring. Maryna groet vir Harry vriendelik, maar die verlies aan 'n hele klomp ure se slaap is duidelik op haar gesig te bespeur. Johan Van Zyl het op haar gaan jag maak, maar Wouter en sy makkers het haar uit sy kloue uit gaan red, met die verskoning dat die taakmag haar arresteer na aanleiding van hulle ondersoek na renoster-stropery in die Wes Kaap. Harry slaak 'n sug van-verligting, want indien Johan Van Zyl enigsens vermoed dat Harry by Maryna se "arrestasie" betrokke is, sal hy definitief nie vir Liz vrylaat nie.

"Good morning Ladies and Gentlemen. Who is this beautiful lady whom I have the honour of meeting this morning?" Die Brit pak sy bes-moontlike vleitaal uit.....Maryna is nogal 'n besonders aantreklike vrou.

"Hello Jonathan, this is Maryna," kom dit van Leonora af. "She is the person that was recruited from within Maxigenics to assist us at Vetpaw. Johan Van Zyl unfortunately found out about her double roll. Wouter and his Task Force buddies got to Maryna in the nick of time to save her from his claws."

"Well my dear, you are truly welcome in the offices of IPIPS. Where are you currently residing.....with Wouter and Leonora?"

"It is a pleasure to make your acquaintance, Jonathan," antwoord Maryna in haar beste moontlike Engels. "Yes, you are correct, Leonara and Wouter are the two angels that have offered to take me into their home. I am extremely fortunate to be alive, thank you to Wouter and his colleagus, but also to Harry that has tipped them off regarding my situation."

Daar is bykans sigbare vibrasies wat tussen die Britse speurder en die boeremeisie rondspring. Beide van hulle se ogies is aan die vonkel, en dit wil voorkom asof hierdie vonkels moontlik hier is om te bly.

"Right Harald, you called this meeting, please fill us in."

Harry skets die volledige prentjie rondom die afgelope paar dae se gebeure. Wouter en Leonora het nogal gewonder hoe Harry van Maryna se situasie bewus was toe hy hulle gekontak het, maar dit alles maak nou sin.

"Well people, that brings all of you up to date. My strategy however, would be to grant Johan Van Zyl his wish, which is for me to leave the Cape. It will most definitely make sense to honor his request by leaving the area for a week or two, with Liz by my side, of course. I would like, if Liz agrees to it, to take her away on a two to three week honeymoon, once she has been set free. Johan Van Zyl however, should not know that Liz and I will be returning to the Cape."

"That is fantastic news Harry, but let us firstly concentrate on saving Liz from the vulture's claws.

According to what you have told us, Van Zyl will set Liz free as soon as you notify him of your decision to leave, am I correct?"

Harry knik sy kop bevestigend.

"You have to realize that he would want to see evidence to the effect that you will not be coming back. Very few people are aware of the fact that IPIPS has close contact with various real estate companies. We will therefore "sell" your property through one of these companies. The "For Sale" board will be up by tomorrow morning latest. When you and Liz return from your honeymoon, IPIPS will provide you with a safe house from where you can conduct your normal business, and where you can reside for as long as necessary."

"This is great news, Jonathan. I cannot wait to put this guy away where he belongs."

"Well people, I suppose that then is it. We can now cease the search for Liz, and continue with our normal activities. I do however have to request you, Ms Du Toit, to stay behind as I would like to ask you a few questions regarding Johan Van Zyl. We will set you up in a safe house for the night, and then take you to wherever you would like to go, on Tuesday morning. Will that be acceptable to you?"

"It will be a real pleasure to assist IPIPS with the investigation, Jonathan. I will help wherever I can."

"Well, thank you all. We will take good care of Ms Du Toit, and I will personally be responsible for her safety whilst she is visiting us here at IPIPS. Thank you for saving her from Johan Van Zyl."

*****

"Johan Van Zyl hier, wat kan ek vir jou doen Harald?"

"Hallo Johan, ek wil jou graag kom sien."

"Ek is regtig besig, Harald, en ek het tans 'n krisis

wat ek moet hanteer.....kan dit tot volgende week wag?"

"Nie eintlik nie, Johan, ek wil met jou kom gesels omtrent die voorstel wat jy gemaak het.....my huis is klaar in die mark, ek sal seker nog in hierdie week 'n aanbod ontvang, en indien dit aanvaarbaar is, is ek oppad."

"Miskien moet jy maar liewer in die Kaap bly, jy het mos 'n hoer met wie jy jou tyd kan deel, het jy nie? .....en boonop word daar dan geen "commitment" van jou verwag nie."

"Johan, jy het nog altyd jou woord teenoor my ge-stand gedoen, en op sterkte daarvan het ek besluit om 'n enorme verandering ten opsigte van alles in my lewe te maak. Al wat ek in ruil daarvoor van jou vra, is om Liz vir my terug te gee, soos wat jy gesê het jy sal doen."

"Wel Harald, daar het ons die aangeleentheid so-te-sê oor die foon uitgesorteer. My voorwaarde is die volgende.....indien ek haar vandag vir jou gee, wil ek jou na môreaand nooit weer hier in die Kaap sien nie, verstaan jy my?"

"Ek verstaan jou eenhonderd persent, Johan, maar ek is bevrees dat ek ten minste nog twee dae nodig sal hê om ek en Liz se dinge te finaliseer voordat ons die pad kan vat...dit is al wat ek vra."

"Goed Harald, dit maak tog seker geen verskil nie, en siende dat ek 'n mens-mens is, kan julle maar 'n week kry om julle dinge te finaliseer.....ek sal haar môreoggend so teen 09h00 voor jou ou huisie in Melkbos laat aflaai.....en moet asseblief nie die deur oopmaak voordat Liz jou hekklokkie lui nie, en, jy moet liewer ook nie deur jou venster loer om jou nuuskierigheid te bevredig nie, want hulle sal jou voete eerste, met 'n koeëlgat tussen jou oë, by jou ou plekkie se voordeur uitdra, en Liz sal natuurlik ook nie verder as jou hek bly lewe nie, is dit duidelik?"

"Dankie Johan, ek speel hierdie speletjie volgens die reëls, want ek wil nou net hier wegkom.....ek is klaar met hierdie manier van lewe, en wie weet, dalk waai ons sommer ook uit hierdie ou landjie van ons uit. Dankie nogmaals."

*****

Harry skakel twee nommers, die eerste is die van Dr. Antonie Pretorius, en die tweede, die van Jonathan James.

Hy reël 'n afspraak vir Liz vir Woensdag by Dr. Pretorius. Dit sal sekerlik wys wees om haar vir ten minste een trauma-berading sessie te neem.

Dan bring hy vir Jonathan op hoogte van sy reëling met Johan van Zyl ten opsigte van Liz se vrylating.

*****

Harry bevind hom op Melkbos se strand, op sy geliefkoosde plekkie, besig om oor die see te staar. Josua sit geduldig langs sy "pa" en wag, want hy weet dat hulle nou-nou langs die see sal gaan stap.

'n Mens sal sweer dat die brak bewus is van presies dit wat op hierdie stadium in Harry se lewe, sowel as sy gemoed aangaan.

Dit is 09h00 Dinsdagoggend, en Harry trippel rond soos 'n seuntjie wat in die middel van die somer, kaalvoet, op die warmgebakte strand moet loop. Om 9h15 lui sy hekklokkie, en hy pluk behoorlik die voordeur oop. Daar by die hek staan Liz, verwese en verwaarloos, haar Jimney in die straat geparkeer. Hy hardloop na haar toe en hou haar in sy arms vas.....ek los jou nooit weer vir een enkele oomblik alleen nie, hoor jy my Liz.....dank die liewe Vader dat jy veilg is.....en die twee stap saam die huis binne.

*****

Die swart 3-Reeks BMW ry stadig Roeland Square se parkeerarea binne en kom aan die suidekant van die reghoekige parkeerarea tot stilstand. Harry is dankbaar dat hy die teenwoordigheid van gees gehad het om hierdie afpraak vir Liz te reël, want Liz is verseker getraumatiseerd na die afgelope tyd se gebeure, maar die belangrikste is egter dat sy veilig terug by Harry is.

Dr. Antonie stap vooraan met Liz en Harry agter hom aan na die "praatgat" toe.

"Liz, ek is bly om jou te ontmoet, jammer egter dat die omstandighede nie heeltemal so lekker is nie. Harry is hier teenwoordig omdat ek eers vir hom 'n paar vrae wil vrae, en dan gaan hy ons alleen laat sodat ons hierdie merrietjie, na haar nagmerrieondervinding, so 'n bietjie kan koudlei. Gebeure soos hierdie is hoogs-traumatiserend, maar die gevolge van die trauma wissel van slagoffer tot slagoffer, afhangende van die slagoffer se persoonlikheid. Is daar enige vrae van jou kant af?"

Liz knik bevestigend. "Kan Harry asseblief vir die hele sessie hier teenwoordig wees.....dit sal nie my antwoorde op u vrae enigsens beïnvloed nie. Ek voel veilig saam met hom, en hom alleen. Harry, ek wil asseblief so gou moontlik jou vrou word, want glo my, daar is geen waarborge nie, vandag is ons albei hier, maar môre is een van ons dalk weg, vir altyd weg!".....en dan vloei haar trane vryelik.

Harry skets die hele situasie, van begin tot einde, vir Dr. Antonie Pretorius se onthalwe. Dan kom die eerste vraag aan Liz:

"Sê vir my Liz, het hierdie Van Zyl vent, of enige van die gemors wat by hom betrokke is, jou enigsins mishandel, seksueel of op enige ander manier?"

"Nee Dokter. Sy seun het my aan die begin opgepas en het my wel een aand teen my wil probeer misbruik. Hy was so sterk soos 'n bees en het die T-hemp wat ek aangehad het met een pluk van my lyf afgeskeur, en toe het hy my gegryp. Met die was daar net 'n plofgeluid, en hy het soos 'n vrotvel neergeslaan. Toe ek tot my sinne kom, het sy pa daar gestaan.....hy het my lewe verseker gered, dokter. Ek het nie geweet hoe hy op daardie stadium gaan optreë nie, want ek het half-kaal daar voor hom gestaan.....maar hy het net vir my gesê om te gaan aantrek, en toe het hy my 'n stywe dop brandewyn ingejaag, om my te kalmeer, volgens hom.....maar daar is geen drank wat 'n mens onder daardie omstandighede sal kan kalmeer nie, glo my! Daarna het hy my na 'n ander perseel verskuif, ek weet nie waarheen nie, want ek was geblinddoek. Ek het egter gesien hoe hy sy seun koelbloedig doodskiet, sonder om 'n oog te knip! Die man is 'n monster!"

*****

Teen 12h00 is hulle oppad terug Melkbos toe, via "The Blue Peter."

"Lizzie my lief, Dr. Antonie gaan jou help om deur hierdie gemors te werk, glo my, hy weet wat hy doen. Was jy ernstig toe jy gesê het dat jy my vrou wil word?"

"Harry, hierdie is 'n belangrike saak, en daar is verseker een ding wat ek tydens hierdie afgelope tyd geleer het.....'n mens maak nie grappies omtrent belangrike dinge nie.....ek was nog nooit in my lewe ernstiger omtrent enige saak gewees nie .....ek wil jou vrou word, so gou as moontlik!"

"Wel Liz, ons het 'n week se tyd tot ons beskikking voordat ons uit die Kaap uit weg moet wees. Dit beteken dat daar nie tyd vir 'n groot troue gaan wees nie. Ek stel voor dat ons Vrydag voor die magistraat gaan trou, indien hulle ons dan kan akkomodeer, en dat ons teen volgende Dinsdag die pad vat vir so twee tot drie weke se wittebrood. Ek sou dit graag êrens oorsee wou gaan doen, maar die keuse is totaal en al joune. Ek laat die reëlings daarvoor geheel-en-al in jou hande oor. Hoe voel jy omtrent my voorstel?"

"Dit klink wonderlik Harry, maar ons sal êrens heen moet gaan waar ons nie visums gaan benodig nie, daar is net nie genoeg tyd oor nie. Ek kan nie wag om elke dag vir die res van my lewe langs jou in die bed wakker te word nie.....ek is lief vir jou Harald Markotter! Waar gaan ons heen wanneer ons terugkom.....ons mag mos nie meer in die Kaap wees nie?"

"As Johan Van Zyl dink dat hy so maklik van my ontslae gaan raak, moet hy nog 'n slag dink.....ons gaan net hier in die Kaap bly, miskien nie in Melk- bos nie, maar wel in die Kaap. Jonathan het reeds vir ons blyplek in een van IPIPS se veilige-huise aangebied, en ek het dit aanvaar. Ons sal tot in Johannesburg terugvlieg, en vir 'n week of wat daar in 'n hotel gaan bly, totdat Jonathan al die reëlings hier gefinaliseer het. Kom ons gaan huis- toe en kyk of ons 'n afspraak vir Vrydag kan kry .....en dan moet ons die ander reëlings begin tref, en finaliseer. Sien jy kans daarvoor om môre 'n sessie saam met Jonathan deur te bring?"

"Ek kan nie regtig sê dat ek op hierdie stadium vreeslik lus daarvoor is nie, Harry, maar ek veronderstel hoe gouer ek dit agter die rug kry, hoe beter. Probeer asseblief om dit vir môreoggend te reël, want ek wil jou daarna winkels toe sleep..... ons wil darem seker mooi lyk wanneer ons daar voor die magistraat gaan staan, of hoe?"
"Dit is goed so, my engel."

*****

"Good morning Fair Maiden, how wonderful to lay my eyes upon you! You are a truly magnificent creature.....I actually have missed the opportunity to relish your true beauty. Are you well?"

"Hello Inspector James.....it is inspector, or is it not? Yes, I am, thank you.....are you well on this beautiful spring day?"

"Liz, my dear, you had us all really concerned, the worst of all, of course, this Boortjie standing next to you. Harald reminded me of a road leading to nowhere.....the man will not survive without you."

"It surely wasn't that bad, Jonathan, but thank you for not giving up on me. I believe that quite a lot has happened since my departure. How are we going to handle this situation.....we surely cannot allow Johan Van Zyl to roam the streets amongst civilized human beings, whilst we are aware of who and what he really is."

"Your statement is one hundred percent correct, Liz.....the man will get his day, believe me.....but I first of all have to have a discussion with you, as you probably have some extremely valuable information to share with me. Are you prepared to share the facts regarding your abduction with me, or shall we give you some time to work through your experience.....the choice is yours."

"To be honest, Jonathan, I would prefer not to talk about it at this point in time, but we have to realise that I will not be available to speak to you for at least the next month.....so.....lets get on with it."

"Thank you for this sacrifice, Liz. Harald, I would like to have this discussion with Liz in your absence.....I am sure that you will understand. Please grant me approximately sixty minutes to spend with the love of your life.....will that be acceptable to you?"

"By all means, Jonathan. Debriefing Liz will definitely benefit her, and myself as well. See you guys later.....take good care of her, my friend."

'n Uur-en-'n-half later is die tweetjies oppad winkels toe.....dit is soos Liz dit wil hê, en dit is soos dit sal wees.....Harry sal enigiets doen om haar gelukkig te maak.

*****

.....en so breek Vrydagoggend aan.....na tien vanoggend gaan hulle as Mnr. en Mev. Markotter bekend staan, en almal wat vir hullle saakmaak sal getuies by hierdie spesiale geleentheid wees.

"Julle tweetjies kan mekaar nou maar soen, Mnr. en Mev. Markotter," klink die magistraat se beste predikantstem deur die lokaal. Liz en Harry jubel absoluut.....daar was 'n stadium waar hulle gevrees het dat hierdie spesiale dag nooit 'n werklikheid gaan word nie, maar nou is dit realiteit!

*****

Dit is Saterdagoggend.....

"Harry my engel, het jy gister gesien dat daar 'n man tydens die seremonie by die hofsaal ingeloer het?"

"Nee Lizzie, ek was te besig om vir jou te kyk.....jy is regtig verskriklik mooi.....ek kan nie glo dat jy ingewillig het om met my te trou nie. Wat van die man?"

"Hy is by die hof werksaam.....ek vermoed dat hy 'n landdros of so-iets is.....wat my wel pla is die feit dat ek hom al vantevore gesien het, twee keer.....die eerste keer tydens ons besoek aan Jan Bantjies se kantoor. Hy was in die kantoor by Jan Bantjies se baas gewees. Die tweede keer het ek hom net vir 'n breukdeel van 'n sekonde gesien .....terwyl een van Johan Van Zyl se makkers besig was om my te blinddoek, net voor my vrylating."

"Is jy seker van jou saak, Lizzie?"

"Verseker Harry, verseker! Ons moet Maandagoggend by Jonathan uitkom.....hy sal hom heel moontlik met behulp van IPIPS se rekenaar-stelsels kan identifiseer.....ek dink dat ons met redelike sekerheid kan aanvaar dat hy een van Johan se handlangers is.....op een-of-ander wyse."

"Dit is goed so Lizzie. Kom ons ry deur Paternoster toe, dan slaap ons vanaand en môreaand daar. Wat dink jy daarvan?"

*****

"Ek kry net gou 'n paar goedjies bymekaar dan kan ons ry.....ons eerste weggaan as Mnr. en Mev. Markotter.....dit is wonderlik Harry, dankie daarvoor."

Teen 17h00 is hulle goedjies reeds in hulle luukse kamer in Paternoster se vyfster Strandloper boetiek-hotel neergesit, en hulle tone verdwyn in pas met hulle treë onder die seesand in, waar hulle rustig, hand-aan-hand, langs die see in Tietiesbaai se rigting stap. Hulle praat nie veel nie, want albei van hulle se koppe is met die gebeure van die afgelope maand-of-wat, sowel as dit wat die nabye toekoms moontlik vir hulle kan inhou, besig.

*****

Om 09h00 Maandagoggend is die Swart 335i, met die nou pasgetroude Markotters aanboord, oppad na Melkbos toe. By die plaasstal, digby die afdraai na Yzerfontein, hou Harry stil om 'n drinkdingetjie aan te skaf.....sy keel is hoeka maar lekker droog vanoggend. Hulle besluit om sommer ook 'n draai by die aangrensende plaaswinkeltjie te maak..... hoofsaaklik as gevolg van die vroulike "wil om meer uit te vind".

Harry se hart sing, en hy besef dat hy enigiets sal doen om Mev. Markotter gelukkig te maak.....en te hou. Al strooitjie-suigend stap die tweetjies terug na die swart ryding toe, en dit is toe dat Harry 'n outjie van die BMW af sien drafstap en in 'n wagtende motor sien inspring. Die Picanto vlieg in 'n stofwolk weg, in die rigting van Kaapstad. Harry besef dat hierdie ouens nie vir hom kan wegjaag nie, nie vir die swart 335i nie. Met die inspringslag

266

besef Harry dat alles nie pluis is nie.....hierdie ou het duidelik nie in sy motor probeer inbreek nie.

"Kom Lizzie, kom laat ons uitklim," is al wat hy sê.

Dan begin hy die onderkant van die BMW met valkoë bekyk.....en daar is dit, 'n platterige, ronde, vreemde voorwerp wat min-of-meer reg onder die bestuurder-sitplek vassit.

"Jonathan, this is Harry speaking," klink 'n erg ontstelde stem in die Engelsman se oor.

"Good morning Harald, is something the matter?" kom die antwoord in 'n goedgeleerde Engelse aksent.

"Jonathan, Liz and I am just off the M7, at the the farmstall on the corner of the turn-off to Yzerfontein. There are some foreign object stuck to the bottom of my car.....I suspect it to be some sort of an explosive device.....and I thought that this nonsence now was something of the past! Could you please arrange for the bomb squad to come and have a look at my car. Liz and I would also like to come and visit you regarding another matter once this mess has been cleared up."

"I will do so immediately Harald. Clear the area of all people until such time as the bomb squad had done what they are supposed to do. Take care, my friend, I will see you in approximately thirty minutes."

Teen die tyd dat Jonathan en sy bom-kollegas by

die toneel opdaag, is daar nie 'n siel binne 'n radius van vyftig meter vanaf die parkeerarea te bespeur nie. Die plaasstal en die aangrensende plaaswinkeltjie se deure is gesluit, en Harry se ryding is stoksiel alleen in die parkeerarea. Harry stap die "bataljon" polisiemanne tegemoed, groet hulle met 'n redelik gestresde stem, en verduidelik aan hulle waar hierdie ronde gedoente aan sy motor-liefde geheg is. Dan stap hy terug na sy Lizzie, om hulpeloos te staan en toekyk hoe hierdie manne in camo-klere probeer om sy swart liefde uit haar verknorsing te red.

Tien minute later is hierdie gogga onskadelik gemaak en saam met die bom-ouens daar weg. Die Engelsman en die twee oorlewendes besluit dan ook om sommer daar by die plaaswinkeltjie, oor 'n koppie koffie, oor die "other matter" te gesels.

Liz begin vertel, en Harry bekyk die Engelsman noukeurig.....nogal nuuskierig om hierdie IPIPS polisieman se reaksie te sien.....maar hy hanteer die storie so al asof dit niks buitengewoons is nie .....en Harry glimlag maar net in sy binneste, want hy het nie eintlik verwag dat hierdie gesoute speurder anders sou optreë nie.

"Okay you two, please follow me to my office.....let's see if we can identify this "probable lawman turned criminal." The gentlemen from the bomb squad have inspected your car with a fine tooth comb to ensure that it will not pop into a million pieces whilst you are driving sedately along the M7 enroute to Cape Town. They did not find any other "UFO's" sitting on the bottom of your car."

Harry kan maar net glimlag.....die gogga wat onder-aan die BMW geheg was lyk nogal soos 'n "UFO". Die tye het darem maar verander.....in sy kinderdae was dit sommer maar net vlieënde pierings gewees.

*****

"Van Zyl," klink die stem in Harry se oor.

"Hallo Johan. Dit is Harry wat praat."

"Wat wil jy hê?" kom die ongeskikte antwoord.

"Jy het seker nie verwag om weer van my te hoor nie, het jy?"

"Wat presies bedoel jy, Markotter.....kom tot die punt. Ek is besig en het regtig nie nou tyd vir woordspeletjies nie!"

"Goed Johan.....ons het 'n ooreenkoms, gehad, neem ek aan, dat ek en Liz weggaan sodat jy ons kan uitlos.....ons is Woensdag oppad.....en toe probeer een van jou narre wragtigwaar vanoggend om vir ek en Liz die lug in te blaas. Het jy geen integriteit nie!?"

"Harald Markotter, dit maak aan my geen verskil of julle in een stuk is, en of julle in 'n duisend stukke oor 'n rugbyveld versprei lê nie. Ek pleit egter nou onskuldig.....ek het belangriker dinge om te hanteer as om julle van kant te laat maak.....jy kan maar my woord daarvoor neem. Los my nou asseblief uit en gaan pak julle goedjies.".....en dan is

269

die foon doodstil.

*****

.....en toe hou hulle by IPIPS se kantore stil.

Jonathan het reeds 'n beeld met die identiteits-besonderhede van elke werknemer by die hof waar Liz en Harry getrou het, op sy rekenaarskerm toe hulle by sy kantoor instap. Sonder om te wik of te weeg identifiseer Liz vir Cobus Louw, Assistent Landdros, as die man wat by die hofsaal ingeloer het.

"All right then, we will run a background check on Mr Cobus Louw, just to determine to what extent he has been criminilised. Van Zyl certainly has chosen his associates well.....in the right places. It will be quite interesting to see what the exact roll of each of these associates are.....I cannot wait for them to be removed from society."

*****

Dit is Woensdagoggend.

Twee weke se Mauritius-wittebrood lê vir Liz en Harry voor, en dan kom hulle terug Johannesburg toe vir nog 'n week of twee, alvorens hulle in die IPIPS "paleis" gaan intrek.

Die Airbus A330 stryk by die Sir Seewoosagur Ramgoolam Internasionale Lughawe op Mauritius neer, natuurlik met die pasgetroudes aanboord, en negentig minute later sit hulle in hulle luukse een-

heid by die Shanti Maurice aan hulle mengel-
drankies en suig.

"Alles voel so half onwerklik Harry.....daar het so
baie in 'n baie kort tydjie gebeur.....droom ek net,
of is dit 'n werklikheid? Ek wil nooit weer sonder
jou wees nie.....dankie dat jy my as jou vrou gevat
het, ek sal jou nooit teleurstel nie."

"Lizzie my lief, dank die Liewe Vader dat hierdie nie
net 'n droom is nie. Ek sal altyd die beste moont-
like man vir jou probeer wees.....ek is ontsaglik
baie lief vir jou, dankie dat jy ook vir my lief is.

*****

Terug in die Kaap het Jonathan na 'n dag se gewag
die verslag rakende Cobus Louw ontvang, en dit lê
nou op sy lessenaar totdat hy 'n tydjie kan afknyp
om dit noukeurig deur te lees. Hy sal dit vroegtydig
moet lees, want anders as meeste ander aande kan
hy nie vanaand laat werk nie.....hy en die "bom"
het 'n ete afspraak. Jonathan het besluit dat hy die
res van sy lewe saam met die boeremeisie wil deur-
bring.....as man en vrou.

Die eerste punt wat dadelik Jonathan James se
aandag trek, is die feit dat Cobus Louw reeds vir
bykans agt jaar 'n Assistant Landros is. Onmid-
dellik ontstaan daar 'n hele paar vrae by hom.....is
Cobus Louw tevrede met die feit dat hy al vir agt
jaar lank dieselfde posisie bekleë.....is dit die rede
waarom hy klaarblyklik bande met die renoster-
skurke het. Dit is sekerlik baie lonend vir hom
.....of.....het Cobus Louw maar net nie die vermoë

271

om tot 'n volbloed landdros bevorder te word nie? Hoe dit ookal sy, geen persoon raak by kriminele aktiwiteite betrokke vir die plesier daarvan nie .....dit gaan gewoonlik oor die monitêre voordele voortspruitend uit hierdie aktiwiteite.

'n Baie interessante feit is egter dat Cobus Louw se suster met Bertus Buys, oorlede Jan Bantjies se baas getroud is.....en dan die groot verrassing. Cobus Louw is met Anna Louw getroud. Anna louw se nooiensvan was Van Zyl. Sy was haar ma se laatlammetjie raaisel-kind, en haar ouboet is Johan Van Zyl, die renosterskurk! Skielik val daar nog 'n paar stukkies van die legkaart in plek, en Jonathan James glimlag heel vergenoegd. Wat 'n wonderlike deurbraak! Hy moet vir Wouter Willemse skakel om 'n afspraak met hom en Leonora te reël.....hy het nodig om hulle op hoogte van sake te bring. Nou het die tyd vir hom om na sy blyplek te gaan egter aangebreek.

*****

Dit is 'n hoogs-opgewonde Engelsman wat 'n halfuur later by sy huurhuis in Blouberg instap.....en toe lui sy selfoon. Aanvanklik wil hy die oproep nie beantwoord nie.....hy moet nog gaan stort en homself dan mooimaak vir sy boerenooi, en hy herken ook nie die die nommer wat op sy foon verskyn het nie.

"This is Jonathan James speaking.....how may I help you?"

"Hi Jonathan, this is Wouter Willemse speaking. Leonora and I have to speak to you extremely urgently."

"Good afternoon Wouter. That sounds good to me. I will be in the office at 08h00 tomorrow morning, and will be available for the whole day. At what time can I expect to see the two of you?"

"Sorry Jonathan, but this cannot wait till tomorrow morning. It will have to be this evening. We can be at your office in an hour.....will that suit you?"

"My apologies Wouter, but Maryna and I have a dinner appointment.....I have to meet her in an hour."

"Jonathan, Maryna will not be able to make tonight. We are leaving now.".....en met die is daar 'n doodse stilte in Jonathan se oor. Wouter het waaragtigwaar die foon in die Engelsman se oor doodgedruk.

*****

Met hangende kop en skouers stap Jonathan by sy kantoor in.....geheel-en-al verward.....het Maryna besluit om 'n einde aan hulle verhouding te maak, of is daar iets anders fout.....wat gaan aan?

Tien minute later stap Wouter en Leonora by Jonathan se kantoor in met 'n "good evening Jonathan." Daar is bitter min wat die speurder se geoefende sintuie systap, en vanaand is geen uitsondering nie. Anders as gewoonlik het die taakmagman nie vanaand na sy welstand verneem nie.....beide hy en Leonora se oë is effe dweperig, inteendeel, dit is duidelik dat Leonora 'n traan of twee-drie gestort het.....en dan pak 'n vlaag van paniek die Engelsman beet......Maryna het iets oorgekom!

"What has happened to Maryna?....do not beat around the bush.....get straight to the point. Speak to me!"

"Maryna left home early this morning with an "I'll be back at 12h00 latest." At approximately 14h00 one of my team members notified me that they have found the wreck of a burnt car with an unrecognisable body inside it. I have identified the car as Maryna's car.....I picked up the registration plate approximately fifty metres from the wreck. By the looks of it the car was in some sort of an explosion! I really am so sorry, Jonathan."

Stadig, met geboë skouers, en bykans sleepvoetend, stap 'n altyd fiere Jonathan James by sy kantoor uit.....sonder om 'n enkele woord te uiter. Tien minute later stap hy terug in sy kantoor in..... duidelik nie homself nie.....daar is iets in sy oë te bespeur wat bitter min mense al voorheen gesien het, en die gesoute taakmagman besef dat iemand wel deeglik aan die pen gaan ry.

"Where is she now?.....I would like to handle this case personally."

"My guys are on the scene watching over the situation.....may we take you there?"

.....en dan is die drie hulle in Wouter se swart Jeep, oppad na die ongelukstoneel.....eers met die N1 langs, dan met die R300 rigting Mitchell's Plein.....net oor die N2, dan links by Govan Mbekiweg tot waar dit Macasserweg word en verder tot by 'n verlate paadjie wat regs afdraai, sowat 10 km voor Somerset-Wes. 'n Paar honderd meter nadat die Jeep hier afgedraai het, kom dit tot stilstand digby 'n bebosde area, en dan sien Jonathan die verwronge-verbrande wrak van 'n motor, moontlik Maryna se motor.....en sy hart klop in sy keel. Vir die eerste maal in 'n lang tyd bid die speurder: "Dear God, please let this not be her." Hy besef egter dat 'n wonderwerk sal moet gebeur, want hierdie is Maryna se voertuig.

Dan neem die speurder in hom beheer, en nadat hy die wrak, sowel as die omgewing rondom die wrak so noukeurig moontlik in die donker bekyk het, skakel hy die manne van IPIPS om die wrak, met die verkoolde lyk daarin, te kom verwyder.

"Wouter, will your chaps be able to spend the night on the scene?....my guys will be here to remove the wreckage at 06h00 tomorrow morning."

"I have already arranged it, Jonathan. If there is nothing else, I suggest that we retire for the night, and be back here at first light tomorrow morning."

"Okay Wouter, let's go," antwoord die Engelsman in 'n Engels wat nie eintlik sy manier van praat is nie.

*****

275

Jonathan kan nie slaap nie.....iets is nie pluis nie.

Hy daag om 06h00 saam met die ander manne van IPIPS by die motorwrak op.....en dan begin hy te krap.....dalk, net dalk, vind hy iets wat sal bevestig dat die verkoolde "iets" in die wrak nie Maryna is nie. Drie ure later het hy sy soektog afgehandel, en dan is hy terug oppad na sy kantoor toe, vasgevang in die Kaapse verkeer.

*****

Teen die einde van die dag lê die eerste verslag, die verslag rakende die voertuig, op Jonathan se lessenaar. Die ou karretjie se verfkleur en registrasienommer bevestig dat dit wel aan Maryna behoort. Dit wat oor is van Maryna se Fiesta, sowel as die wyse waarop dit gedisintegreer het, dui daarop dat die skade wel deur 'n eksterne ploftoestel aangerig is. Verder dui dit daarop dat die toestel moontlik aan die onderstel van die voertuig, direk onder die bestuurder se sitplek, geheg was. Baie interressant egter, is dat die oorblyfsels van die ploftoestel wat Jonathan op die toneel gevind het, aandui dat die toestel soortgelyk is aan die een wat 'n paar dae gelede onderaan Harry se BMW gevind is. Dit beteken dat dieselfde persone moontlik by beide gevalle betrokke was, en die feit dat beide Harry en Maryna moontlik op Johan Van Zyl se trefferlys is, bevestig dit.....soort van!

Die tweede verslag, die oor die verkoolde lyk, sal seker eers oor 'n week-of-wat beskikbaar wees. Jonathan besef dat hy bitter min slaap gaan kry totdat die verslag beskikbaar is, en wie sal nou weet wat daarna met sy slaappatrone gaan gebeur.

*****

Dit is Donderdag.

Harry en Liz is oppad na Port Louis, die hoofstad van Mauritius, saam met 'n groep van die ander inwoners van Shanti Maurice. Port Louis, alhoewel dit eg Asies is, hou tog 'n spesifieke bekoring in, moontlik nie vir almal wat dit besoek nie, maar tog vir Harry en Liz.....seker maar omdat hierdie so 'n spesiale tyd vir beide van hulle is. Hulle stap straat op, en straat af, ondersoek honderde winkeltjies, so voel dit vir Harry, peusel hier, peusel daar, en land uiteindelik by Port Louis se sentrale mark op. Hier is tientalle stalletjies wat groente, vrugte, spe- serye en allerhande lekker dinge, en moontlik minder lekker dinge, te koop aanbied.

Skielik verstar Harald Markotter. "Kyk wie staan daar Liz," sê hy in 'n relatiewe lae stemtoon.

Liz kan haar oë nie glo nie.....dit kan nie wees nie. Wat soek die "vark in die verhaal" in Mauritius, en dit terwyl sy en Harry hier op hulle wittebrood is. Hy kon tog sekerlik nie geweet het dat hulle nou hier gaan wees nie.

Harry vat Liz se hand en trek haar terug, uit Johan Van Zyl se lyn van sig uit, maar nie voordat hulle sy metgesel raaksien nie.

"Hierdie hele spul maak nie sin nie, Harry. Die

man het op haar jag gemaak, asof sy 'n dier is, en hier is sy saam met hom in Mauritius. Sy en Jonathan is nou saam, so het ek gedink, en hier sien ons haar saam met 'n ander man in Mauritius .....dit alles maak net nie sin nie!"

*****

Dit is Vrydagoggend 08h00 in Kaapstad.

Jonathan James se selfoon lui.....dit klink amper soos die lui van 'n plaastelefoon.

"Good morning Harald."

"Good morning Jonathan.....you sound like death. What is the matter?"

"It is Maryna, Harald.....her car was found near Macassar Road, blown up, with a charred corpse inside it. I am waiting for the coroner's report to find out if it is Maryna's charred remains.....damn Harald, I am busy dying on the inside."

"Well, Jonathan my British friend, you can stop being concerned about Maryna.....believe me, she is alive and well. Liz and I visited Port Louis yesterday, and whilst we were busy walking ourselves to death at the Central Market, we firstly spotted Johan Van Zyl, and a minute or so later, his companion.....Maryna!"

"This is not the time for joking around, Harald. What the hell are you talking about.....this doesn't make any sense! Are you serious?"

"Believe me, Jonathan, I am extremely serious. Please let me know the results of the coroner's report. There are however another matter with which I need your assistance. My brother-in-law phoned me during the early morning hours.....my sister has disappeared. Please note that I would not usually worry you with stuff like this, but this is not the way that Grieta operates, it just isn't her style. I am really concerned about her.....she has been missing for two days, and like I said, it just isn't her style. Could you please contact my brother-in-law, Hans Du Toit, and speak to him about this. I will send you his contact details. Please Jonathan, please."

"Of course I will do that for you Harald, and I will keep you informed. I am elated that Maryna is a-live, and believe me, I am convinced that she is not in Mauritius of her own free will.....Van Zyl is up to something.....and I wonder whose charred remains were that found in Maryna's car? Thank you for the call. Give my regards to Lizzie."

*****

Harry is onrustig, omtrent die feit dat Grieta verdwyn het, maar dit is nie al rede nie. Daar is iets anders wat nou al vir 'n geruime tyd by hom spook, maar hy kan net nie sy vinger daarop lê nie.

Liz en Harry gaan stap vir oulaas strandlangs, om die laaste bietjie lekker van Mauritius te ervaar, alvorens hulle die volgende oggend terugvlieg na O.R. Tambo toe.

"Harry my lief, hierdie twee weke was absoluut fantasties gewees. Dankie vir alles wat jy gedoen het om hierdie 'n onvergeetlike ervaring te maak..... dankie dat jy my 'n deel van jou lewe gemaak het."

"Hoe kan dit enigsens anders wees, Lizzie? Jy is enige man se droomvrou, en ten spyte van hierdie tuimel-trein fase waarin ons die afgelope paar maande vasgevang was, het jou liefde vir my nie vir een enkele oomblik "gestotter" nie. Jy is deur hel, en tog het jy die vrou gebly vir wie ek lief geword het. Dankie "Sweet-neus!""

*****

"Good afternoon.....this is Jonathan James from IPIPS speaking. Am I speaking to Hans Du Toit?"

"Yes, this is Hans Du Toit speaking. How may I help you?"

"Harald Markotter, your brother-in-law, has requested me to contact you. I believe that your wife has gone missing.....am I correct?"

"Thank you for contacting me, Mr James.....yes, she has not yet returned.....I am really concerned for her well-being. The Police has not yet responded since I have reported her disappearance almost two days ago.....believe me, I am totally losing it."

"Would you mind to come and pay me a visit. Our offices are in Sea Point.....I shall drop you a location pin.....make it as soon as possible, we have to get going with this immediately!"

*****

'n Kort, bonkige, Hans Du Toit klop aan Jonathan James se kantoordeur: "Mr James?"

"Do come in.....I presume that you are Mr Du Toit."

"Yes I am.....please call me Theuns. Thank you for seeing me at such short notice.....like I said, I am really concerned about Grieta's disappearance."

"So am I, Theuns. Please fill me in with all the details.....where she went prior to her not returning home, etc. etc."

So bring Theuns Du Toit dan die volgende uur-of-wat by Jonathan James deur.

*****

.....en dan is Liz en Harry terug op O.R. Tambo Lughawe. Hulle het reeds blyplek by Gaby's Guesthouse in Melville bespreek.....dit gaan hulle blyplek vir die volgende week-of-wat wees.

"Good afternoon Jonathan, we are back in Johannesburg, and will reside at Gaby's Guesthouse in Melville for the next week or so."

"Well, well, Harald my friend.....wonderful to hear from you. I hope that the two of you have enjoyed Mauritius. Please fly to George on Friday.....I will pick you up at the airport and from there we will travel to your final destination by car.....forward your flight details to me as soon as it is available to you."

"Thank you so much for all the trouble that you have gone to, Jonathan. How will I ever be able to repay you?"

"There are no need for that Harald.....we are friends, and isn't that what friends are for? Just some feedback.....I have had quite a lengthy session with Theuns Du Toit, and we are busy working through all of the information that he has shared with me."

"As far as Van Zyl is concerned.....we have traced him to a luxury villa in Tamarin in Mauritius. An IPIPS agent is already on location in Mauritius, tracking his every move. The villa belongs to a trust, and at this point in time we seem to have some difficulty finding out who the trustees and the beneficiaries of the trust are.....this does not quite make sense, but we will eventually find out who these parties are."

"My goodness Jonathan, is Maryna at least okay?"

"Maryna is being held at another, smaller location in Tamarin, and it seems that she is not free to come and go as she likes. Every morning she is taken from there by car, to, it seems, wherever Van Zyl would like to meet with her to spend the day. The same car will then pick her up at the end of the day. Not once has she been to Van Zyl's villa, and neither has he been to the place where she is being held.....we will have a detailed discussion when I see you again."

"Great.....and thank you again, Jonathan. See you on Friday."

*****

Dit is Donderdagoggend.

Die lykskouer se verslag lê op Jonathan se lessenaar toe hy in sy kantoor instap. Hy gaan maak eers vir hom 'n lekker koppie boeretroos....hoe ironies.....en dan begin hy die verslag rustig te sit en lees.

Hierdie gaan 'n nagmerrie wees, want dit gaan moeilik wees om enige bron van DNA vanaf die verkoolde lyk te kry.....uiteraard is daar geen haar op die liggaam beskikbaar nie, en daar is ook nie 'n enkele tand beskikbaar waar die mond behoort te wees nie, wat beteken dat die lykskouer hom nie eers na tandheelkundige rekords kan wend om die identiteit van hierdie persoon te probeer bepaal nie. Een ding is wel seker, hierdie is die lyk van 'n vroulike persoon.....êrens in haar middeljare. Sy was dood voordat die ontploffing plaasgevind het. Dit het die lykskouer afgelei van die feit dat daar 'n .45 projektiel binne-in haar skedel aangetref is .....wat het hierdie arme vrou deurgemaak voordat sy geskiet is, en toe in 'n brandende Fiesta verkool is? Watse hartelose, gewetenlose gemors loop daarbuite in ons strate rond.....geen persoon verdien om op hierdie wyse die ewigheid ingestuur te word

283

nie!

"I will get this pig," is al wat Jonathan binnes-monds kan kwytraak.....hy vermoed reeds wie hier-voor verantwoordelik is, inteendeel, hy is omtrent negentig persent seker wie dit is.....die vrou se ver-koolde lyk is in Maryna se motor gevind, en Ma-ryna word teen haar wil in Mauritius gevange ge-hou.....soort van, deur Johan Van Zyl.

*****

Dit is Vrydag 11h00.

Die drie glimlag breed toe hulle bymekaar uit-kom.....net soos groot vriende dit gewoonlik doen.

"Good morning, and welcome back to civilization, you lovebirds."

Liz en Harry groet vir Jonathan so saam-saam, met 'n "Hello my friend."

"Well Harald, your car is waiting at our destina-tion, but I have however taken the liberty to have the registration number changed, for the time be-ing at least. We will have to lay out as many red herrings as possible, just to ensure that our friend, Mr Van Zyl, will not be able to find you all that ea-sily, should he find the need to......and that goes for your little Jimny as well, Liz."

"Thank you Jonathan, you really are amazing. Do you have any further news regarding the charred body that has been found in Maryna's Car?"

"Not a thing, my dear friend.....this one is going to be quite difficult.....there are no source of DNA to be found on the body, furthermore, we will not be able to make use of any dental records as there are no teeth to be found on the charred remains. We suspect that the lady's teeth have been removed before she was killed, yes, she was shot with a .45 caliber prior to being placed in the Fiesta, and only then the car was blown to smithereens."

"Well Jonathan, this is quite interesting.....Johan Van Zyl is the proud owner of a .45 Smith & Wesson, which he has imported directly from the manufacturer in Springfield, Massachusetts, according to the man himself. I cannot help but suspect the man to be involved in this incident."

"Harald, there is no doubt whatsoever in my mind as far as that is concerned. We are almost ready to move in on him.....all that's now left to be done is to determine the identity of the corps, and to find a motive for him to have gotten rid of whoever the lady was. It seems to me that she must have gone through absolute hell prior to being shot."

"All this is out there, and I cannot even get involved, at least not where Van Zyl might be able to pick up that I still reside in the Cape, however, please invite me along when you move in on him. I would like to see if he will still have that arrogant, self righteous smile on his face when he gets arrested."

.....en dan hou hulle by 'n doodgewone, eenvoudige ou huisie êrens in Villiersdorp stil.

"Welcome to your castle.....even your four legged friends are here to welcome you. You will find that everything you require is in place. The croceries will see you through for at least seven days, which means that you do not have to go shopping for a while. I will be on my way.....good bye you two."

*****

Dit is 'n eenvoudige drieslaapkamerhuis met een badkamer, en dit dateer terug uit die sestiger jare, maar die huis is gerieflik groot met alle geriewe wat nodig is om gerieflik te kan bly. Anders as wat hulle verwag het, is die ou plekkie nogal huislik en warm.

Dit laat hulle soort van tuis voel.

"Ek dink dat ons nogal heel lekker hier gaan bly, Harry. Ons het regtig nie eintlik meer as die ou plekkie nodig nie.....net jammer dat die see so vêr is," glimlag Lizzie.

*****

Harry is met sy selfoon besig: "Hallo Theuns, hoe gaan dit met jou Swarrie?"

"Hallo Harry.....nie goed nie. Welkom terug. Wat gaan ons omtrent die situasie rondom Grieta se verdwyning doen.....ek sukkel om hierdie ding te hanteer."

"Glo my Theuns, Jonathan James is die beste moontlike persoon om hierdie ding te hanteer

.....dit is net die room van polisiemanne wat deur IPIPS in diens geneem word. Ek glo dat ons nie baie vêr in die toekoms in, 'n oplossing vir hierdie situasie sal hê nie.....onthou, Grieta is my ou-sus.....ek is vrek bekommerd oor haar, en daar is nie veel wat ek daaromtrent kan doen nie.....ek word gedwing om onder die radar te beweeg, want daar is 'n skurk daarbuite wat sy mes vir my en Lizzie in het. Sy vlerke gaan egter binnekort ge-knip word, en dan kan ons almal se lewens weer na normaal terugkeer."

"Wie is die ou, en wat het hy aangevang, Harry. Dit kan tog seker nie so erg wees nie."

"Theuns, my swaer, hierdie ou is uiters gevaarlik, en absoluut gewetenloos. Hy het vir Liz ontvoer en haar vir bykans 'n maand lank gevange ge-hou.....dit is 'n absolute wonderwerk dat sy nog lewe. Jy het liefs nie nodig om enigiets verder om-trent hierdie swerkater te weet nie.....hoe minder jy weet, hoe beter vir jou.....glo my maar. Ek gaan wel probeer om binnekort 'n draai daar by jou te kom maak.....net dalkies kan ek iets daar vind wat sal bydra om Grieta te help opspoor."

"Dit sal wonderlik wees Harry. Ek sukkel regtig-waar. Probeer asseblief om so gou moontlik hier by my uit te kom."

En dan is die gesprek op 'n einde.....en Harry won-der wat van sy swaer sal word indien hulle nie vir Grieta lewendig kan opspoor nie.....wat sal Harry doen indien sy ousus die tydelike met die ewige verwissel het?

*****

Dit is Saterdagoggend.....

"Good morning Jonathan, are you well?"

"Of course I am, Harald. How can I be of assistance on this fine Saturday morning?"

"I had a conversation with Theuns Du Toit, and I am afraid to say that he is not at all in a good place, mentally, that is. Liz and I need to go and see him. He really is in serious need of support. How do you feel about Liz and I driving through to him to spend a night or two. I would also like to take the opportunity to scratch around my sister's study.....who knows, I might just find some valuable clues."

"This is your call Harry.....I actually think that you have already made up your mind.....be careful, Van Zyl and his cronies aren't sleeping. When are you planning to go there?.....please notify me upon your arrival.....best of luck!"

*****

Die swart BMW hou voor Theuns en Grieta se blyplek in Somerset-Wes stil.....die meer gegoede deel van Somerset-Wes. Harry besef skielik dat sy ousus en haar geliefde man eintlik in 'n ou paleisie woonagtig is. Hierdie is 'n merske plek! Dan trek hy sy skouers op en lui die hekklokkie.

Theuns Du Toit hardloop die twee omtrent tegemoed. "Dank Die Here julle is hier!".....hy lyk nog erger as wat Harry verwag het dat hy gaan lyk.

Nadat Harry en Liz vir Theuns gekalmeer het, laat weet Harry vir Jonathan dat hulle by hulle bestemming gearriveer het.

"Theunis, is dit in orde as ons vir twee dae hier by jou kuier.....en dan wil ek jou saamneem na ons blyplek toe.....sal dit vir jou moontlik wees om vir 'n week-of-wat hier weg te kom? Ek dink nie dat dit 'n goeie ding vir jou is om nou op jou eie te wees nie. Kom saam, asseblief man?"

"Ek sal graag wil saamgaan, Harry.....is dit reg met jou, Liz?"

"Natuurlik Theuns, hoe dan nou anders? Dan is dit gereël.....dit gaan lekker wees om jou daar by ons te hê."

"Dankie julle, ek weet nie wat ek sonder julle sou doen nie."

"Theuns, ek wil graag in Grieta se studeerkamer en op haar rekenaar rondkrap.....wie weet, dalk kry ons net iets daar wat vir ons 'n aanduiding gee wat van haar geword het. Intussen kan ons nie bekostig om moed te verloor nie.....ons moet net aanhou glo en vertrou dat sy veilig is. Kom ons braai vanaand en dan kan ek my môre met die rondkrappery besig hou. Wat sê julle daarvan? Kan ek maar gou vir ons 'n paar lamstjoppies gaan aanskaf?"

"Dit sal lekker wees, Harry."

"Dankie julle. Ek het 'n bottel-of-wat Jameson in die huis, en natuurlik ook 'n redelike verskeidenheid van rooiwyn.....Lizzie, jy moet maar vir jou enetjie vir vanaand gaan uitkies.....kom ons gaan kyk wat daar in die kelder is."

*****

Dit is Maandag, 'n helder, sonnige, windvrye dag, en Harry is al vroegoggend in Grieta se studeerkamer besig. Sy speurstemmetjie het laasnag lank en indringend met hom gesels, en daarom is hy nou besig om na goggas te soek.....ai tog Harald!....en dan rek sy oë.....hier is waaragtig waar 'n "bug" onder haar lessenaar versteek.....en dan staan Harry die "snuffelhond" se ore penoorent..... wat gaan hier aan?

10 ONTNUGTERINGS

So vind Harry nog een.....en nog een.....en dan 'n afloer-gogga.....en nog een! Waarom is hierdie goed in Grieta se studeerkamer geplant, en wie het dit daar geplant? Nou begin Harry omtrent sy ousus se doen-en-late te wonder.....sy is 'n forensiese ouditeur.....het sy gekrap waar sy liewer nie moes krap nie.....ongetwyfeld. Die mense wat hierdie goggas hier geplant het is heelwaarskynlik die mense op wie se tone Grieta getrap het, en dit is heel moontlik die mense wat vir haar verdwyning verantwoordelik is. Dan begin hy op haar rekenaar te krap, maar sy vordering word eensklaps gestuit deur 'n wagwoord beskermde vouer. Die vouer se naam is slegs SIN1, en Harry wonder wat daarbinne weggesteek is. Hierdie rekenaar moet dringend by Jonathan uitkom. IPIPS het van die bes-gekwalifiseerde rekenaar "fundies" tot hulle beskikking. Hulle behoort hierdie ou vouertjie redelik vinnig oop te kan kry. Harry is daarvan oortuig dat hierdie die deurbraak is waarvoor hulle gewag het.

"Theuns, ek wil graag Grieta se rekenaar by IPIPS uitkry. Ek het op 'n wagwoord beskermde vouer afgekom, en ek is oortuig daarvan dat IPIPS se "boffins" die ding sal kan oopkry. Mag ek dit maar vir Jonathan neem?"

"Ek weet nie of dit so 'n goeie idee is nie, Harry. Soos jy self weet is Grieta erg-heilig op die ou rekenaartjie.....sy gaan nie daarvan hou dat ander mense daarop rondkrap nie. Miskien moet jy dit maar liewer los."

Harry se mond val omrent oop. Hy kan nie glo wat sopas uit sy swaer se mond uitgekom het nie. 'n Mens sou nogal dink dat hy enigiets sal doen om vir Grieta terug te kry.....selfs te midde van haar moontlike toorn!

"Theunis, ek gee nou nie eintlik om hoe sy gaan reageer wanneer sy uitvind dat IPIPS haar reke- naar beetgekry het nie, haar lewe is op die spel, en dit is al wat saakmaak.....sy moet my maar hieroor aanvat.....ek gee regtig nie om nie. Gaan julle twee saamry?"

En so is die drie van hulle dan oppad Seepunt toe.

*****

"Hi Jonathan, I bet that you are pretty surprised to see the three of us, but the circumstances were not favourable for me to phone you prior to our visit."

"I am indeed surprised. Your reason for visiting must be quite important though, because you might be compromising your cover by coming here."

"You are correct, Jonathan, but my sister's well be- ing is paramount at this point in time."

"How can I help, Harald?"

"I took the liberty of bringing Grieta's lap top along. Please bear in mind that my sister is a forensic auditor, and we are all aware that these professionals are not always the most popular people around. During the course of last night, the detective in me took control, and this morning I started off the search in Grieta's study by looking for bugs. Initially I thought that I was completely nuts for doing so, but then I discovered quite a number of these devices. This made me realise that there has to be something on her laptop that might be able to point us in the direction of her disappearance.....and low and behold, I found a folder by the name of SIN1 which is password protected. I would like IPIPS' IT specialists to unlock this if at all possible."

.....en dan trek Harry 'n opgevoude A4 vel papier uit sy hempsak uit....."I found this stuck to the bottom of Grieta's desk top.....please take a look at it as I cannot make any sense of it. It seems to be a code, or a solution to a code.....I can't figure it out."

.....en al die tyd hou Harry sy swaer se gesig uit die hoek van sy oog uit dop.....daar het verskeie uitdrukkings op sy gesig verskyn, waarvan ontnugtering sekerlik die mees prominente was, maar Harry is seker dat hy ook 'n element van vrees op Theuns se gesig gesien het.....waarvoor is Theuns dan nou eweskielik bang?

"Well, Harald, this time you really pulled a rabbit out of the hat. I will get all of this to the specialists and keep you updated.....well done old chap!"

"Thank you Jonathan, I will appreciate your feed-back. Have a terrific day, and thank you once again."

*****

.....en dan is hulle oppad Villiersdorp toe. Harry het nie veel geslaap tydens sy besoek aan Somer-set-Wes nie, sy kop weier om af te skakel.....wat is met sy suster aan die gang.....en Theuns treë soms nogal vreemd op.....is dit bekommernis, of is daar 'n ander rede daarvoor....."Ek sal uitvind," dink Harry by homself.

Net daar-en-dan besluit Harry om 'n draai by die Du Toits se paleisie te gaan maak.....sonder hulle medewete, natuurlik. Dit het tyd geraak om vir Ronald en Renier te kontak. Tussen die drie van hulle sal hulle daardie huis van kant tot wal deur-soek.....hoe meer Harry omtrent hierdie hele ding top, hoe meer begin hy oor Theuns se betrokken-heid hierby wonder.

Harry tref al die reëlings vir Donderdag, want dit is die gouste wat Ronald en Renier hom sal kan help. Hy kan nie help om te wonder wat hulle krappery daar gaan oplewer nie.

Die saamkuiery doen vir Theuns Du Toit goed .....en hy begin ontspan. Sy tong begin los raak, veral na 'n paar glasies wyn.....en dit is dan wan-neer Harry hom vir inligting begin pols, so sonder dat hy dit besef. Liz besef wat aan die gang is, maar sy weet nie eintlik waarom Harry besig is om te doen wat hy doen nie, want sy is nie bewus van dit wat in Harry se gedagtes aangaan nie.....en hy sê ook niks nie. Wat Liz en Theuns aanbetref, het Harry en Jonathan James die volgende dag 'n vergadering aan.

*****

Dit is omtrent 'n uur se ry vanaf Villiersdorp na die paleisie in Somerset-Wes toe, en kort duskant 08h00 hou die swart 3 Reeks in die oprit van Theuns en Grieta se blyplek stil. Ronald en Renier is kort op sy hakke. Harry skets vir die twee manne die agtergrond rakende hierdie saak, ja, dit is nou vir Harry net nog 'n saak, want hy het sy emosies tersyde gestel.....dit is hoe hy die mees effektiefste gaan wees.....en dan begin die groot soektog! Die "goggas" is die hele huis vol, tot in die slaapkamers en die badkamers. Wie ookal die goed geplant het wou doodseker maak dat hulle kennis dra van alles wat hier aan die gang is, en in die proses het hulle sommer so 'n bietjie afloerdery ook gedoen.

Dan begin hulle in die hoofslaapkamer rond te krap, sonder om enigiets van belang te vind. Verder in die gang af kom hulle te staan voor die deur met die "Theuns Se Plek" bordjie op.....Harry het al baie omtrent hierdie kamer gewonder.....en die deur is gesluit.

"Ons moet maar versigtig wees Harry," kom dit van Renier. "Indien hierdie Theuns se plek is, en dit bly gesluit, beteken dit dat dit tot vir die vrou van die huis buite perke is. Dit beteken dat hierdie deur moontlik aan 'n alarm van een of ander aard gekoppel mag wees. Gee net gou vir ek en Ronald kans om die kat so 'n bietjie uit die boom te kyk."

Vyf minute later is Renier se duim in die lig, en Harry haal iets wat amper soos 'n naelvyltjie lyk, uit sy hemp se sak.....twee minute later stoot hy die deur oop, half-versigtig, omdat hy nie eintlik weet wat om agter hierdie deur te wagte te wees nie.

Die drie manne staan stil en rondkyk. Op die oog-af is hier niks buitengewoons nie.....'n kroegtoon-bank met 'n redelike groot verskeidenheid van drank, twee wynrakke, een met rooiwyn en die an-der met witwyn, twee drie-sitpek banke, en 'n mas-siewe TV-skerm teen die een muur. Agter die kroegtoonbank vind hulle die gewone "para-fernalia," 'n kroegyskas, 'n ysmasjien, verskeie le-pels, messe en tangetjies, en dan ook 'n skoot-rekenaar. Harry skakel dit aan en onmiddellik verskyn 'n tabel met 'n verskeidenheid van plek-aanwysers.....almal binne die paleis. Dan begin Harry deur die verskillende plekaanwysers te sif, en dit stem presies ooreen met die plekke waar hulle goggas in die huis geïdentifiseer het. Daar is egter een van die plekaanwysers wat hy nie kan identifiseer nie.....dit is êrens anders, die area op die aanwyser lyk soos 'n badkamer, maar 'n bad-kamer buite hierdie huis. Dan is daar 'n beweging op die rekenaar se monitor. 'n Vroulike figuur met lang donker hare beweeg in beeld in, haar gesig weggedraai van die kamera af. Sy begin haar te ontkleë pas nadat sy die stortkrane oopgedraai het, en dan draai sy haar gesig in die rigting van die kamera....."kyk maar lekker Theunsie, as jy nou

daar is. Ons sal mekaar binnekort weer sien," sê
sy..... sonder enige twyfel, vir Theuns Du Toit.

Harald Markotter kan sy oë nie glo nie.....dan kyk
hy weer.....en weer. Leonora Willemse kyk hom vas
in die oë vanuit die rekenaar-monitor!

"Herken julle twee ouens hierdie vroumens?"

"Ja Harry, dis die befoeterde vroumens van Maxi-
genics.....Gretha, as ek reg onthou?"

"Jy is in die kol met daardie antwoord, Ronald."

Haar regte naam is egter Leonora Willemse, en sy
werk nie meer vir Maxigenics nie. Sy is getroud
met Wouter Willemse, die leier van die taakmag vir
die voorkoming van veë- en wilddiefstal hier in die
Wes-Kaap en die Karoo. Sy is betrokke by Vetpaw,
'n organisasie wat hulle daarop toespits om renos-
terstropery te bekamp."

"Ons twee is nogal goed bekend met Vetpaw, want
ons het 'n redelike groot finansiële skenking aan
hulle gemaak.....sonder om ons huiswerk nou-
keurig te doen.....en toe vind ons uit dat Johan
Van Zyl Vetpaw se beskermheer is, inteendeel, hy
het die organisasie 'n jaar-of-wat gelede op die
been gebring. Vetpaw werk baie nou saam met die
taakmag, en ek dink die feit dat sy met die taak-
mag se leier getroud is, bevestig dit."

Nou is Harry van vooraf deurmekaar.....dit beteken
dat Leonora en Wouter tog heel moontlik by die
renoster-stropery betrokke is, want indirek werk

Leonora vir Johan Van Zyl....."hulle het vir ek en Jonathan soos 'n "ghitare" gespeel, geen wonder dat die spul al die tyd 'n treë of wat voor ons is nie," maal dit deur Harry se ontstoke gemoed.

*****

"Jonathan, I need some of your time, rather urgently, please." Harry ry direk van Somerset-Wes af na Seepunt toe, waar die Britse speurder vir hom sit en wag.

"Good day Harald. You sounded a little disturbed when you spoke to me, to say the least. What seems to be the matter?"

"Hello Jonathan, believe me, I am a more than a little disturbed, I am actually livid. We have been had, Jonathan, totally."

"Ronald and Renier, the two gentlemen that usually assist me with bug cleanup operations, this morning helped me with a search of Theuns Du Toit and my sister's home. We found bugs in literally every room in the house. This obviously was, and still is, of great concern to me. I do however have to mention that Theuns has behaved a little bit peculiar regarding me searching through their property, as well as IPIPS scrutinizing Grieta's computer."

"Do you perhaps have any idea who planted the bugs in their house?"

"Yes Jonathan, I actually do.....the culprit seems to be Theuns himself! We scrutinized a room called "Theuns se plek," which translates to "Theuns' Place," and came across some pretty interesting stuff. All the bugs in the house were linked to a laptop behind the counter. One of the location identifiers on the laptop however was not linked to any of the bugs that we have found in the house. Whilst trying to figure this lot out, a lady appeared onto the monitor, opened up the shower taps, in her bathroom, and started undressing. She then turned to look straight at the camera saying, "kyk maar lekker Theunsie, as jy nou daar is. Ons sal mekaar binnekort weer sien," which roughly translates to "enjoy looking, Theunsie, if you are watching. We will see one another again shortly."

"Well, well, Harald, so that is the stuff in life that makes your brother in law tick!"

"Yes, it seems to be the case, Jonathan.....but the best is yet to come! We both know the lady as Leonora Willemse. My two friends also recognized her as Gretha, from Maxigenics.....they assisted me with a clean up operation at Maxigenics which is where they got acquainted with her. The two of them then revealed some pretty interesting facts about the Willemse clan's association with Vetpaw, the organization that Leonora is involved with, and it's affiliation to the "Big Pig," Van Zyl!"

"What! You must be joking, my friend."

"Believe me Jonathan, I am extremely serious. Johan Van Zyl is the Patron of Vetpaw, but he is also the founder of the organization. The Willemses have played us.....and we fell for it, hook, line and sinker! This of course also explains why the task force members were always first on each and every crime scene involving this whole mess.....they are the guys that were actually responsible for these murders."

"Harald my dear friend, we have been had, in the worst possible way.....damn! This information, however, has incriminated them completely. We have to get Maryna back here, away from Johan Van Zyl.....her life is in danger. I will personally go to Mauritius, if necessary. Should you have any difficulty in getting hold of me, it simply means that I am on Ile Maurice. I shall be bringing my lady back home.....come hell or high water!"

*****

.....en so voeg die Brit die daad by die woord!

Teen 14h00 die volgende dag stryk die A300 met Jonathan James aanboord op Mauritius se internasionale lughawe neer. Hy gryp sy oornagsakkie en kies koers na die aankoms-lokaal toe.....die speurder is nie van plan om langer as een-, miskien twee dae op die eiland te vertoef nie. In die aankoms-lokaal loop hy hom trompop teen 'n magdom van wagtende mense, die meerderheid van hulle met soekende oë, en die res met omhoog gehoude naambordjies. Uiteindelik "soek" hy die bordjie, met James daarop geskryf, raak.....dan daal sy kyk na benede om op die rooikop persoon met die Europese gelaatstrekke se gesig te fokus.

Sy rooi hare is rooier-as-rooi, soos die IPIPS data-
basis aangedui het, en dit is dus relatief maklik om
die borddraer as Louis Lecroix te identifiseer. Die
Fransman is heel gemoedelik toe hy die Brit se
hand skud. Hy herinner Jonathan aan Commis-
saire Valentin, 'n Franse speurder uit die 1900's,
die hoofkarakter in die speurverhaal Les Brigades
du Tigre, wat gedurende die sewentigs as 'n TV-
reeks te siene was.....maar die haarkleur verskil
totaal-en-al.

"Good day Louis, it is a real pleasure making your
acquaintance.....thank you for collecting me from
the airport."

*****

Dan is die twee IPIPSers met 'n goedgeprysde
gehuurde motortjie oppad na Holiday Inn Mauri-
tius Mon Trésor in Blue Bay, waar Louis Lecroix
tans tuisgaan, en waar Jonathan vir die volgende
dag-of-wat woonagtig sal wees. Sestig minute later
sit die twee speurders rustig en gesels in Jonathan
se hotelkamer.

Lecroix skets die agtergrond tot die Maryna-sage,
en Jonathan luister met 'n geleerde oor. Maryna is
sonder twyfel Johan Van Zyl se gevangene, waar-
mee hy kan, en sal doen, soos dit hom behaag. Dit
is die deel van die agtergrond-skets wat vir Jona-
than bekommer. Die goeie gedeelte egter, is die feit
dat Maryna in 'n kleinerige villa sowat een-en-'n-
halwe kilometers vanaf Van Zyl gevange gehou
word. Alhoewel sy deur drie verskillende Van Zyl-

handlangers bewaak word, is daar slegs een van hulle op enige gegewe tyd by die villa aan diens.

Louis Lecroix haal 'n netjies-opgevoude dokument uit sy aktetas, plaas dit op die koffietafel in die middel van die vertrek, en vou dit oop. Dit is 'n gedetailleerde plan van die villa waar Maryna "tuisgaan". Ten aanskoue hiervan glinster Jonathan se oë soos twee aandsterre.....die Fransman weet verseker wat hy doen! Lecroix is 'n gesoute speurder, en het letterlik aan alles ter voorbereiding van Jonathan se besoek gedink. Met 'n rooipen teken hy 'n duidelike kruis op een van die slaapkamers met "this is where they are keeping her," in 'n swaar Franse aksent. "My plan is for us to enter through the back door.....the alarm system is basic and will be easy to override. I have all the specifications in my "mallette", and it will take thirty seconds to deactivate the "système".....I will do that. The door lock is a 2 "levier de verrouillage" and I will open that in 10 seconds. We will "entrar par la cuisine", through the eating room, "le passage", and as you can see on the plan, the lady's room is the second door on this side," en daarmee lig hy sy linkerhand bokant sy skouervlak op.

"We will be there at 03h00 tomorrow morning, and we will be in-and-out in fifteen minutes," gaan die Fransman voort. "The guard will not make any worries for us, because we will put the sleeping gas into the house. You must carry the lady when we leave. We will drive straight to Privé Airport near-Port Louis, and IPIPS "hélicoptère" will take you and the lady to Antananarivo in Madagascar for "avion" to take you back to "Afrique du Sud". You happy with my plan?"

"My goodness Louis, this sounds wonderful. Thank you so much for making all the arrangements. I will invite you to our wedding. You should come and visit us in South Africa."

Na 'n smaaklike aandete gaan slaap die twee IPIPS-manne.....hulle moet om 02h20 ry om op die beplande tyd met hierdie operasie te begin.....maar Jonathan se kop wil hom nie laat slaap nie.....die opgewondenheid oor die feit dat hy weer vir Maryna in sy arms sal kan vashou, is die grootste enkele oorsaak hiervan.

*****

Om 02h15 staan Jonathan, oornagsakkie en al, gereed vir aksie, langs die gehuurde motortjie. "Bonjour" is al wat van Louis Lecroix se kant af kom toe hy twee minute later daar opdaag.....en dan is hulle oppad. Hulle ry in absolute stilte tot naby die villa, en hou dan langs die straat stil. In swart gekleë, smelt die twee figure redelik effektief in die donkerte van die nag weg. Louis het reeds Jonathan se gasmasker en koplamp in sy hand gedruk. Soos blits het Louis die alarmstelsel in 'n stilte ingedwing, en 10 sekondes later stoot hy die Villa se agterdeur oop. Dan maak hy die uitlaat van die silinder met die slaapgas oop en ledig die inhoud daarvan in die gang wat na die slaapkamers lei.

Presies 30 sekondes later begin die twee gemaskerde figure in die gang af beweeg. By die tweede deur aan die linkerkant van die gang gaan staan hulle stil.....die deur is gesluit! Dan gaan 'n deur verder in die gang af oop, en 'n lang, "groter as meeste ander manne", man, strompel in die gang in. Hy probeer op die twee swartgeklede figure afstorm, maar die slaapgas is duidelik besig om sy tol te eis. Twee treë voordat hy by die gemaskerde wonders kan uitkom laat sy boomstam-bene hom in die steek en hy slaan soos 'n Seder met ED op die porselein geteëlde vloer neer. Die twee gaan onmiddellik voort om die slot na die deur oop te maak. Dan tel Jonathan vir Maryna van die bed af op.....slap soos die lyk van 'n pasgestorwe vrou.

"Jonathan, be outside in three minutes.....I will get the car." Louis Lecroix beweeg soos 'n vetgesmeerde blits, en drie minute later hou hy langs Jonathan stil. Hy bondel vir Maryna op die agterste sitplek neer en forseer homself langs haar in die motor in. Die rit lughawe toe sal om-en-by veertig minute duur.

"Okay Jonathan, under front seat is a plastique bag with injection. That will wake the lady up. She will wake up in 5 minutes."

Maryna gee 'n onaardse gil toe haar oë uiteindelik begin fokus, en Jonathan het sy hande vol om haar in toom te hou.....dan besef hy dat hy nog steeds die gasmasker op sy gesig het. Met 'n vinnige, opwaartse beweging van sy regterhand pluk hy die masker van sy gesig af, en onmiddellik raak Maryna rustig.....sy het haar Engelsman herken..... hy het haar kom red, uit die kloue van die ongenaakbare Johan Van Zyl.

"Thank you Jonathan," is al wat die bedwelmde Maryna op daardie stadium kan uitkry, maar tien minute later sit sy regop, styf teen haar man, wetende dat die nagmerrie nou verby is. Sy besef nou dat hierdie ridder in swart, haar ridder is, en dat sy vir altyd saam met hom wil wees. Hulle vlug vanaf Ivato Internasionale Lughawe in Antananarivo vertek eers oor drie ure, en die twee gebruik die tyd om iets by die 24 uur koffiewinkel te gaan eet en drink.

*****

Jonathan en Maryna stap saam-saam in die speurder se blyplek in. Die Engelsman is 'n bobaas speurder, maar hy het nog heelwat aangaande die romantiek te leer, en tog werk sy benadering by hierdie geleentheid....."Maryna, I would like for you to make this your permanent residence, for the time being at least, until such time as IPIPS transfers me back to Britain, where our "till death do us part" home is waiting for us."

"Is this an attempt at a proposal, Jonathan?"

Sy lyftaal verklap dat hy homself in 'n ongemaksone bevind, maar hy is nogal braaf, en staan sy-man.....en 'n ondeunde glimlag speel om Maryna se mondhoeke.

"No Maryna, this is not an attempt, it is an official request to you to marry me. Will you grace me with your permanent presence in my life, please."

.....en dan kan sy haarself nie meer langer in toom hou nie, en die volgende oomblik het die speurder 'n paar boeremeisie-arms om sy nek. "Of course I will, Jonathan, of course I will!" bevestig sy met 'n gilletjie.

"I would prefer for you to move in immediately, my love.....it is not safe for you to move back to your place. I will arrange for your stuff to be packed and to be stored in a storage facility until such time as we have decided precisely how we would like to lead our lives in the near future.....maybe you would like for us to find alternative accommodation. Two ladies from IPIPS will visit your place tomorrow to pack your personal belongings. We will arrange for it to be transferred here by tomorrow evening latest."

Die volgende oggend, net na 08h00, is Phoebe en Phyllis, twee van Jonathan se kollegas, in sy kantoor. Die drie van hulle kom al 'n langpad saam, en het al in verskeie lande vir IPIPS diens gedoen.

Phyllis is 'n avontuurlustige Engelse nooi, amper iets soos Laura Croft, fiks, fisies en rats.....heeltemal daartoe in staat om haarself in krisis-situasies uit die moeilikheid uit te kry. Phoebe, in teenstelling, is heelwat minder fisiek, maar sy het 'n hoogs intelligente kop op haar skouers. Sy was voorheen 'n onderwyseres in London gewees, maar IPIPS se kopjagters het haar oorreed om haar bogemiddelde taalbevoegdheid in diens van die organisasie aan te wend. Sy lees, skryf en praat Engels, met al die variante daarvan, Afrikaans, Duits, Frans, Italiaans, Russies, Sjinees, asook Xhosa, wat sy gedurende die afgelope 18 maande tydens haar huidige sessie in Kaapstad aangeleer het.

"Good morning ladies, wonderful to see you again. Thank you for your time. I have had a word with the man in the big office, and he has agreed to the two of you assisting me with a bit of a private matter.....but let us start at the beginning. Maryna, the lady that I have been seeing for a while, the one that I went to fetch in Mauritius, last night agreed to become my wife."

.....en dan is daar 'n tussenspel van voorspelbare vroulike gilletjies en giggeltjies voordat hy met sy verhaal kan voortgaan.....

"She was captured and taken to Mauritius against her will, and that is why I had to go and fetch her. Her captor is a callous criminal, and fortunately, she was not harmed in any way. As you can probably realize, it is a substantial risk for her to go anywhere near her place of residence. I would like to pose a very special request to the two of you."

"Jonathan, you are very aware of the fact that we shall never willingly withhold our assistance to you," kom die antwoord in die suiwerste moontlike Engels vanaf die "taal-fundi". "What is it that you would like for us to assist you with?"

"We need for Maryna's personal effects to be boxed and crated for transfer to my residence, and I honestly cannot think of any other persons that I would rather trust with this matter. Would you be so kind as to assist?"

"Please let us have the location and we shall be onto it immediately."

Met 'n "thank you" druk Jonathan 'n notajie in Phoebe se hand.

*****

Vier dae later word twee kiste stil-stil, sonder seremonie, op 'n Lockheed C-130 van "The Royal Air Force" gelaai, oppad terug Britanje toe.....en Jonathan is stukkend van binne!

Beriggewing het dit bloot as 'n onverklaarbare ontploffing bestempel, maar IPIPS is wel deeglik daarvan bewus dat Maryna se blyplek, tesame met alles wat daarbinne was, deur 'n ploftoestel wat doelbewus aan die voordeur gekoppel is, peetjieland toe gestuur is. Dit was dan hoeka ook Phoebe en Phyllis se laaste opdrag uit IPIPS geledere gewees.

*****

Op Vrydagoggend om10h00 hou Jonathan se wit Discovery 2 voor die IPIPS veilige-huis in Villiersdorp stil. Maryna en Jonathan het gaan kuier, maar hulle gaan ook wedersyds inligting uitruil. Die groet is soortgelyk aan die van naby-familie wat mekaar na 'n lang tydperk weer te siene kry. Ons vier vriende is die afgelope klompie maande, elkeen op sy eie manier, deur 'n trauma-verweefde tydperk, en dit het 'n intense vriendskap tussen die vier tot gevolg gehad. Dit is altyd interressant om te sien hoe die ou lewe buitengewone draaie met ons aardbewoners stap, en wat die uiteindelike gevolge daarvan dan is.....hier het 'n "bloedfamilietjie" tot stand gekom!

Die twee "sussies" het uiteindelik al hulle trane afgevee, en die "broers" het ernstig aan die gesels geraak, nadat hulle mekaar omhels het.

"Gaan julle vir die naweek bly, Maryna.....sê tog asseblief ja?"

"Ek en Jonathan het oppad hiernatoe daaroor gesels en het besluit dat ons die uitnodiging sal aanvaar indien julle ons nooi. Ek veronderstel dat dit dan 'n ja is.....dit gaan lekker wees.....amper soos die ou dae, Lizzie."

"Right ladies, we really need to have a discussion around the current state of affairs, and Harald and I would like to have your input. Would you like to join us?"

Met 'n rooietjie in elkeen se hand neem die ernstige affêre dan 'n aanvang. Liz, wat gewoonlik relatief stil is tydens hierdie tipe van besprekings, is vandag vol voorstelle en idees.

"We all now know that Wouter and Leonora is part and parcel of Johan Van Zyl's sindicate. I really think that the time has come for them to be called in for interrogation.....would IPIPS be able to arrange that, Jonathan?"

"Thank you for the suggestion, Liz, I cannot agree

more with you. If Harald and Maryna agrees with us, I will set the ball rolling on Monday."

"It is a yes from me.....and from me," stem die ander twee dan ook saam.

"I am quite sure that once the two are pressurized, they will start "singing," in the hope that they will be granted amnesty if they play along.....I think that should be used as a carrot during their interrogation.....do you three agree," lê Harry dan ook sy eiertjie.

Dit is dan op hierdie trant wat die gesprek voortgaan.....tot in die vroeë oggendure.....en die spannetjie is dit ook eens dat Johan Van Zyl en al sy handlangers wel deeglik aan die pen gaan ry.

*****

Dit is Maandagoggend, en die IPIPS-speurder is druk besig om hulle beplanning in realiteit te omskep.....hy kan nie wag om Phoebe en Phyllis se moordenaars aan die pen te laat ry nie. Jonathan besef ook dat hy meer tyd aan Grieta se verdwyning sal moet afstaan.....dinge het net so ongelooflik dol gedurende die afgelope tyd gegaan.

11 SWANESANG

Die Engelse spreekwoord lui as volg: "Crime does-not pay," en wonder-bo-wonder is dit nogal akku-raat, selfs in hierdie korrupte wêreld waarin ons ons huidiglik bevind. Hand-aan-hand daarmee gaan "Wat jy saai sal jy maai," sekerlik een van die grootste waarhede van alle tye.....die Engelse ge-segde "Live by the sword – die by the sword," is ook êrens in hierdie collage van waarhede verweef. Ten spyte van al hierdie waarskuwings-waarhede vind ons nog steeds die Johan Van Zyls van hierdie ou wêreld.

*****

"Leonora, gaan kyk tog wie by die voordeur is.....ek is nou daar," skreeu Wouter Willemse met 'n rela-tiewe lae stemtoon uit sy studeerkamer uit.

"Oh, Jonathan, welcome.....what brings you to our doorstep.....you should have phoned. Do come in."

Jonathan en sy twee IPIPS-kollegas stap die huis binne net toe Wouter in die vertrek instap, en die verbasing is duidelik op sy gesig te bespeur toe hy die IPIPS-manne sien.

"Jonathan," groet hy met 'n stem wat die Engels-
man nog nie voorheen by hom gehoor het nie.

Wouter is duidelik nie homself ten aanskoue van
die besoekers nie, en Jonathan merk dit dadelik
met groot genoegdoening op. "This is a good start,"
dink hy by homself.

"Would you two please accompany us to IPIPS' of-
fices in Sea Point.....we have to ask you some ques-
tions."

Leonora het reeds 'n nommer op haar selfoon inge-
sleutel, maar voordat sy dit teen haar oor kan
plaas staan Jonathan neffens haar. Hy neem die
foon bloot uit haar hand en beëindig die oproep.

Dit is op hierdie punt dat die "Amasoon" in haar
oorneem, en sy protesteer uiters ongeskik, met
haar sammajoorstem, by Jonathan. Jonathan se
ervaring hou hom kalm, en sy respons is baie een-
voudig, dog effektief: "Leonora, you can cooperate,
or we can arrest you and force you to cooperate
with us.....the choice is your's.....which will it be?"

"Nobody will force me to do anything against my
will.....and on ground of what offence, or suspicion
of offence, will you arrest me?

"Do not try to play hard ball with me, Leonora, I
haven't been around since yesterday.....under in-
ternational law we are arresting you for your in-
volvement in rhino poaching. "You have the right to

remain silent........," lees hy dan ook vir haar haar
regte voor.....en Wouter Willemse is doodstil.

"Jonathan, as Leonora's husband, I have to insist on
having a private discussion with her."

"I am really sorry, Wouter, but Leonora is now a pris-
oner, and I therefore cannot allow the two of you to
have any discussion at this point in time.

You may however spend some time with her in the in-
terrogation room at the IPIPS offices."

'n Geboeide Leonora word saam met haar man in
die IPIPS-voertuig gehelp, oppad Seepunt toe. Daar
aangekom word die tweetjies geskei om sodoende
in twee aparte ondersoek-kamers geplaas te word.
Leonora is voorspelbaar dwars, maar dit is 'n
merkbare gestresde Wouter se optrede wat hoop in
die speurder se gemoed laat opvlam.

*****

Dan is Jonathan alleen saam met Wouter Willemse
in Ondersoek-kamer nr.1.

"Right Wouter, I think that the time has come for
you to start playing open cards with me. You have
never struck me as being deceiptful and underhan-
ded, yet we have determined that the two of you
are involved with Johan Van Zyl, and as you well
know, he is probably the big brain behind the
whole operation. We further have reason to believe
that he has the task force in his pocket, which fur-
ther possibly implicates you, as the leader of the

task force, with the deaths of Jan Bantjies, Deon Van Zyl, as well as the person whose charred remains were found in the wreck of Maryna's car. We know that Maryna was abducted and taken to Mauritius, because that is where I rescued her from. Whoever set her Fiesta ablaze, knew that the corpse placed in the car was not that of Maryna. I am convinced that you and Leonora are in a position to furnish us with all the information surrounding this fiasco.....the choice is yours! I will now allow you to spend some time with your wife.....use as much time as you like, but ensure that you use it wisely. Incidentally, the number that Leonora has dialled prior to me confiscating her phone, actually connected me with Johan Van Zyl.....now why would she have dialled him at that specific point in time......do you perhaps have any idea?"

*****

Saam-saam staan Harry en Jonathan die toneelstuk wat in Ondersoek-kamer nr. 2 afspeel en gadeslaan. Daar woed 'n hewige argument tussen die twee Willemses met Leonora wat, getrou aan haar geaardheid, nie saam met Wouter se voorstel wil stem nie.....en dan gebeur die ondenkbare.....uit die bloute, sonder dat enigiemand dit verwag, deel Wouter 'n eersteklas klap uit.....goed gemik en volsterkte op Leonora se linkerwang. Nie die toeskouers nie, en nog minder Leonora kan glo wat sopas gebeur het. Sy is in trane, maar eweskielik baie meer inskiklik.....

"Ek is jammer, Nora" gevolg deur "Jy moet vir my

luister, anders gaan ons vir die res van ons lewens
in die tronk sit en verrot" is al wat Wouter verder
te sê het, en dan is die twee gereed om met Jona-
than te gesels.

Jonathan, gevolg deur Harald Markotter, stap
saam in Ondersoek-kamer nr. 2 in. 'n Bedeesde
Leonora en 'n duidelik gestresde Wouter toon geen
emosie toe hulle vir Harry sien nie. Hulle wil nou
net hierdie hele affêre agter die rug kry.....tronk
toe, gaan hulle tronk toe, dit besef hulle terdeë
.....wat nou gaan gebeur gaan egter bepaal hoe
lank die periode is wat hulle in die tjoekie gaan
deurbring.

*****

Harry praat eerste. "Goed julle twee, wat het julle
te sê, en praat maar liefs Engels, want Jonathan
sukkel so 'n bietjie met die Afrikaanse taal. Wees
net dankbaar dat julle met Jonathan, en nie met
enige van die ander IPIPS-manne te doen het nie.
Julle moet besef dat hierdie ouens ongenaakbaar
met betrekking tot misdaad is. Hulle hou nie van
skurke nie, en hulle verpes diegene wat ons ou
wêreld se erfenis, soos bv. renosters, in gedrang
bring. Neem dit wat ek nou vir julle gesê het in ag
wanneer julle julle praatwerk doen, want selfs Jo-
nathan se geduld kan opraak.....wees wys."

.....en dan is Wouter Willemse aan die woord.....

"Right Jonathan, Leonora and I have decided to co-
operate as far as humanly possible. We do however
need to know what positive consequences we can

expect in lieu of our assistance."

"You have to realize that I am in no position to pre-
scribe to the law to what extent it should punish
you for what you have done. I can however make
certain suggestions to the State Attorney, who will
no doubt consider the size of the ultimate prize
when presenting his case to the court.....the judge
however, will ultimately make the final decision re-
garding your sentences. That my friend, is really
the best I can offer you at this stage, and I give you
the assurance that I will make every effort to have
your sentence reduced to the shortest possible pe-
riod."

"Okay Jonathan, I suppose we cannot really expect
anything more." Wouter kyk vir Leonora en dan
praat hy verder: "I have known Johan Van Zyl for
approximately twenty years. We met through my
father, whom at that time had some business deal-
ings with him. What exactly the extent of the deal-
ings were, I do not know, and neither of them ever
shared that information with me. I do however sus-
pect that it was not totally above board as he ap-
parently bailed out my father on some deal that
went wrong. The guys on the receiving end of the
losses apparently threatened to abduct my mother
and myself in the event that my father could not
refund their losses within a six week period."

"This is the point where Johan Van Zyl stepped in
and offered his assistance. Little did my father
know that that point would mark the end of his,
and his son's freedom. Van Zyl had us exactly
where he wanted us. At one point I refused to co-

operate with regard to a specific assignment, and it almost cost me my life. The main reason for Leonora and I not having any children is the fact that it would present Johan Van Zyl with even more leverage to control our fate."

"About three years ago he summonced Leonora and myself to a syndicate meeting involving a number of people, including some legal guys, some law enforcement guys and his personal security assistants. He introduced Leonora as the Operations Manager as well as his right hand person at Maxigenics, after which he turned to me and congratulated me with my appointment as the team leader of the task force involved with the prevention of livestock and game theft, including the protection of rhinos in the Northern Cape, The Karroo and the Western Cape. He then turned to Col. Jurie Harmse of the SAPS and thanked him for his assistance in arranging for my appointment in that position. And that was it.....oh, I almost forgot, there was another person involved. She however did not attend the meeting, but she connected on a conference call. To this day I have never met her and I have no idea who she is.....he simply addressed her as "Mev. T", in such a manner as to demonstrate his total respect for her."

*****

.....en dan praat Leonora.....

"I did see her once, at Maxigenics, but I was never introduced to her. The reason for me knowing that she was Mev. T, is that I was standing next to Ma-

ryna when he ordered an Americano and a Rooi-
bosch tea for himself and Mev. T."

"She was very distinguished, and extremely beau-
tiful, with an amazing figure.....and she no doubt
was Johan Van Zyl's superior, perhaps not at
Maxigenics, but definitely in the syndicate which
he is involved in. Sorry for interrupting, Wouter
..... please continue with your story....."

*****

"It is at this point that the real nightmares started
happening, and it eventually escalated to the level
where Leonora and I contemplated fleeing the
country. We started looking at various countries,
it's demographics, cost of living, employment op-
portunities and so forth.....but Johan Van Zyl is
pretty well connected, and he summonced us to
Maxigenics not long after we had started our inves-
tigations, threatening us with elimination of each
and every person that we hold dear, should we flee
South Africa."

"The task force became Johan Van Zyl's private lit-
tle army, taking care of murdering his victims, and
cleaning up the mess afterwards.....we had no
choice whatsoever as he threatened us with incar-
ceration, or even worse, in the event of us not car-
rying out his commands.....and that is the reason
why the task force was always the first party pre-
sent at these murder scenes.....we had no choice,
gentlemen!"

.....en dan begin 'n skynbaar onophoudbare vloei

van trane oor Wouter Willemse se wange te stroom
.....en Leonora Willemse toon dan ook nou, vir die
eerste keer sedert die klap op haar linker wang,
enige emosies. Die toneel wat homself voor die twee
speurders afspeel pluk dan ook nogal aan emosio-
nele plekke binne die twee manne, plekke wat hul-
le liefs onaangeraak sou wou los.....en die sessie
word vir eers gestaak.....en die Willemse egpaar
word na die IPIPS aanhoudingselle, waar hulle die
nag sal deurbring, vergesel.

*****

.....en dit was aand, en dit was môre, die volgende
dag.....

"Good morning Wouter.....good morning Leonora.
Thank you for your cooperation up to this point in
time. Please let us continue from where we had left
off yesterday."

"Hi Jonathan. This whole affair must now come to
an end. Nora and I had a discussion regarding this
situation into the early hours of this morning, and
we have come to the conclusion that we now have
to bite the bullet and face the music.....this is not
who we are.....there is so much more out there!"

"As far as Johan's son, Deon, is concerned, he was
killed by his father. Deon had killed his own mo-
ther a number of years back, after raping her, and
although Johan Van Zyl covered up the whole
mess, he never quite forgave his son.....she was the
only thing in life that he loved more than himself."

*****

"…..and then there was "Mev. T"…..Johan van Zyl had planned the whole operation to the finest detail…..his security guys hijacked her late one evening after a syndicate meeting, whilst on her way home. She was then taken to his dugout somewhere within the Maxigenics perimeter where she apparently was raped by each of the four guys present, including Van Zyl. The task force was then called in to remove the badly mutilated body, and when I say badly mutilated, I really mean badly mutilated. She was shot at point blank range by Johan Van Zyl after she was beaten senseless, according to one of the security guys. Her teeth were strewn all over the place, apparently kicked out by Van Zyl himself. We then removed her body, and it was placed in Maryna's Fiesta after which the car was set alight…..in other words, the charred remains that were found inside the Fiesta is that of Mev. T."

"Just stop there for a moment, Wouter. How and where did you dispose of the teeth, and the rest of the items after you have cleaned up the scene," vra Harry redelik angstig.

"Oh, we buried that quite close to where the car was set alight. I will gladly point out the location to you."

"Okay, that would really help with the identification process, wouldn't it Jonathan!"

"Absolutely, Harry. We can fetch that tomorrow

.....in the meantime we have to complete this session.....we have to get Van Zyl behind bars as soon as possible."

Sowat drie ure later kom die sessie dan ook tot 'n einde, en Wouter en Leonora bly steeds in aanhouding by IPIPS se fasiliteit.

Op hierdie stadium dra Johan Van Zyl heel moontlik reeds kennis van die feit dat die Willemses deur IPIPS gearresteer is, en hy is sekerlik reeds besig om sy volgende skuif te beplan.

*****

Harry en Liz bring dan ook die nag by Jonathan en Maryna deur.

"Right Harald, what a day! Let us go home.....dinner is on Maryna and myself."

"Good idea Jonathan, and thank you."

Jonathan ry voor, en Harry agterna.....dan draai die Engelsman regs uit St Jamesweg in Beachweg in. 'n Wit Land Cruiser ignoreer die rooi verkeerslig in Beachweg en druk doodeenvoudig tussen die twee speurders se voertuie in. Harry wil hom eers vererg, maar dan herken hy die Land Cruiser se registrasienommer..... die van Johan vanZyl.....en hy besef dat hy vínnig sal moet optreë. Hy wonder of Jonathan besef wat besig is om te gebeur.....en dan grom die BMW se enjin en die swart projektiel skiet verby die twee 4X4's.....in die proses dwing hy vir Jonathan van die pad af en rem dan met alles

in die BMW se vermoë. Die bestuurder van die
Land Cruiser het dit nie verwag nie, en probeer
onwillikeurig om kontak met die swart BMW te
vermy.....in die proses land die logge voertuig op sy
sy, en dan is Harry uit sy voertuig, Ruger in die
hand. Alles is doodstil, en daar is geen beweging by
enige van die twee 4X4's nie. Uiters versigtig
beweeg Harry in die Land Cruiser se rigting, en
met 'n skielike skop-beweging wat deur meeste
skopboksers beny sal word, lê die voertuig se wind-
skerm op die teerpad. Die bestuurder is steeds be-
wegingloos. Dan kruip Harry deur die opening in
die Land Cruiser in, maak die veiligheids gordel
los, en met moeite sleep hy die beweginglose man
uit die voertuig uit.

.....en dan staan Jonathan langs hom met 'n groot
bloedkol op sy regter skouer....."they almost got me
Harald.....thank you my friend."

Harry herken die ou wat in die pad lê as een van
Johan Van Zyl se handlangers, en hy besef dat die
renosterstroper sopas sy finale kaart gespeel het.

.....en dan is Jonathan se kollegas op die toneel, en
'n uur later sit hulle almal, insluitend Maryna en
Liz, in IPIPS se raadsaal.

*****

Harry is aan die woord: "Thank you all for being
here, I do realize that it is rather late, but there is
quite a big fish to be caught, and we have no op-
tion but to move tonight.....I am talking about a
ruthless criminal named Johan Van Zyl. At this

point in time we unfortunately do not have enough time for me to fill you in with regard to his background. If we do not make our move to arrest this guy, he will go into hiding, and I doubt whether we will ever be able to get a hold of him. Your opinion, please Jonathan."

"I totally agree with Harald. IPIPS has been trying to collect enough evidence to remove this scum from civilization for a number of years, but he has always managed to stay one step ahead of us.....we have just overtaken him.....tomorrow will be too late to make an arrest, it will have to happen tonight. The driver of the Land Cruiser involved in tonight's fiasco has fortunately regained consciousness, and with a little "convincing" started to sing like the proverbial canary. We will find Van Zyl at his home at 25 Hargrave Avenue, in Llandudno. Our friend John, from upstairs, has supplied this detailed map of the Van Zyl residence, complete with an entry strategy. This, "gentleman," just as a matter of interest, is also the main suspect for the killing of Phoebe and Phyllis.....we are doing this for the two ladies.....as well."

IPIPS beskik oor hulle eie taakmag, en dit is hierdie manne wat aan die voorpunt van vanaand se operasie staan. Harry en Jonathan gaan hulle wel vergesel, en onder normale omstandighede sou Jonathan deel van die taakmag uitgemaak het, maar met sy gewonde skouer sal hy maar tevrede moet wees om vanaand saam met Harry deel van die agterhoede te vorm.

*****

Dit is 01h30, en gekleë in swart, noupassende klere, is die span oppad Llandudno toe.....daar is altyd die moontlikheid dat een of meer van die manne dit nie lewend terug na hulle hoofkwartier sal maak nie, maar hulle is opgelei om hierdie moontlikheid te ignoreer. 'n Doodse stilte heers in die Ford Transit.....elkeen besig met sy eie gedagtes .....maar tog gefokus op dit wat voorlê.

*****

Om 02h15 bereik hulle die afklimpunt, en die veertien figure smelt in die donker van die nag weg, oorgehaal vir aksie. Nommers 13 en 14 val effe terug, soos vooraf gereël. Nommers 2 en 3 van die taakmag-manne is die elektroniese spesialiste en hulle neem presies dertig sekondes om die alarm en geslotekring televisie te omseil.....die elektriese hek swaai geluidloos oop, en dan staan die veertien binne in Hargravelaan 25 se tuin, haas onsigbaar in die donker van die nag. Nommers 2 en 3 beweeg weereens eerste in die rigting van die woonhuis, want die huis-alarm moet ontkoppel word.....dan skakel 'n beweging-sensitiewe lig aan, en nommers 2 en 3 se figure is so sigbaar soos in die helder daglig.....'n skoot klap.....en nog een, en die twee manne lê doodstil waar hulle slap liggame geval het. Nommer 1 het egter die flits van die skutter se wapen gesien, en het hom onmiddellik met een sekure skoot buite aksie gestel.....maar nou is die hele area belig, en Johan Van Zyl se sekerheids-handlangers is die wêreld vol. Gelukkig is daar heelwat skuilplek vir die IPIPS-manne, en vanuit hulle skuilings word die skurke een-vir-een uit die vergelyking verwyder.....dan is alle weerstand daarmee heen.

Versigtig en doelgerig betrek die taakmag Johan
Van Zyl se blyplek, vertrek-vir-vertrek.....Van Zyl is
skoonveld. Hulle besef dat hy nie die perseel ver-
laat het nie, en daarom begin hulle met 'n inten-
siewe soek-aksie.....soos wafferse snuffel-honde.

Harry en Jonathan deursoek die studeerkamer.
Êrens moet daar tog 'n leidraad van een of ander
aard wees wat hulle na Johan Van Zyl toe sal lei
..... hulle moet net aanhou soek.....dan trek Harry
die onderste laai van die lessenaar oop. Hy sien
niks buitengewoons nie, maar met die toestoot van
die laai val sy oog op 'n stukkie geel lêer wat onder
die res van die inhoud van die laai lê, en sy nuus-
kierigheid kry die oorhand. Hy trek die laai weer-
eens oop, verwyder die geel lêer, en plaas dit op die
lessenaar. Die opskrif op die lêer is in groot swart
letters geskryf....."Operasie T."

"Jonathan, you have to come and have a look at
this....."

Harry kan sy oë bykans nie glo nie. Met die oop-
maak van die lêer word die dekvel ontbloot.....Ope-
rasie T, en dan blaai Harry om na die volgende
bladsy. 'n Foto van Mev. T pryk op hierdie bladsy,
en ja, Leonora was heeltemal reg, die vrou is be-
sonders mooi.

Harry is so bleek soos 'n spook!

"What is wrong Harald?"

Harry sukkel om te praat.....sy mond is kurkdroog
en sy arms en bene is lam, soveel so dat hy nodig
het om op die stoel agter die lessenaar te gaan sit.

Al wat hy bykans onhoorbaar kan uitkry is: "Ma-
grieta Du Toit.....Grieta.....my sister".....en dan eis
die skok sy tol.....Harry se kop knik en sy ken druk
teen sy bors.....en dan is nommer 12, die mediese
ordonnans, op die toneel, en vinnig-vinnig flikker
Harry se oë weer oop.

Dan praat Harald Markotter.....duidelik en uiters
hoorbaar.....the "pig" has killed my sister, Jona-
than. I want him, and I want him now!" Hy staan
van die stoel af op, maar sy bene wil nie heeltemal
saamwerk nie, en hy slaan soos 'n os neer.....en
dan sien hy dit.....die mat onder die lessenaar lyk
asof dit los is.....hy trek daaraan, en dan sien hy 'n
handvatsel.....die handvatsel van 'n luik. Nou weet
hy waar Johan Van Zyl wegkruip. Sonder om 'n en-
kele woord te uiter, wink hy vir Jonathan nader.

Versigtig, met so min rumoer as moontlik, word die
lessenaar weggeskuif. Een van die taakmagmanne
trek die luik oop, en voordat jy kan sê "mes", is
Harry, koplig aangeskakel en Ruger in die hand,
oppad die donker in.

Die dagligkol van die koplig stoot die donker opsy,
en Jonathan is kort op Harry se hakke.....dan klap
'n skoot!

Oorverdowend weergalm dit in die donker gat, die
klank springende van wand-tot-wand.....en die
twee speurders haas voort die donker in.

Op die bodem van die gat, half regop teen die wand, sit 'n eensame figuur.....stil en beweging-loos!

Johan Van Zyl is dood!....werklik!

*****

"This is not Johan van Zyl, Jonathan!" is al wat Harry kan uitkry.

Die twee speurders begin rondkrap, soekende na enige leidraad tot Johan van Zyl se verdwyning..... dan sien hulle dit.....'n luikdeur.....Jonathan pluk dit oop, en 'n naghemel belig deur 'n volmaan en honderde sterre begroet hulle. Die stilte van die nag word deur die klank van 'n brullende enjin ver-steur.....oppad rigting Kaapstad, of Houtbaai toe ..... wie sal weet?

*****

Die Ford transit staan reeds en wag vir Harry en Jonathan, want die IPIPS manne het die brullende voertuig hoor wegjaag terwyl die twee speurders hulle in die gat bevind het.

Harry se foon is reeds in sy hand. Dan verskyn iets soos Google Maps op sy foon, meer besonder 'n kaart van die Kaap.....met 'n flikkerende merkertjie wat in die rigting van die Kaap beweeg. Harry het al amper vergeet dat hy 'n goggatjie aan die Pana-mera versteek het!

"He is on his way to Cape Town, Jonathan. If he

gets to Maxigenics, we have a problem! We have to stop him from getting there!"

Dan druk Jonathan 'n klompie sleutels op sy selfoon en die stem aan die anderkant anderkant sê net: "How can we assist, Jonathan?"

"There is a black Porsche Panamera reg. no. MAX-001WP travelling in a northernly direction along Victoria Road en-route to Cape Town. It is currently a few kilometers south of the 12 Apostles Hotel. We have to stop this vehicle, at all costs. Exercise extreme caution.....the suspect is most likely armed and extremely dangerous.....I repeat, he is extremely dangerous! We are following the suspect in a white Ford transit but will not be able to catch up with him as he is way ahead of us."

"Harry, please tell me immediately should he divert from Victoria Rd. Believe me, Johan van Zyl will be detained tonight!"

*****

Dan is daar net blou ligte.....en rooi ligte, die wêreld vol.

"Waarom rooi ligte?" wonder Harry.

Die Transit kom vinniger as normaalweg tot stilstand, en die IPIPS manne peul by die deur uit ..... reg vir aksie.....maar dit is als tevergeefs. Kort duskant die blou ligte, onder in die Atlantiese Oseaan, is die gedeeltelike buitelyne van een-of-ander voertuig in die volmaan se lig sigbaar.

"Lets get down there guys," blaf Harry.

Dit is nogal 'n stryd om by die water uit te kom.....
oor klippe.....deur bosse.....oor nog klippe .....dan
is hulle in die Kaapse koue water. Hulle kan nie die
Porsche se deur oopkry nie.....deels omdat dit on-
der die watervlak is, en deels omdat dit redelik erg
beskadig is. Die deur se ruit is gekraak en met 'n
bietjie moeite kry die manne die venster gebreek
.....dan trek hulle die lewelose liggaam van die be-
stuurder deur die venster na 'n klein kolletjie sand
aan die rant van die water.

"He has done it again, Jonathan.....he has done it
again!" Harry kan sy oë nie glo nie. Hierdie is nie
Johan van Zyl se lyk nie.

*****

Dit is 8h30 op die N1 êrens tussen Laingsburg en
Beaufort Wes. John Denver se "Leaving On A Jet
Plane" weerklink deur die blou VW Golf.....net nog
'n VW Golf. Die bestuurder met 'n nek so dik soos
die stam van 'n honderd jaar oue bloekom, en bo-
arms wat lyk soos meeste outjies se bobene, hare-
en-al, sing luidkeels saam.....sy wit Panama-hoed
soos gewoonlik sekuur op sy kop geplaas.....

---ISIPHELO---

WIE IS BERT SNYMAN

Bert Snyman is 'n vaaljapie, gebore en getoë in Pretoria. Sy lewenspad het hom vir die grootste gedeelte van sy lewe in die provinsie waarin Pretoria geleë is, laat rondreis. Hy het egter die grootse gedeelte van sy skoolloopbaan in Durban voltooi en woon tans in Kaapstad, waar hierdie verhaal afspeel.

Die "mooi" van die Kaap het hom ongetwyfeld geïnspireer om sy skrywersdroom van langer as twintig jaar te verwerklik.

Die skrywer is getroud met Dalene, sy kunstenaarsvrou, en hy het 'n seun en 'n dogter uit 'n vorige huwelik, sowel as twee seuns wat saam met Dalene deel van sy lewe geword het. Drie van die vier kinders is tans buite Suid-Afrika woonagtig. Tussen die vier kinders het hy vyf kleinkinders

www.ingramcontent.com/pod-product-compliance
Lightning Source LLC
Chambersburg PA
CBHW070536260626
47161CB00002B/405